BBC 工作期间的奥威尔

不论是谁,只要重视文学的价值的,只要能看到文学在人类历史发展上所起的中心作用的,就一定也会看到抵抗极权主义的生死攸关的必要性,不论这种极权主义是从外部还是从内部强加于我们的。

——乔治·奥威尔

一九三七年，西班牙战争期间的奥威尔（左二）

一九三七年夏，与西班牙战友重逢于伦敦近郊的莱齐沃斯暑期学校（右二）

一九四一年,在二战前线做战事报道的奥威尔(后排右一)

一九四二年,在 BBC 工作的奥威尔(后排右二)

WAR IS PEACE
FREEDOM IS SLAVERY
IGNORANCE IS STRENGTH

《一九八四》创作手稿

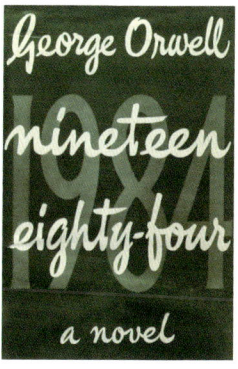  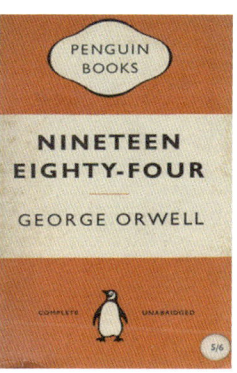

英国初版（1949）　　　美国初版（1949）　　　企鹅出版（1951）

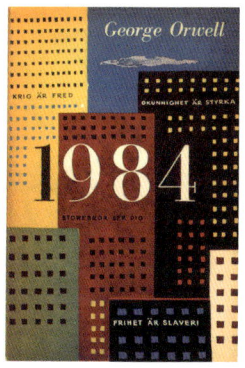 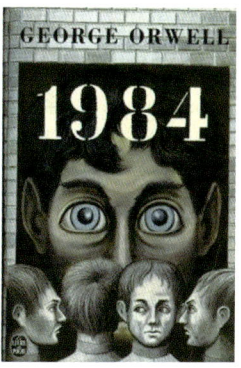 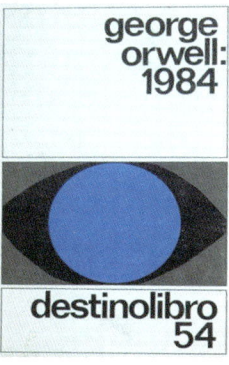

瑞典版（1959）　　　　法国版（1969）　　　　西班牙版（1983）

 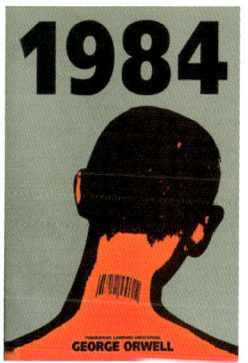 

波兰版（1989）　　　印度尼西亚版（2003）　　斯洛伐克版（2009）

《缅甸岁月》初版

《上来透口气》初版

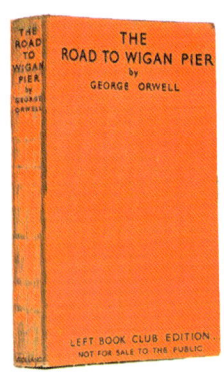
《通往维根码头之路》初版

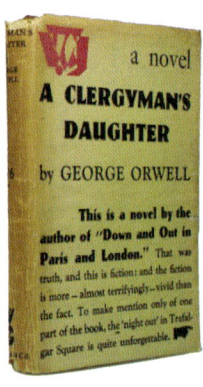
《教士的女儿》初版

《巴黎伦敦落魄记》初版

我想从事写作……有四大动机。这四大动机是：一、纯粹的自我中心。二、审美方面的热情。三、历史方面的冲动。四、政治方面的目的——这里所用"政治"一词是指它的最大程度的泛义而言。

——乔治·奥威尔

目录
CONTENTS

台湾的《一九八四》/ 001

第一部 / 001
第二部 / 087
第三部 / 191
附录　新语原则 / 254

台湾的《一九八四》
——写在徐立妍译《一九八四》前面的故事

胡洪侠

二〇一二年十二月上旬去台北旅行时,我照例出出进进新旧书店,搜寻奥威尔《一九八四》的各式版本。凌晨行至诚品,发现远流和台湾师大翻译研究所刚刚联手推出一个《一九八四》新译本。我一边挑精装与平装各一册放入书筐,一边猜这位叫徐立妍的译者是何方神圣:怎么以前从没听说过?瞄一眼书脊顶端那行小字,心下释然:原来此书属"经典文学新译";既是"新译",参与此计划者理当是新人,难怪我这老读者闻所未闻。

两岸中文译本相互引进最快的一次

一年之后,这一新译本已由北京燕山出版社引至大陆,消息首先风传在微博里,精装本随之亮相于书架上。两岸《一九八四》中文译本的相互引进当然早已开始,可是论速度这一次最快。一九九一年,台北的志文出版社印行了我们这边的董乐山译本,董先生还专门为此写了译序,开头就说原以为"要向台湾读者介绍乔治·奥威尔,我想是要比向大陆读者做介绍容易得多",结果发现"临到真正提起笔来,虽然说不上重如千钧,却确有无从下笔之感"。原因何在呢?他觉得是因几十年"人为隔阂"而形成的"生疏感"。到了二〇一〇年五月,北京十月文艺出版社终于将在台湾行销已久的刘绍铭先生译本引至大陆。刘教授没有给这姗姗来迟的简体字版新写一个字,但这不说明他对大陆读者就没有"生疏感"。当年他分别给台湾皇冠版和台湾东大版写过译序一类的文字,其中都提到《一九八四》在大陆的传播,可惜说得都不很准确。一九八四年时他说《一九八四》"在中国大陆无译本",其实董乐山先生的译本早在一九七九年就在《国外作品选译》上分期连载过,尽管属"内部发行"。一九九一年时刘教授修订了说法,说《一九八四》在中国大陆的译本,公开出现得比较晚。但是他又说:"朋友给我'搜购'到的,只有广州花城出版社的版本,译者是董乐山,出版年份是一九八八年六月,只印了四百二十册。""四百二十"这个数字从此转来引去,如今流行甚广,岂知也不准确。这得"怪"刘绍铭教授的朋友,因为朋友为他搜购到的,竟然是极少在书店流通的布面精装本,印数当然也真是四百二十册。而平装本,出版当月就已经加印,印数足有两万五千四百八十册了。更何况,同一译本由同一家出版社于一九八五年已印行过,开机就印了一万五千九百册,尽管也还是"内部发行"。二〇一二年台湾一位比较文学研究专家还在感叹《一九八四》在大陆的印数"如此之少",其提出的证据正是这个"四百二十册"。

  当年大家彼此都"生疏"过,现在则好多了,值得再二再三地庆幸。相信两岸读者如今对《一九八四》的故事、价值也都不怎么"生疏"了,这就更值得额手称庆。而在我看来,《一九八四》一书在华文世界的传播史仍然是一个有趣的题目,这里不妨先说说对岸台湾。既然开头就提到了徐立妍的新译本,我干脆就从她台湾远流版译序中的几句话说起,梳理一下《一九八四》与台湾读者相逢相知的故事。

首译本是一个节略本

徐立妍说：

> 台湾最早的《一九八四》译本出现在民国四十一年，译者是王鹤仪先生，这个译本目前只有在图书馆才能翻阅，后来的译本也有如钮先钟、万仞（疑为假名）及彭邦桢的版本，但是民国七十年出现邱素慧翻译的版本后，其他版本就渐渐消失了。我大学时代读的版本想必也是邱素慧的译本……

这段话引起我很大的兴趣，盖因其所说和我所知并不完全相同。我只好把手头所有的《一九八四》繁体字版本全部摆上书桌，看看能否理出个头绪，说得更详尽些。

这一看不要紧，我首先是大为沮丧：原来我也没有号称台湾最早的王鹤仪译本。不过，我倒有个香港一九五三年的译本，译者是杨仲硕，由东方出版社印行。不知为何，这个译本很少有人提到。关于译者我们也所知不多，只知道他曾当过香港亚洲出版社的编辑，而他的女儿在美国生活，也喜欢写作。现在仍有许多人喜欢将《一九八四》归入"科幻小说"，谁料想六十多年前，这位叫杨仲硕的人早已超越此见识。他的"译者序"一上来就宣示，《一九八四》非关"预言"，不是"科幻"："这是一本写实的著作，所根据的背景，所搜集的材料，所安排的情节，所描述的人物，在现在此刻的世界上，都随处可见，随处可闻，随处可遇。"

《一九八四》诞生于一九四九年，那正是冷战方兴、营垒分明的时代，小说、电影往往都担负刀光剑影之职。奥威尔此书一方面凭其写作艺术为人称道，却更靠故事的魅力、威力、"解释力"与"杀伤力"迅速传遍大半个世界。文学的与"超文学"的力量都加入了推广与营销,故而此书什么时候进入哪一种语言,都会成为一个事件,开山辟路的先行者因此都愿意在前言后记里说说译本的前后与优劣,以表明自己的立场与位置。杨仲硕也"未能免俗":

> 本书……至一九五一年已出五版,全书共分三部,计三百页,都十万余言。第一部并曾由美国读者文摘杂志择要刊登,我国黄①鹤仪先生并据以译成中文。唯无数读者均以未窥全豹为憾。译者不揣浅陋,除第一部第六节约三四千言,及原书附录论新语言一章,因与全书之主旨无大关联经译者删除外,其余均全部迻译。

据此可知,王鹤仪译本确是中文首译,然而却是一个节略本,只译了《一九八四》的第一部分。杨仲硕虽首次将全书译出,但是他自作主张删掉了两部分,所以也还不能说是"全译本"。

那么,王鹤仪是谁?有资料说她的译本由华国出版社出版,"华国"又是怎么回事?

"爱国爱名不爱钱"

原来,首译《一九八四》和华国出版社都与一位大名鼎鼎的人物有关,此人即是王云五先生。

王云五(1888—1979),大出版家,一九二一年九月任商务编译所副所长,旋任所长,组织编译中外名著,创设各科丛书,极收耳目一新之效。

---

① 俟按,应为"王"。

一九二九年,王云五策划出版《万有文库》,开中国图书出版平民化新纪元。一九三〇年二月就任商务印书馆总经理。一九四六年辞馆职从政,任国民政府经济部长等职。一九四八年任财政部长时,推币制改革,遭败绩,遂辞职南下广州。一九四九年初转赴香港。

此时此际,王云五颇为居处所困。他在《自撰年谱稿》中说,"我在广州市系寄居戚家,不宜久扰,来港又蜗居狭小,充其量至多能独占一斗室,颇不宜于研究与著述"。可是他的青云之志岂是容易坠落的?有自题《南还偶感》诗为证:

尽人风靡我独坚,金刚百炼志超然;
生平不做安家计,爱国爱名不爱钱。

他决计应邀赴英伦讲学。行前去了趟台湾,和阳明山上的蒋介石谈了好几个小时。蒋问打算,王云五答,生平原以从事出版为业,并愿终身为之;若在大陆,本可重回商务,以现今港台局面,只好改行著述;又因处处喧嚣,所以拟去剑桥讲述中国文学。蒋说,若果然有意复返出版岗位,我当量力相助。

一九四九年五月,王云五完成了一份"华国出版社两合公司"出版计划,托人转呈蒋介石。蒋依前诺,拨款十五万,王云五又自筹五万,出版社即开始筹备。准备出些什么书呢?王云五说:"针对当时之需要,拟尽量译印有关国际问题及反共的各国名著,一面以工具书为维持营业之基础,教科书副之。"他据此选定书目,到处找人翻译,自己也译兴高涨,亲自出马驰骋于中英文之间。有人有钱又有了书,到了这一年的十二月十五日,华国出版社就在港台两地同日开业了。华国所印第一部书,即是王云五译的根室①《在铁幕之后》。

一九五〇年一月,有一则消息让王云五大不高兴,那就是英国政府正式承认了中华人民共和国。他决定不再去英国讲学,专心奔跑于港台两地,振兴出版大业。他又要出丛书了。这一回的丛书名称是"汉译今世名著菁华",选书标准为一九四九年后欧美出版之名著,每册字数不超过四万,以五十六开本印行。这套书到底出了多少种我一时说不清,但我知道王云五仅用几个月时间就亲自为这套书译印了如下几种:

《工业心理学》(丛书第三十六种)

《波兰怎样变为苏联卫星国》(丛书第二十种)

《现代武器与自由人》(丛书第三十九种)

《俄人眼中的俄国》(丛书第五十六种)

《文化在考验中》(丛书第五十五种),等等。

这套书在当时吸引了很多人。《陈克文日记》一九五〇年三月二十三日有如下记述:

> 下午访王云五先生于英皇道②。他把他编译现代名著菁华丛书的计划告诉我,并且把一本关于英国政制的书给我翻译。我觉得他这个计划一方面介绍现代的西方名著,一方面适合目前的知识分子的需要和购买力,颇有成功的希望的。因此我也乐得替他做一部分翻译的工作。

这套书还吸引了一家特殊机构的注意,那就是香港美国新闻处。

---

① 根室(John Gunther, 1901—1970),美国著名记者、作家,以写世界各大洲社会政治内幕的书而闻名。

② 俟按,华国出版社在香港的地址为北角英皇道三七九号。

王云五是《一九八四》"中文首译之父"

根据学者翟韬的研究,太平洋战争期间,美国已开始在华展开"美式生活方式"的输入与推广,其执行机构即是分设在内地与香港的美国新闻处。一九四九年,中华人民共和国成立,东亚格局剧变,意识形态的冷战随之急剧升温。新中国频频向周边国家输送红色思想,美国颇感形势逼人,于是策划强力反击。香港"美新处"随即领到了新任务:第一,宣传主题由"宣扬美国(扬美)"转为"反中共"。相关官员的表述是:"先前我们只限于展现美国生活'客观和全面的画面',还有就是宣传政府的文件精神,而现在我们可以进入一个积极主动地反对共产主义意识形态的阶段了。"第二,宣传对象由大陆人民调整为海外华人。新中国的外交理念是"打扫干净屋子再请客",美国政府因此无法对中国大陆展开有效的宣传战和心理战。况且,中国在亚洲的宣传重点早已面向海外华人,美国也不得不"特别注意"东南亚的华人群体。这样一来,香港"美新处"就成了美国对东南亚地区中文宣传材料的主要供给者。

一九五〇年五月,香港"美新处"发现,此间多了个华国出版社,出了一套"汉译今世名著菁华",其中多次出现的一位译者是龙倦飞。龙倦飞是谁?一打听,王云五是也。Very Good!于是两家开始合作。《岫庐八十自述》对此有如下描述:

> 五月我译《斯大林与铁托之交恶》一书,由香港美国新闻处大量采购。香港美国新闻处拟译印小册,做反共宣传,因悉华国出版此类书籍不少,且系首创,遂商合作办法。首先提供此书为尝试,我以不满一星期,译完四万字,并于四五日内排印完成,于是订购数万册,广为分送。

首次合作成功,香港"美新处"又荐来三种反共小册,以庚寅编译社名义翻译,由华国印行。每成一书,"美新处"皆购买五万册。此三种小册名为:《苏维埃帝国主义》《反动的俄国》《苏维埃怎么样管制思想》。

乔治·奥威尔的《一九八四》,即在一九五〇年由华国出版社印行,列为"汉译今世名著菁华"第五十二种。译者王鹤仪,是王云五的二女儿。她本名"学医",一九二〇年五月十一日生于上海。

"来增加一点渺茫的希冀吧!"

聪明的读者!这本书底含意太丰富了,我简直评介不完。你们怕极权统治么?你们爱自由么?你们希望有美丽的将来么?如果是的,那么你们不妨将买几包花生米的钱买这一本小书。在这盛夏的傍晚,花一个多钟头,静静品味这本好作品。然后,抽一枝烟,悠然地沉思一会儿。这世界太忙乱了,太浮薄了!善良的知识分子,一年到头忙于填满胃里的工作都忙不完。大家正好趁这时光,吃一杯最廉价的冰淇淋,吸收一点精神的清新剂,来增加一点渺茫的希冀吧!

这段朗诵词一般的感性文字,出自台湾自由主义开山人物殷海光先生笔下,是他为《一九八四》所写书评的最后一段,发表在《自由中国》杂志第五卷第二期,时值一九五一年。这或许是华文世界最早的关于《一九八四》的评论文字。文中并未提到所评《一九八四》是哪个版本,但是我怀疑极有可能是王鹤仪译本。文中所引情节、情景与句子,皆出于原小说的第一部;换句话说,《一九八四》第二、三部之人物故事、对话、命运与结局完全没有在殷先生的书评中出现过。

还好,"选本"很快就过时了,因为台湾本土的"全本"出现了。有趣的是,这个"全本"首先没有出现在书店里,而是飘散在天空中。约一九五二年初,"中广"公司播出了奥威尔的《一九八四》,译者是钮先钟。当时钮先钟是"中广"的写稿好手。他是江西九江人,一九一三年出生,二〇〇四年去世。按马英九在一份褒扬令中的说法,钮先钟"资赋颖秀,才识通敏,少岁卒业南京金陵大学,淬励向学,英隽早发,厚植外语根基,矢志书生报国"。他为电台译《一九八四》,创下两个第一:中国第一部专为广播而翻译的小说,《一九八四》第一部中文播音版。

当时,"中国大陆和台湾之间,一切交流的管道俱已严密封锁,唯有电波可以穿越海峡,深入内地"(王鼎钧),如此,我们这边当年应该有人早通过"敌台"偷听过中文版《一九八四》了吧。这可是比阅读董乐山中译本早了二十七年。

有趣的是,那时台湾翻译和出版《一九八四》以及张爱玲的《秧歌》《赤地之恋》,都由台湾美国新闻处一手安排,可是国民党党部对这些作品似乎并不喜欢。他们担心,若"反共文学"如海潮汹涌,恐会泛滥成患,最终变成对国民党失去大陆的检讨批判。王鼎钧在《文学江湖》中写道,"反共文学"发生的效果应该符合预期,没有偏差,而文学作品的多义和暧昧反而有助于"为匪宣传"——

> 口号是最不容易误解的东西,所以有些反共文学不惜流为口号化。这就是为什么台湾对乔治·奥威尔《一九八四》、匈牙利小说家阿瑟·库斯勒的《中午的黑暗》、张爱玲的《秧歌》都不喜欢,无奈那是美国新闻处推广的冷战文宣,党部无可奈何。

万仞原来就是钮先钟

不过,《一九八四》还是拓宽了台湾知识分子观察现实的角度。他们经常拿自己身边的现实和小说中的场景比较,如此,反共的小说竟然也成了自省的教材。比如,在一个庆祝典礼上,有"贵宾"上台致辞,大谈自己团队的创业历程与成绩,第二天看报纸,"贵宾"的话只一笔带过,而所谓创业历程早变成了另一番描述。于是有人喟然叹曰:"贵宾"怎么没读乔治·奥威尔的话:"谁掌握现在,谁就掌握过去;谁掌握过去,谁就掌握将来。"

前面我所引徐立妍那段话中,曾说有个万仞翻译的版本。我手头正好有此书:是窄三十二开的小册子,封面封底与书脊通通是红色,壬寅出版社一九六七年十一月一日初版,属万象文库第二种,译者万仞。徐立妍提到万仞时在后面加了个括号,内写"疑为假名"。当然是假名。那真名是什么呢?通过比对,我已经可以断定,这个"万仞"原来就是钮先钟。

钮先钟为广播而译的《一九八四》于一九五三年由大中国出版社印了出来。在此前后他离开"中广",先后任台湾《新生报》总编辑、国防计划局编译室主任、军事译粹社发行人、淡江大学欧洲研究所教授、淡江大学国际事务与战略研究所荣誉教授、三军大学荣誉讲授教授等。网上有一份他的译著书单,以中英文列出八十八个书名,其中第三十五号,明明白白写着:《一九八四》,民国五十六年十一月一日,壬寅出版社。这和我前面提到的万仞译本信息不可能是巧合,根本就是一回事。还有,壬寅初版本的发行人是"钮陈汉生",再版本又列出总经销是"军事译粹社"。如此,这个"万仞"不是钮先钟又会是谁?明白了这一点,假使我们看不到一九五三年大中国版的钮译本,也可从一九六七的壬寅版中领略一下台湾首个"较全译本"的风采。

据说,英国国家档案馆第FO1110/740号卷宗里有一封谍报人员的信,其中提到：奥威尔小说的"中文译本在东南亚很成功"。此信签署日期是一九五五年一月二十八日。谍报人员指的是哪个版本？王鹤仪译本？杨仲硕译本？还是钮先钟译本？此事已成谜。

《美丽新世界》和《一九八四》必须同时读

岁月易过，转眼已是一九七〇年。这一年，世界仍是"美苏为主，冷战炽热"的世界，台湾也仍是继续"反共抗俄"、继续查禁书籍、继续大量翻印英美新书的年代。这一年，台大中文系和历史系的二十几个年轻学生，经由"高级英文"课程，开始在一位老师辅导下攻读英文原著《美丽新世界》和《一九八四》。这位老师就是近几年因《巨流河》而红遍两岸的齐邦媛。

齐老师似乎是通过殷海光的书评知道《一九八四》的故事与价值的。她说，殷海光的评论文章《一九八四年》提到那个极权政府的三句话，"战争即和平，自由即奴役，愚昧即力量"，其中"愚昧即力量"之说真可算惊天动地的伟大发现，引起知识分子的高度关注。一九七〇年她回台大，接下"高级英文"课程这一"最强大的挑战"。她先测试学生的思考和英文深度，惊讶地发现："这些研究所一年级的学生，很少读过西方文化观念的作品，更未曾有过与一本英文原著奋斗的经验。"

她需要先替学生选几本英文原文书。标准是：言之有物，能引起年轻人兴趣；文字优美清晰；政治立场并非那时流行的狂右或狂左派；不能太厚，也不能太薄；必须是学生买得起的台湾翻印版。她选的第一本是《美丽新世界》，第二本即是《一九八四》。齐老师对学生说，这两本书必须同时读。齐老师说："我把这二十多位青年带到这个辩论的海边，把他们用英文推进注满高级思潮的海洋中，任他们渐渐发现海洋的深度。"

校园内众学子苦读英文版《一九八四》；校园外，虽然已有了两三个《一九八四》的中译本，但是迻译奥威尔的接力赛并未停止。到了一九七四年，又有两种中文译本问世。为什么会是一九七四年？大概是这一年距一九八四年正好还有十年的缘故吧。查台湾大事记，这一年岛上也没发生什么了不起的事情。蒋介石去世，是一九七五年的事了。

这个译本缠绕着众多谜团

齐邦媛给学生们讲《一九八四》，强调的是这本小说的"文学心灵"，而像"国防部总政治作战部"这样的机构，如果也力推《一九八四》，那初衷就不在"文学"而在"作战"了。彭邦桢译本《一九八四》，问世之初正是这样的"作战版"。它属于"共党问题研究丛书·文学类"，一九七四年十月三十一日印行。

这个"作战部"编书的热情十分高涨，他们竟搜集了一千二百种研究共产党的中文书籍，首批从中选出一百种，编为丛书，分为理论、历史与文学三类。文学类则以"报道性作品"为主，另选小说数种。小说除《一九八四》外，还选了《日瓦戈医生》等。

《一九八四》于一九七五年再版时，"作战部"字样不见了，封面、书脊、版权页全改成了黎明文化事业公司。"黎明"创立于一九七一年十月十日，翌年即由朱西宁(1926—1998)出任总编辑。朱西宁是台湾著名军旅作家，我们这边的读者可能对他有些陌生，但说起他的女儿，大家就知道了。他的三个女儿是：朱天心、朱天文、朱天衣。

彭邦桢的这个译本，依然是个选译本：不仅删去了原书后的"新语"部分，连小说第二部分所载戈斯坦著《寡头集体主义的理论与实践》一书的内容也一并删除了。

这位彭先生一九一九年生于湖北黄陂,一九三八年考入陆军官校,先在云南为"飞虎队"服务,后随青年军赴印度抗日。一九四九年随军去台湾。他本是著名诗人,和洛夫、纪弦等共同缔造了台湾现代诗。二〇〇三年三月十九日于纽约辞世,享年八十四岁。他的遗愿是骨灰回到黄陂,安葬在木兰山。至二〇〇八年三月八日,遗愿终得实现,诗魂重回故里。他的诗,大陆最早熟悉的,应该是那首《月之故乡》:

天上一个月亮

水里一个月亮

天上的月亮在水里

水里的月亮在天上

低头看水里

抬头看天上

看月亮思故乡

一个在水里

一个在天上

如此,他翻译《一九八四》,也是要安放他的乡思、乡愁吧。诗歌江湖上对他的描述则是:壮年旅美,娶黑人妻,写东方诗,唱中国歌,无论漂泊到哪里,都只说武汉话。

黎明版彭译本印行的次数并不多,一九七四年、一九七五年各印一版,一九八四年又趁热重印一次,之后就很少见到踪影了。而比它早出生五十天的另外一个译本,则要幸运得多。一九七四年九月十日,华新出版公司印行邱素慧译的《一九八四》,列为"桂冠丛书"第十一种,书前附有殷海光和黄陵评价奥威尔及其作品的文章。在之后的四十多年间,这个译本生命力顽强，不断重生。可是，对我而言，这个译本缠绕着众多谜团，迄今难解。其一，华新版《一九八四》封面署名"邱素慧译"，版权页译者的位置写的又是"林宪章"。这两个人的资料虽几经寻访，皆遍查不获。难道都是化名？其二，正如台湾论者所言，邱译本其实错漏甚多，原小说第二部第六节甚至整节漏译。说漏译，是因为没有任何理由不译；两岸众多删节本也没有一种是将此节删掉。这样的译本竟然在台湾大行其道，门庭频换，一印再印，其疏漏却无人改正，乃至以讹传讹三十多年。直到二〇〇九年，印刻版诞生，邱译本才一改前非，面貌一新。此是后话。

中文报纸上首次连载《一九八四》的佳话

阅读并热爱《一九八四》的人，翻译、出版、传播《一九八四》的人，关注、利用、恐惧、不屑、查禁《一九八四》的人，凡是能赶得上的，都在以各种心情等待真正的一九八四年的到来，都想在《一九八四》和一九八四年之间重新建立或取消一种联系。想让大家忘记《一九八四》的人，很多；想让大家想起《一九八四》、重读《一九八四》的人，更多。台湾，属于后者。

首先行动起来的，是台湾的报纸。《中国时报》还叫《征信新闻报》时，就发表过黄陵的《乔治·奥威尔及其作品》。眼看一九八四年就要到来，副刊岂能坐观。一九八三年十二月三日，《中国时报》"人间"副刊首先让张系国的《最后的独角兽——乔治·奥威尔简论》登场，拉开"奥威尔年"序幕。十二月六日和七日，一连两天，"人间"刊载王文兴的长篇文评《统一与矛盾：〈美丽新世界〉与〈一九八四〉政治立场的比较》。一九八四年一月一日，"人间"发表余光中的文章，标题相当应景：《来吧，一九八四》。两天之后，台湾另一大报《联合报》的副刊也抛出重磅文章《欧威尔语言小说里的"新语"》,作者是大名鼎鼎的乔志高。

出版界又哪里会放过这本世纪百年一遇、过了本世纪再也不遇的良机。寅午版万仞译本首先抢在一九八三年十二月二十日重印了。十几天后,黎明版彭邦桢译本也如赴约般地准时重印。接着,是远景版的邱译本重印。一时间,新闻界、出版界亲密呼应,老译本、新印本纷然杂陈,十分热闹。然而,若没有刘绍铭的《一九八四》新译本在这一年横空出世,岛上传播奥威尔的图谱也就少了一束耀眼的光芒。

刘绍铭一九三四年生于香港,一九六〇年毕业于台大文学系,后在美国、香港、新加坡等多地任教,现居香港,有散文集多种。我们现在看到的夏志清《中国现代小说史》,就是他领衔翻译的。夏志清的哥哥夏济安是他台大的老师。临近毕业时,夏济安对他说,书是一辈子也念不完的,但像卡夫卡的《审判》、赫胥黎的《美丽新世界》和奥威尔的《一九八四》这一类作品,读书人有责任阅读和传播。真到了一九八四年来临时,当时的香港《信报》社长林行止邀刘绍铭翻译《一九八四》。想到可以借此一了夏老师当年心愿,刘教授当即挥笔上阵。他这里天天译,《信报》辟专版天天登,双方成就了一段中文报纸上首次连载《一九八四》的佳话。

一九八四年的《一九八四》

二〇一四年一月二十九日,我和一帮朋友去香港太平山顶拜访林行止先生。参观他新装修的纵贯三层楼、背山面海的大书房时,我们聊起奥威尔和《一九八四》。他问内地的译本哪个好些。我说行销最广的应是董乐山译本,但刘绍铭译本引进到内地后反响不错。林先生说:"知道吗?是我邀刘绍铭译的。每天给他固定版面。一九八四年的事了。我们就是要赶在一九八四年翻译连载《一九八四》。"

说回台湾。香港报纸正连载得火热,台湾呢?刘绍铭说:"《一九八四》并非像武侠或言情小说,难在千把字间出现什么高潮。这部小说确是'益智'读物,要好好地体味欧威尔个人对未来世界发展的憧憬,得静下心来钻研一番。我在台湾报纸副刊的朋友颇多,但一直不愿强人所难,请他们考虑给我分日连载,就是这个道理。"

此时有朋友说,译稿可以给皇冠出版社试试。对,就是那家出版琼瑶、三毛、张爱玲作品的皇冠。刘绍铭和皇冠一通音讯,双方果然一拍即合,译稿就此顺利登岛,皇冠月刊开始连载。可是时间不等人,照这样连载下去,温斯顿先生在全书结尾时真诚表示"他爱老大哥"时,恐怕要到一九八五年了。编辑部决定,不连载了,要抢在一九八四年内把《一九八四》单行本印出来。

一九八四年五月,一个崭新的《一九八四》译本问世。刘绍铭的译笔简练、干净,少翻译腔,读起来觉得更有味道。他热爱《一九八四》,封面上"刘绍铭"是三个大大的、红彤彤的圆体字,不像之前几个版本译者的名字真真假假、躲躲闪闪。在"译者的话"最后,刘绍铭干脆直接用不容置疑的语气推荐道:"一九八四这一年中,如果你只有时间看一本书,就看《一九八四》。如果有人要我列出十本改变我一生的书,我会毫不考虑地放《一九八四》为首。"可惜他的老师夏济安一九六五年就去世了,不然看到此书,听到此话,一定大感欣慰。

更要紧的,是封面右下角醒目标出了皇冠版的特色:"全译本"。是的,是全译本。刘教授不仅将原小说内容尽数译出,不删一句一段,还首次译介了原书的附录"新语原理"。华文世界的奥威尔译者中,刘绍铭是第一个发现《一九八四》附录"新语原理"的价值并将之连小说一并简要译出的人。他在书中介绍说:

大洋邦的新语原理，虽放在附录，但却至为重要，因为由此可以看出欧威尔的推理——极权统治者怎么利用文字去摧毁人民的思想。

七年后，这个译本出台湾东大版时，刘绍铭更是将略嫌枯燥的原书附录全文译出，并在"译者前言"里再次郑重提醒读者：

读者千万别放过的是收在附录里的"大洋邦新语"。依欧威尔看，极权统治者要千秋万世地骑在人民头上，最直接也最恐怖的手段无疑是"思想警察"。但摧残人性更彻底的方法，无疑是消灭历史与破坏语言。正因为语言是思想和表达思想的媒介，要实施愚民教育，最有效的途径莫如把"不合时宜"的文字删除。这一关键，已在"大洋邦新语"阐明。

东大图书公司于一九九一年三月印行刘译《一九八四》，出精装、平装两种，设计与印制皆属上乘。令人好生奇怪的是，之后十几年间，那个有多处漏译硬伤的邱译本，仍然桂冠版、远景版、万象版、锦绣版出个不停，董乐山译本也已成常销书，唯独刘绍铭译本似乎没在台湾重印过。是因为版权的缘故吗？如今，想找一本东大版的平装都不是一件容易的事，何况精装。二〇一二年十二月，我曾在台北重庆南路"三民书局"书架上偶遇五册崭新的平装本，大喜，遂尽数带回深圳。

默默修订，脉脉致敬

大陆的《一九八四》董乐山译本一九九一年十月由志文出版社引路

登岛,开了此书两岸译本交流的先河。台湾出版界从此不再简单地将《一九八四》看成是"反共小说",而是开始还原此书被"冷战思维"遮蔽的文学价值与思想价值。此后十几年间,岛上的《一九八四》主流版本是邱译和董译,偶尔也有"新面孔"粉墨登场,像林淑华的小知堂版(2001)和王忆琳的崇文馆版(2006)。

谁都没有想到,到了二〇〇九年六月,台湾印刻版《一九八四》还能给我们带来新的惊喜。

这是一个意味深长的纪念版:《一九八四》原书于一九四九年六月八日问世,印刻特意选在整整六十年后的六月八日推出新版,可谓有心之至,贴心之至,精心之至。

这是正式获得授权的中文繁体版:印刻按欧洲规矩向版权拥有方缴纳了版税,这该是目前唯一一个购买版权的中文译本。

这是推陈出新的译本:译者虽然还有"邱素慧",可是后面多了一个名字——张靖之。仅仅对比第一页,已可发现这个"邱张译本"和原来的邱译本大大不同。邱译本第一句是"这是四月间晴朗而有寒意的日子",新译本译成"一个晴朗而寒冷的四月天"。邱译本第二段漏译的重要一句新译本也补上了:"……这是为了'仇恨周'所实行的节约措施。"那句著名的话,邱译是"老大哥注视着你",新译本采纳了最通行的译法——"老大哥在看着你"。不用说,当年"邱素慧"莫名其妙漏掉的第二部分第六节,新译本也不声不响地补上了。

对,是"不声不响"。因为这个印刻纪念版既没有介绍邱素慧,也没有介绍张靖之,当然也没有介绍张靖之为什么以及如何刷新了流行那么多年的邱译本。

就连邱译本行世三十五年都没有译过的"新语原理",也不声不响又原汁原味地出现在印刻版的附录里。三十五年之后,邱译本以默默修订、脉脉致敬的方式获得新生。

网上的资料说：张靖之，台湾大学中文系毕业，英国剑桥大学汉学系硕士，曾任《国家地理》杂志中文版主编。译有《猛犸象宝宝时空大穿越》《国家地理终极摄影指南》（合译）和《西萨·米兰狗班长的快乐狗指南》等。

"老大哥就是你"

接下来，就是各位看到的徐立妍译本了。这是一个刚刚开始的故事。这又是一个全新的故事。

从一开始我们就知道：徐立妍是台湾的新锐译者，毕业于台湾师范大学翻译研究所笔译组，译有《污点》《以色列：新创企业之国》《泰丝家的女儿们》等。我们不用再猜"万仞"是谁的"假名"，不用再猜"邱素慧""林宪章"都是怎么回事。

从一开始我们就听见了译者的声音，听见她说她大学时就读过《一九八四》，牢牢记住了"老大哥"这三个字；也听见她信心满满地说，《一九八四》的语言其实一点也不一九八四，完全没有年代久远的感觉，倒是几个中译本的语言有些老旧了。

而且，她的声音与老译者颇有不同。老译者眼中的"老大哥"概念比较明确，形象非常单一，踪迹容易发现，东方西方都容易对号入座。时移世易，网络无边，科技凶猛，电眼浓密。如此"新锐"的世界，徐立妍眼中的"老大哥"就变得复杂多样，难以捉摸。她说：

> 每翻译一个字，我都能感觉到"老大哥"真实地存在。欧威尔抨击极权政府压迫人民，实行高压统治，人民只能依循老大哥认可的规范生活行事，老大哥的眼睛随时随地监视着每一个人；

而我，虽然不是生在极权统治的国家，但是仍然感受到无数双眼睛透过网路监视着我。当我翻译到这句'老大哥正在看着你'，我看着电脑上开着网络浏览器视窗，想着："不。老大哥就是你。"

徐立妍写上面这些字的时候，斯诺登的故事还没有上演。不过，台湾《一九八四》最新译本的故事从这句话开始，那是最"新锐"不过的了——

老大哥就是你！

二〇一五年一月二十日，深圳

第 一 部

1

　　四月的某一天,天气晴朗寒冷,时钟敲了十三下。温斯顿·史密斯下巴紧紧抵着胸口,想要借此挡住凛冽的寒风,赶快溜进胜利大厦玻璃门后,但他的速度还是不够快,只见他的脚步卷起一阵沙尘,跟着他进入大厦。

　　走廊弥漫着一股气味,像是煮过的圆白菜跟用很久的脚踏垫。走廊的一头有张彩色大海报,看起来不像室内装潢展示,用大头钉钉在墙上。海报上只有一张巨大的人脸,超过一米宽,是个年约四十五岁的男人,留着又浓又黑的八字胡,长相粗犷而潇洒。温斯顿走向楼梯,没必要去试电梯能不能动,因为就算是情况好的时候,电梯也很少能动,而且现在白天电力都被切断了,这是为了准备憎恨周而实施的节电措施。温斯顿住在八楼,他今年三十九岁,只是右脚踝上有静脉曲张性溃疡,所以他只能慢慢爬,中途还得停下来休息好几次。每爬上一楼,总瞧见电梯对面贴着那张巨大人脸的海报,八字胡男人就从墙上盯着你看,这张海报制作得很巧妙,不论往哪移动,眼睛都会跟着你。底下的文字写着:

　　老大哥在看着你

屋子里传来一个圆润的声音，念出一长串的数字，好像跟生铁制造有关。声音来自一个长方形的金属牌子，就像是一面失去光泽的镜子，占据右面墙上的一块地方。温斯顿扭了某个开关，声音变低了一点，但内容还是听得很清楚，这项设备称为电屏，可以转小声，但没办法完全关掉。他走到窗户边，看到自己矮小瘦弱的身形，穿着蓝色连身工作服更显得骨瘦如柴，但这是党制服，一定得穿。他的头发很柔顺，脸上泛着自然的血色，不过由于长年使用质量不良的肥皂、钝钝的刮胡刀，再加上寒冷的冬天刚刚结束，他的皮肤变得很粗糙。

即使是透过紧闭的窗玻璃看，外面的世界看起来还是好冷。楼下的街道上刮起一阵风，卷起了灰尘和碎纸片，虽然艳阳高照，天空蓝得让人睁不开眼睛，一切事物却似乎都失去了色彩，只剩下随处可见的海报，每个视野最佳的地方都能看见那张大胡子脸，居高临下盯着每个人。他家门口正对面就有一张，上面写着：老大哥在看着你。那对漆黑的眼睛跟温斯顿的四目交接。底下的街道旁也贴了一张海报，被人撕去了一角，风一吹过便不停翻动，"英社党"这几个字时不时就会显露出来。在很远的地方，直升机掠过屋顶，像只青蝇一样盘旋了一会儿，突然一个转弯就飞走了。那是警方在巡逻，从窗户窥探每个人的一举一动。不过巡逻没什么好怕的，可怕的是思想警察。

在温斯顿身后，电屏不断传来碎碎念的声音，还在讲生铁的事情，以及第九次三年计划的圆满大成功。电屏发送讯息的同时也在接收讯号，温斯顿不管发出什么声音，即使是非常低声的悄悄话，电屏都收得到，而且只要温斯顿待在这块金属牌的"视线范围"内，他的一切动作和一切声音都会被看到、听到。当然，你没办法知道自己当下是不是被监控，也不知道思想警察有多久接上某个人家里的电屏，又是怎么监控，只能靠猜的。说不定他们一直都看着每一个人。但不管怎么样，他们什么时候想接上你家的电屏都可以,你日常生活的前提就是有人会听到你发出的每个声音,除非周遭一片黑暗,否则就会有人看到你的每个动作,你就是得这样生活,而且生活也就是如此,已经习惯成自然了。

温斯顿一直背对着电屏,这样比较安全,不过他也很清楚,就算只是背部也能透露讯息。一公里以外就是真相部,也就是他工作的地方,高塔式的白色建筑耸立在一片烟尘弥漫之中,他对这景象有点反感,想着这就是伦敦,第一起降跑道周围最大的城市,这里也是大洋国内人口第三大的行政区。他努力回想童年,希望能知道伦敦是不是一直都像这样,是不是一直都看得到那些十九世纪的烂房子?房子四周用粗大的梁木撑着,窗户用硬纸板挡着,屋顶还是波浪状的铁皮,诡异的花园围墙已经东倒西歪。还有那些遭受轰炸的地点,空气中散布着灰泥粉尘,瓦砾堆上杂草丛生,炸弹在这里清出一大块空地,有人就占地为王,擅自盖起丑不拉叽的木屋,就像鸡舍一样。但没有用,他什么都想不起来,只能想起一些光线明亮的静态画面,没有背景,他也不知道那是什么意思。

真相部在新语中称为"真部",这栋建筑和他眼前所见的任何东西完全不一样,这是一栋巨大的金字塔建筑,外墙是光亮无比的白色混凝土,高耸入云,一层又一层向上堆叠,高达三百米。从温斯顿站着的地方,正好可以看到白色外墙上用优雅的字体清楚写着党的三个口号:

战争即和平
自由即奴役
无知即力量

听说在真相部里头,地上楼层就有三千个房间,地下楼层也是相同的结构,在伦敦各地只有另外三栋跟真相部外表规模相似的建筑,这四栋建筑物让其他建筑相对显得很渺小，所以从胜利大厦的屋顶就可以同时看到这四栋建筑。政府的整体机构被划分成四个部门，就分别在这四栋建筑内办公。真相部的职责是新闻发布、娱乐活动、教育，以及艺术；和平部则掌管战争事宜；仁爱部要维护法律与秩序；丰隆部就负责经济事务。这些部门在新语里分别被称为：真部、平部、爱部，以及丰部。

仁爱部是真正可怕的地方，那里完全没有窗户。温斯顿从来没有去过仁爱部，也没有靠近过那里五百米范围内的地方。除非是谈公事，否则根本不可能进去那里，进去之后要通过用有刺铁丝网重重织出来的迷宫、一道道铁门，里面还藏着机关枪随时对准你，甚至连通往外围路障的路上，都有长得好像大猩猩的警卫走来走去，一身黑色制服，带着双节警棍。

温斯顿突然转身，他脸上的表情已经换成平静又乐观的样子，面对电屏的时候最好都是这样。他走到房间另一头的小厨房里，在这种时刻离开工作岗位，表示他没办法在食堂里用午餐，结果他发现厨房里没有食物，只有一块深色面包，要留作明天的早餐。他从架子上拿了一瓶透明液体，上头白色标签写着胜利牌杜松子酒，味道闻起来恶心油腻，就像中式发酵米酒一样。温斯顿倒了几乎满满一杯，劝自己鼓起勇气面对可怕的味道，然后就像喝药一样一饮而尽。他的脸马上涨红，眼睛泛泪，这玩意儿就跟硝酸一样，吞下去的瞬间就像橡胶棍棒打到后脑勺一样，但是胃里那种灼烧感渐渐消失，世界开始变得明朗。他从压扁的烟盒中抽出一根烟，包装上写着胜利牌香烟。但他不小心拿竖了，结果烟草都掉到地板上，第二根烟就比较成功。他回到客厅，坐在一张小桌子前，电屏就在他右手边。他从桌子抽屉里拿出一支笔杆、一瓶墨水，还有一本四开大小的空白厚笔记本，封面是红底大理石纹。

不知道为什么，客厅里的电屏位置跟一般不太一样，正常应该是要架在最里面那堵墙上，这样才能看清整个房间，但这里的却是架在窗户对面比较宽的墙上。电屏的左边有一处浅浅的壁龛，就是温斯顿现在坐着的地方，公寓在兴建的时候，这里大概是预留要放书架的。只要温斯顿在壁龛里尽量靠里面坐，就可以避开电屏的"视线"监控范围。当然他说的话还是会被听见，但只要他待在现在这个位置，就不会被看见。大概也是这房间位置的特殊性，让温斯顿兴起做这件事情的念头。

但部分原因也是因为他刚刚从抽屉拿出来的这本书。这本书非常美丽，滑如凝脂的纸张，因为时间久了有点泛黄，过去将近四十年已经没有人生产这样的产品了，但是他觉得这本书的历史应该更久。他是去镇上的某处贫民窟（已经不记得在哪里了），在一间脏乱的小二手商店橱窗里看到这本书，立刻就涌起一股冲动想拥有。党员不应该走进一般商店，也就是说不得在利伯维尔场上消费，但这条规定也不是得严格遵守，因为有很多东西，像是鞋带和刮胡刀片，除了到一般商店，否则是买不到的。他很快扫视街上一圈，然后溜进店里花了两块五买下这本书。当时他还不知道自己到底为什么想买。他怀抱着罪恶感，把书放在公文包里带回家，虽然书里一个字都没有，但最好还是不要拥有这种东西。

他打算要做的事情是开始写日记。写日记并不犯法（反正现在也没法律可言，也就没什么犯法的事了），但要是被发现的话，理论上肯定是会被判死刑，或者至少也要在劳改营里待二十五年。温斯顿帮笔杆装上笔尖，吸掉里头的脏污。笔已经是过时的产品了，现在甚至连签名都很少用笔。他排除万难偷偷找来一支，只是觉得这么漂亮平滑的纸张，应该要用真正的钢笔尖书写，而不能让墨水笔刮伤了。其实他并不习惯手写字，除了一些很短的字条之外，他通常都是通过口说让说写器记录下来，而他现在当然不能这么做。他提笔蘸了蘸墨水，犹豫一会儿，从身体最深处打着哆嗦，要在纸上做记号，这可是能决定一切的动作。他写下拙劣的小字·

一九八四年，四月四日。

　　他往后坐，头顶压下一股完全的无力感。首先，他根本不确定今年是一九八四年，总之大概就是这个时间。因为他很确定自己今年三十九岁，而且他想自己应该是一九四四年或四五年出生的，但是他完全无法确切知道是哪月哪日。

　　他突然又想到，他这日记是要写给谁看？给未来还没出生的孩子看？他看着书页上那个不确定的日期，心里盘算一会儿，然后猛然就出现新语中所谓的"双重思想"。他第一次发觉这个行动非常重要。要怎么跟未来沟通呢？就本质上来说是不可能的，未来要么就是跟现在的情况类似，那么未来的人就不会听到他说了什么；要么就是跟现在不一样，那他也就不必让自己处在这种困境当中了。

　　他坐在原地，呆呆瞪着纸张好一阵子，电屏的声音已经转成刺耳的军乐。很奇怪，他好像不仅仅失去了表达自我的能力，甚至还忘记他一开始想说的到底是什么。几个礼拜的时间过去了，他一直在准备迎接这个时刻，心里从来没想过这件事除了勇气还需要什么其他东西。他脑袋里一直回荡着没完没了的独白，从不间断持续了好几年，要写下来应该很容易。但是此时此刻，居然连独白也消失了，而且他的静脉溃疡又开始发作，痒得不得了。他不敢去抓，因为一旦抓了就会一发不可收拾。时间一分一秒过去了，他完全无法专心，只是一直瞪着面前空白的纸张，面对脚踝上方的瘙痒、音乐刺耳响亮的声音，还有喝了杜松子酒带来的一点醉意。他突然陷入一阵完全的恐慌，开始写字，但却不太注意到底写了什么，他小小的幼稚笔迹在纸页上展开，忽上又忽下，字体完全没有大写，到最后连句号都省了。

一九八四年，四月四日。昨晚去了电影院。全是战争片。有一部很棒，有一艘船上面载满难民，结果在地中海某个地方被轰炸。观众特别喜欢其中一段，有个超级大胖子在水里拼命游，想要躲过后头直升机的子弹。一开始只见他在水里像只鼠海豚翻滚，然后又通过直升机上的机关枪准星看到他，接着他就全身弹孔，把身旁的海水染红了，瞬间下沉，仿佛那些弹孔会吸水一样。他下沉的时候，观众大笑不止。然后看到一艘救生艇，上面载满小孩，直升机在他们头上盘旋。一个中年妇女看起来像是犹太人，坐在船头，怀里抱着一个年约三岁的小男孩。小男孩害怕得直尖叫，把头埋进女人胸部里，一副想钻进她身体里的样子。女人双手环抱着他，虽然自己也吓得脸色发青，但还是不停安慰他，尽量用手挡住他的身体，好像以为自己的手臂可以帮他挡子弹。然后直升机投下一颗二十公斤的炸弹，直接命中救生艇，迸出一道巨大的闪光，整艘船炸成碎片。有一景拍得很妙，画面中一只小孩的手臂不断往上飞、往上飞，飞到空中。一定是在直升机的机首装了摄影机，一直跟着手臂往上拍。党员席上爆出一阵热烈的掌声，但是无产阶级席上却有个女人突然站起来，开始大吵大闹，吼着说他们不应该在小孩面前播放这种影片，这不适合小孩子看，一直吵到警察来把她带走。我不知道她发生了什么事，也没人在乎无产阶级说了什么、他们有什么反应，从来没有——

温斯顿停笔，一部分是因为抽筋了很痛。他不知道自己为什么要写这么一大串废话，但奇怪的是，他一边写，脑海中一边清楚浮现出另一个完全不一样的记忆，甚至清楚到他觉得应该写下来。现在他发现，就是因为这件事情，让他突然决定今天回家要开始写日记。

这件事是那天早上发生在真相部的，但这件事实在太模糊，也没办法说到底有没有发生。

那时候已经快十一点了，温斯顿在他工作的记录局里，大家正要把小隔间里的椅子拉出来，排在大厅正中央面对大电屏，准备进行两分钟憎恨时间。温斯顿刚在中间几排找了个位子坐下，突然出现了两个人，这两个人他见过，但从来没交谈过。其中一个是女孩子，他经常在走廊上遇见她，他不知道她叫什么名字，但知道她在虚构局工作。他常常看到她满手油污，随身带着扳手，所以他猜她的工作应该跟那些小说书写机器的维修有关。她看起来很有自信，年约二十七岁，一头浓密深色的头发，脸上长了雀斑，像个运动员般动作敏捷，她穿着连身工作服，绑着一条红色的细腰带，缠绕了好几圈，那是"青年反性联盟"的标志，腰带绑得很紧，正好衬托出她的臀部线条。温斯顿第一眼看到她就不喜欢她，而且知道为什么，因为他随时都能从她身上感觉到一股氛围，像是曲棍球场、冷水澡、小区健行，以及整个人心无杂念的感觉。

温斯顿几乎不喜欢所有女人，特别是年轻漂亮的。因为这些女人，尤其是年轻女人，都是对党最忠心不贰的拥护者，对所有口号都照单全收，就算不是职业间谍，她们也随时在窥探，揪出不遵守党纲的家伙。但这个女孩让他觉得，她比大多数女人更危险。有一次他们在走廊上擦肩而过，她斜着眼睛迅速对他上下打量，眼神似乎要直接穿透到他身体里，让他一时间陷入完全的恐惧，他脑中甚至闪过一个念头，认为她是思想警察的密探。当然这非常不可能，真的不可能。不过，每次她出现在他身边时，他还是觉得特别不安，除了恐惧之外，对她也带着敌意。

另一个是个男人，叫欧布莱恩，是内党党员，手握重权。他有些工作非常重要，但离温斯顿的生活太遥远，所以他只能大概知道一点他的工作性质。当座位附近的人看到身穿黑色连身工作服的内党党员来了，马上引起一阵短暂的骚动。欧布莱恩身材高大魁梧,脖子粗壮,脸上皮肤粗糙,是个长相滑稽的大老粗。虽然外表让人畏惧,但他做人处事却有一种独特的魅力。他有一招小把戏,就是把鼻梁上的眼镜戴好,这招不知道为什么很容易让人卸下防备,说不上来是怎么回事,但似乎也很得体。这个动作可能会让人想起十八世纪的贵族拿出鼻烟盒给别人用,不过现在还有人会这样想吗?温斯顿每年大概都会见到欧布莱恩一次,他觉得自己对他非常有兴趣,不只是因为好奇,欧布莱恩外表明明看起来像个职业拳击手,个性怎么会这么温文儒雅?更多是因为他自己偷偷认为,或者不能说是认为,只是他希望是这样,他觉得欧布莱恩的政治信仰或许并不完全虔诚,他脸上的表情不经意就会透露出一点讯息。不过话说回来,或许他脸上透露出的根本就不是不忠诚,只是智慧而已。但无论如何,反正他的外表看起来就像是能放心交谈的样子,前提是要想办法骗过电屏的监控,然后跟他单独谈话。温斯顿从来不曾尝试要证实自己的猜测,的确没有,因为根本没有办法。这时候欧布莱恩看看腕表,已经快要十一点了,看来他是决定要留在记录局,等两分钟憎恨时间结束。他在温斯顿那一排找个位子坐下,两人中间隔了几个位子,中间还坐了个浅褐色头发的小个子女人,她工作的位置就在温斯顿隔壁。深色头发的女孩就坐在她后面。

下一刻,大厅尽头的大电屏开始播送一段讨厌又刺耳的演讲,好像是某部巨大的机器该上点油了。听到这种噪音,会让人紧咬着牙齿,脖子后面的毛发都竖起来。憎恨开始了。

一如往常,屏幕上出现了人民公敌艾曼纽·葛斯登的脸,观众席中到处有人发出愤怒的嘶嘶声,浅褐色头发的小个子女人尖叫一声,声音混杂了害怕与厌恶。葛斯登是个堕落的叛徒,很久以前(但是已经没人记得是多久以前)他曾经是党内的领导人物,地位几乎和老大哥本人平起平坐,后来却投入反叛革命运动而被判死刑,却又神秘脱逃消失。"两分钟憎恨"

009

的节目每天都不一样,但每次葛斯登都是主要对象。他是头号叛徒,第一个玷污党的纯洁,后来发生许多对抗党的罪行、所有背叛、破坏行为、异端邪说、偏离党纲的思想等等,都是直接得力于他的教导。他还活在世界的某个地方,还在酝酿他的阴谋,或许是在海洋的另一端,在外国金主的保护下生活,或者甚至也常常有谣言说他根本就藏身在大洋国内。

温斯顿感到胸口一紧,他每次见到葛斯登的脸,心里都会感到一股痛苦的复杂情绪。那是一张精瘦的犹太人的脸,白发苍苍,头上仿佛围绕着光环,还留着短短的山羊胡,看起来很聪明,但不知道为什么也让人打从心里厌恶,细细长长的鼻子上架着一副眼镜,让他看起来像个愚蠢的老糊涂。长相很像绵羊,声音也跟绵羊很像。葛斯登跟往常一样,正在散播恶意谣言攻击党纲,这些攻击实在太夸张又不合理,就连小孩都可以拆穿,但是却又有点道理,听到的人会有所警觉:说不定有些比较不冷静的人就会相信这些话。他在辱骂老大哥,谴责党的专政制度,要求立刻跟欧亚国缔结和平协议,提倡言论自由、媒体自由、集会自由,以及思想自由,他歇斯底里吼叫着革命遭到背叛——这段话说得飞快,每个音节都连在一起,好像在嘲弄党发言人惯用的说话方式,甚至还夹杂了几句新语,事实上,他用的新语比党员在现实生活中会用的还多。

在此同时,为避免有人怀疑葛斯登这些莫名其妙的废话中隐藏的真相,电屏上还能看到从葛斯登的大头后面走出一队又一队、永无止境的欧亚国军队,一排又一排的亚洲军人,身材结实,面无表情,浮出屏幕之后又消失,后面又接连出现几乎一模一样的军人。敌军的军靴发出有节奏的沉重脚步声,衬托着葛斯登咩咩叫的声音。

憎恨时间进行还不到三十秒,大厅里已经有半数的人控制不了自己,爆发出愤怒的叫喊,电屏上那张志得意满的绵羊脸,加上后面欧亚国军队可怕的力量,都实在叫人难以承受。再说,光是看到或是想到葛斯登,就

　　每爬上一楼，总瞧见电梯对面贴着那张巨大人脸的海报，八字胡男人就从墙上盯着你看。这张海报制作得很巧妙，不论往哪移动，眼睛都会跟着你。底下的文字写着．老人哥在看着你。

他的笔尖以优雅迷人的姿态掠过光滑的纸面,留下又大又整齐的大写字母,一次又一次,写满了半页:

老大哥下台老大哥下台老大哥下台老大哥下台

　　双重思想是指一个人心里可以同时抱持着两种互相矛盾的信念，且两者都接受。党内的知识分子知道自己的记忆一定会如何遭到修改，所以就知道自己其实在操弄现实，可是经过了双重思想之后，他也会安慰自己这样并不会扰乱现实。

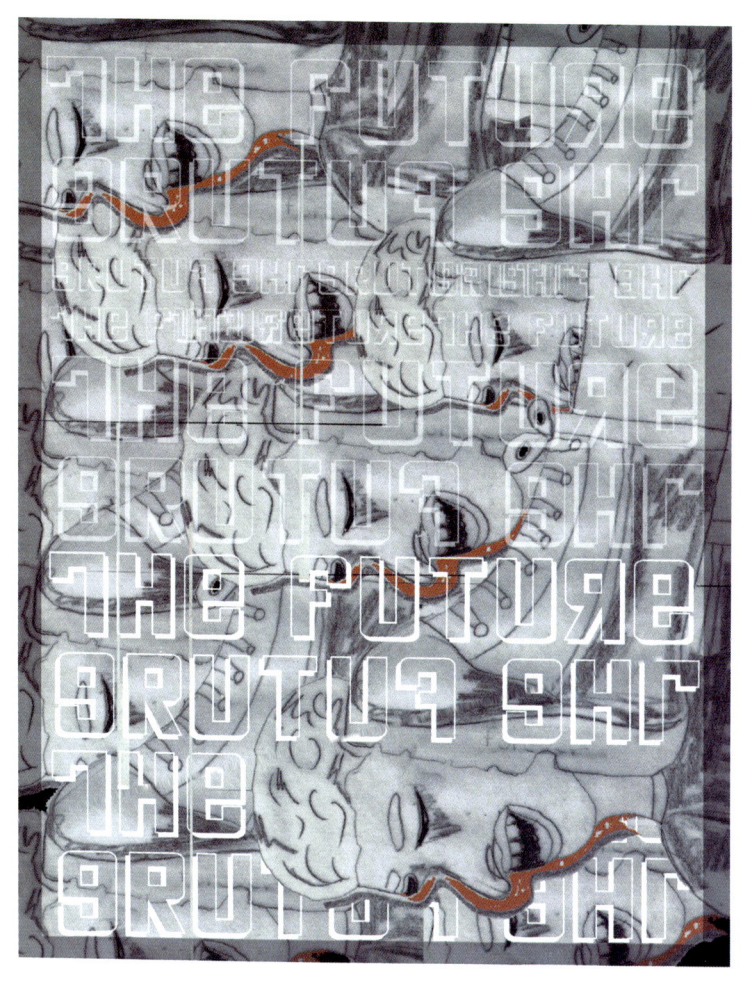

　　有好几次他在地板上翻滚，像畜生一样不知廉耻，不断扭动身体改变姿势，只是想一次又一次，在绝望中努力闪躲他们的靴子。但只是让他们愈踢愈狠，愈踢愈来劲。

"我也没办法啊,"他呜咽说,"我能怎么办,我眼前看到的就是如此,二加二是等于四嘛。"

"不一定,温斯顿,有时候会等于五,有时候会等于三,有时候可能全部都是,你一定要更努力,要恢复理智并不容易。"

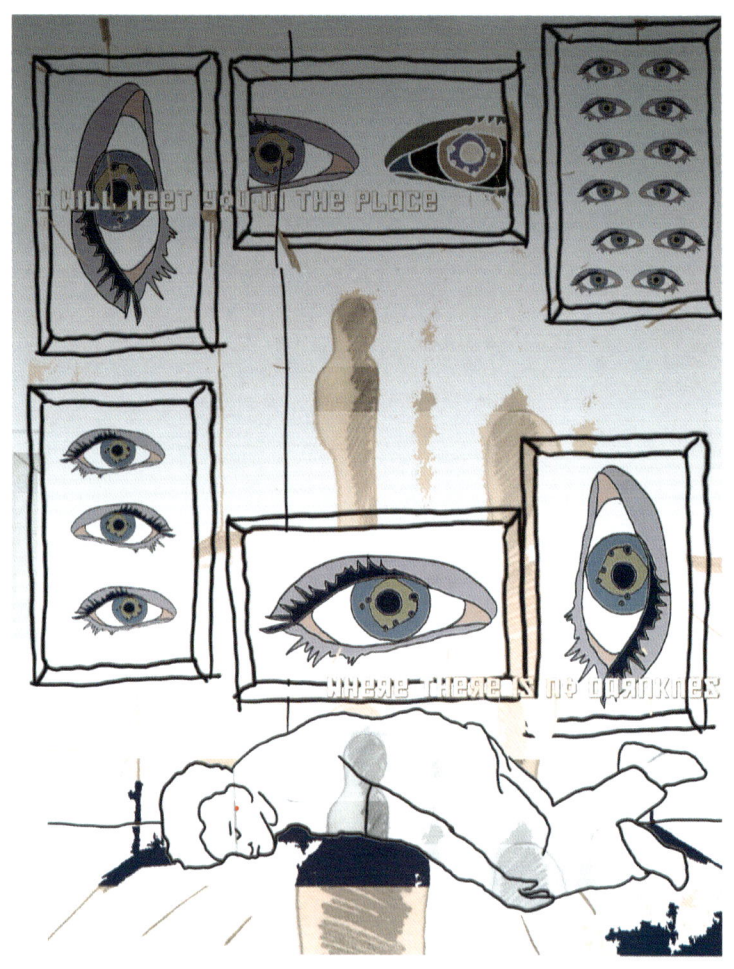

　　他闭上眼睛……他想到老大哥,那张巨大的脸,还有浓密的黑色络腮胡,紧盯着你来回走动的双眼,好像自动浮现在他的脑海,他对老大哥的真实感觉到底是什么?

"老鼠,"欧布莱恩依然对着看不见的观众说,"虽然是啮齿类动物,但是是吃肉的,这个你知道吧……老鼠也会攻击生病或快死掉的人,它们聪明得让人惊讶,能够判断哪个人已经没救了。"

　　对于他揽住自己的手,她没有多做反应,甚至没有试图离开他的怀抱。他现在知道她是哪里不一样了,她的气色变得比较暗沉,脸上还有一道长长的疤,一部分藏在头发里,从额头延伸到太阳穴,但这不是最主要的变化,而是她的腰变粗了,而且也变僵硬了,让人忍不住惊讶。

足以自动引发恐惧和愤怒,比起欧亚国和东亚国,他更常成为憎恨的对象,毕竟大洋国在跟这两个国家其中之一打仗的时候,跟另一国通常都能维持和平。但奇怪的是,虽然大家都憎恨唾弃葛斯登,每天每个人在讲台上、电屏上、报纸上,以及书上,都能看到几千条言论,驳斥、打击、嘲弄他的主张是多么不值一提的垃圾,但他的影响力却似乎完全没有减少,总是会有些新来的傻子等着上他的当,每天思想警察总是会抓到几个葛斯登指使的间谍跟搞破坏的人。他是一支庞大影子军团的指挥官,主宰着密谋反叛者的地下联络网,一心一意要推翻这个国家。组织的名字好像叫兄弟会,谣传他们有一本很可怕的书,内容尽是异端邪说,作者就是葛斯登,这书就暗中在四处流传。这本书没有书名,如果有人要提到它的话,就直接说是那本书,但是大家对这些事情的了解,也只是依据不清不楚的谣言而已。如果可以的话,一般党员都会尽量避免谈起兄弟会或者那本书。

到了第二分钟,憎恨更是到了疯狂的地步,有人在座位上跳上跳下,竭尽全力嘶吼出声,意图要掩盖过电屏那股让人抓狂的咩咩声。浅褐色头发的女人脸色涨成明亮的粉红色,嘴巴一开一合,就像跳到陆地上的鱼一样。就连欧布莱恩那张严肃的脸都红了起来,他在椅子上挺直了背坐着,鼓起厚实的胸膛抖动着,好像是要抵抗海浪来袭一样。坐在温斯顿后面的深色头发女孩开始大叫着:"猪头!猪头!猪头!"然后她突然抄起一本厚厚的《新语辞典》,朝着电屏扔过去,打中葛斯登的鼻子后弹开,但电屏依旧发出声音。

温斯顿猛然惊醒,发现自己正跟着其他人叫喊,脚跟狠狠踢着椅子的横档。"两分钟憎恨时间"的可怕之处并不在于你必须参与,正好相反,是你不可能置身事外。不用三十秒,根本连假装都不必了,自然而然就会爆发出强烈的恐惧和怨恨,让人想要杀戮、想要折磨、想要拿起大榔头砸烂敌人的脸。这股可怕的情绪似乎像电流般在这一大群人身边流窜,甚至会让人做出违心之举，变成一个痛苦尖叫的疯子。但是你感受到的愤怒是一股没有定向的抽象情绪，就像焊接灯的火焰一样，从一个物体跳到另一个物体。所以有那么一刻，温斯顿根本就不是在憎恨葛斯登，而是在憎恨老大哥、憎恨党、憎恨思想警察。在这个时候，温斯顿的心朝着电屏上那个受揶揄的孤独叛徒靠拢，他是这个谎言世界中唯一捍卫真相和理智的斗士。但是下一秒钟，他的心思又与其他人同在了，那些攻击葛斯登的话，在他听来似乎都是真的。这种时候他对老大哥的感情，从偷偷讨厌他转变成崇拜他，老大哥的地位好像变得崇高，成为一个所向披靡、无所畏惧的保护者，像块坚硬的巨石抵抗亚洲的人海战术。而葛斯登虽然孤立无援，还有人怀疑他是否真的存在，但他比较像是邪恶的巫师，光靠声音就能摧毁文明的架构。

有些时候甚至有可能靠自己的意志将憎恨转移到别的地方。突然，温斯顿狠狠抽离自己的思绪，就像晚上做噩梦时要把自己从枕头上拉起来一样。他成功将自己的憎恨从电屏上的那张脸转移到后面那个深色头发女孩身上，他脑海中闪过许多生动美丽的幻想画面，他要用橡胶棍棒鞭打她，直到她死为止；把她全身赤裸地绑在木桩上，像敌人对付圣巴斯弟盎[a]一样将她乱箭射死；他要尽情蹂躏她，然后在达到高潮的时候割断她的喉咙。而且这次比之前的情况更好，他明白自己为什么恨她，他恨她年轻漂亮又贞洁，他想跟她上床却永远没机会。因为她拥有甜美柔软的腰，看上去似乎是要你伸手环抱着，但那里却绑着恶心的猩红色腰带，炫耀着她守贞的象征。

憎恨时间达到高潮，葛斯登的声音真的变成绵羊的咩咩叫，他的脸也一瞬间变成了绵羊；然后那张绵羊脸逐渐变成一名欧亚国士兵的形象，仿

---

① 圣巴斯弟盎（Saint Sebastian）是基督教的圣人及殉道者。罗马皇帝戴克里先迫害基督徒，圣巴斯弟盎因不肯屈服，而遭乱箭射死。

佛在不断前进,身材壮硕,长相可怕,手上的冲锋枪哒哒作响,好像快要冲破电屏跑出来了,让前排的人真的在座位上往后瑟缩了一点。但在此同时,那个充满敌意的形体换成了老大哥的脸,让大家都庆幸地重重吐了一口气。老大哥的黑头发、卷卷的黑色八字胡,全身充满力量,出奇冷静,这个影像的压迫力实在太大,仿佛充满了整个电屏。没有人在听老大哥说了什么,他只是简单说几句鼓励的话。那种在喧闹的战场中说的话,不是特别为了谁说的,而是为了让听众光听到他的声音就重新产生信心。然后老大哥的脸又逐渐淡去,取而代之的是党的三句口号,用粗黑的大字写着:

战争即和平
自由即奴役
无知即力量

但是老大哥的脸似乎在电屏上又多停留了几秒钟,大概是他在每个人眼里留下的印象实在太过逼真,没办法马上抹掉。浅褐色头发的小个子女人往前一扑,扑倒在前方椅子的椅背上,用颤抖的声音喃喃自语,听起来好像在说:"我的救世主啊!"她朝着电屏伸出双臂,然后把脸埋进手里,看起来显然是在祈祷。此时,所有人开始用低沉缓慢的声音,带着节奏吟唱着:"老——大哥!……老——大哥!"唱了一次又一次,节奏非常缓慢,第一个字和第二个字之间间隔很长,声音很沉重、很微弱,不知道为什么还有一点野蛮部落的感觉,仿佛可以听到背景传来光着脚丫跺脚以及拍打手鼓的声音。他们持续了大概三十秒,这样的曲调经常会在人们情绪过度激昂的时候听到。一方面是因为这是赞扬老大哥智慧与伟大的圣歌,还有一方面是因为这是一种自我催眠,用节奏感十足的噪音故意掩盖掉本身的自觉。温斯顿不禁觉得心里发寒。在这两分钟憎恨当中,他忍不住跟着大家发疯，但是这种不像人类曲调的圣歌，反复吟唱着"老——大哥！……老——大哥！"总是让他发毛。他当然也跟着其他人吟唱，根本不可能不照做。他必须隐藏自己的感觉、控制脸部表情，跟着其他人的动作，这一切完全是他的本能反应。但是这当中有几秒钟的时间，他的眼神很可能背叛了他。而就在这个时候，发生了那个特殊事件，如果真的能说发生的话，那确实是发生了。

有一刻他和欧布莱恩四目相对。欧布莱恩站了起来，拿下眼镜，准备再把眼镜挂回鼻子上，这是他的招牌动作。但是有那么零点零几秒，他们两人四目相对，就在那么一瞬间，温斯顿知道了——对，他就知道——欧布莱恩也跟他有同样的想法，两人之间传递的讯息清清楚楚，就好像他们俩敞开心房，思想就通过两人的眼神互相交流。"我支持你。"欧布莱恩好像在对他说，"我完全了解你的感受，我知道你所有的不满、憎恨、厌恶，但不要担心，我跟你是同一国的！"然后这段心灵交流就结束了，欧布莱恩的脸又变得跟其他人一样难以捉摸。

事情就是这样，温斯顿已经不太确定这件事到底有没有发生，这样的事不可能会有后续发展。唯一的好处就是让他心中还存着信念或希望，知道除了他之外，还有其他党的敌人。或许那些关于庞大的地下阴谋组织确实存在也说不定——也许兄弟会真的存在！虽然不断有逮捕可疑分子、自白以及处决的消息，但还是没办法肯定兄弟会并不只是传说，有些时候他相信是真的，有时候又不相信。没有证据，只有一些偶然出现的蛛丝马迹，可能代表了什么，也可能什么都不是，例如无意间听到的片段对话、厕所墙上模糊的字迹等等。甚至有一次，他看到两个陌生人见面，手做了个小动作，看起来好像是什么确认身份的暗号。但这一切都只能靠猜测，很可能这一切都是他想象出来的。

他回到自己的工作隔间，没有再看欧布莱恩一眼，根本没想过要继续两人短暂的交流。就算他知道要怎么维持下去，他也不敢想象这件事会有多危险。有那么一秒、两秒，他们彼此用诡异的眼光看了对方几眼，然后就这样结束了。但即使如此，他现在一个人活在闭锁的寂寞中，能发生这件事还是值得纪念。

温斯顿把自己从回忆中拉回来，在椅子上坐直，打了个嗝，杜松子酒从胃部涌上来。

他的眼睛重新聚焦在书页上，他发现自己坐在那里一直胡思乱想的时候，他也一直在写字，好像手就自动拿起笔移动一样，而且字迹不像之前那样难以辨认又奇怪，他的笔尖以优雅迷人的姿态掠过光滑的纸面，留下又大又整齐的大写字母，一次又一次，写满了半页：

老大哥下台老大哥下台老大哥下台老大哥下台

他忍不住感到一阵惊慌。这太荒谬了，写下这几个字，并不比一开始打开这本笔记写日记来得危险，有一会儿，他想要撕掉这些没用的纸张，完全放弃这项计划。

但是他并没有这么做，因为他知道这样是没用的，不管他是写了"老大哥下台"，还是他忍住不写都没有差别；不管他继续写日记，或者不要再继续写下去也没有差别，思想警察还是一样会抓他。他已经犯了最严重的罪，这个罪行包括了其他所有的罪，就算他从来没有提笔写下来，他也还是犯了罪，他们称之为思想罪。思想罪可没办法掩盖一辈子，你或许能成功躲避一阵子，甚至躲好几年，但是他们迟早会逮到你。

事情总是发生在晚上，一定都是晚上去逮人的，突然从睡梦中被摇醒，粗鲁的手摇晃着你的肩膀，灯光打在你眼睛上，床边围绕着一圈长相凶狠的家伙。大多数案件都没有经过审判，没有关于逮捕的报道，总是在晚上的时候，有些人就这样消失了。你的名字从名册上删除，你所做的每件事情、每项记录都被删得一干二净，没有人承认你曾经存在，很快你就被遗忘，你被废除、歼灭，或者以惯用的说法就是人间蒸发。

有那么一会儿，他感到某种歇斯底里的情绪控制住他，他开始飞快写下潦草的字迹：

他们开枪打我我不管他们在我后脑勺开枪我不管老大哥下台
他们老是从后脑勺开枪我不管老大哥下台

他往后靠坐在椅子上，觉得自己有点可耻，然后放下笔；下一秒钟他又狂躁地开始写起来。大门传来敲门声。

这么快！他像只老鼠般坐在原地不动，心中抱着不可能的希望，不管是谁在敲门，或许敲过一次就会放弃而离开。但没有，对方又敲了一次门，再不去开门麻烦就大了。他的心脏像打鼓一样狂跳，但是长久以来的习惯，让他的脸大致看起来没什么表情。他站起身来，拖着沉重的步伐走向大门。

2

温斯顿伸手去握门把的时候，看到自己把日记摊开放在桌上，书页上写满了"老大哥下台"这些字，字体几乎大到连在房间对面都看得见。做这件事实在是蠢到不可思议。但他虽然觉得很惊慌，还是不想把日记合上，因为墨水还没干，他怕会弄脏乳白色的纸张。

他深吸一口气之后打开门，马上松了一口气，全身感到一股暖流。外头站着一个脸色苍白的女人，头发稀疏，垮着一张满是皱纹的脸。

"哦，同志。"她开始用一种阴郁的嘀咕声讲话，"我想是听见你进门了。

你能不能过来看看我们家厨房的水槽？水管塞住了，而且——"

温斯顿心想："是帕森斯太太，是我同一层楼邻居的太太。"（党不太喜欢"太太"这个称呼——应该称呼每一个人"同志"——但面对某些女人，你就是自然会叫她"太太"。）她年约三十，但看起来年纪还更大，不管谁看到她，都会觉得她脸上的皱纹深到可以卡灰尘。温斯顿跟着她走到走廊另一端，他几乎天天都会被这些正职之外的修缮工作打扰。胜利大厦是栋老公寓，大概建在一九三〇年左右，正在崩解毁坏当中，灰泥经常从天花板或墙上剥落，每次结霜严重的时候就一定爆水管，只要下雪屋顶就开始渗漏，而为了经济考虑，暖气系统又不能完全关闭，通常就只能开到一半的热度。除非你自己修理，不然修缮工程都要经过高高在上的委员会批准，就算只是修复窗框也可能延宕个两年。

"当然，我找你只是因为汤姆不在家。"帕森斯太太默默说了一句。

帕森斯家的套房比温斯顿家大，虽然也很昏暗，但感觉不太一样，每样东西都破旧不堪，挤压变形，好像有只什么狂暴的大型动物来过这个地方。地板上到处是运动过后留下的负担——曲棍球棒、拳击手套、一颗爆掉的足球，还有一件脱下来没翻成正面的运动长裤。桌上有一堆脏盘子跟一些折起页角的练习簿；墙上挂着青年联盟以及间谍组织猩红色的横幅，还有一张老大哥等身大小的海报。这里也有经常在整栋大厦里都闻到的炖煮圆白菜的气味，但这股气味被一种更强烈的汗臭味盖过了，只要一闻就能分辨出来，不过很难说这个味道的主人现在还在不在现场。电屏持续播送军乐，另一个房间里，某人拿着梳子和一张卫生纸，努力想跟上军乐的音调。

"是孩子，"帕森斯太太说，她大概也猜到温斯顿心里想什么，朝着门看了一眼，"他们今天没出门，当然啦——"

她习惯话都讲一半。厨房的水槽里满溢着绿色脏水，都快漫出来了，闻起来比圆白菜还要难闻。温斯顿屈膝检查水管的弯角接头。他讨厌用自己的手,讨厌弯腰,这种动作一定会害他开始咳嗽。帕森斯太太在一旁无助地看着。

"当然啦,要是汤姆在家的话,马上就能修好。"她说,"只要是像这样的东西他都喜欢,他那双手可真是厉害,汤姆就是这样。"

帕森斯先生是温斯顿在真相部的同事,有点胖胖的,不过动作很灵活,蠢到让人受不了,整个人就是个低能的热血分子!就是那种完全没有质疑,全心投入劳动、服务思想警察,而且更是全心为了老大哥服务,因为他关系到党的稳定。他三十五岁时才不甘不愿地被青年联盟除名,而且他进入青年联盟之前,在间谍组织也比法定年龄多待了一年。他在部门里的职位属于部属层级,不太需要什么聪明才智;但另一方面他又是运动委员会的领导人物,在其他所有的委员会,举凡要动员小区健行、自发性游行示威、节约运动;还有义务性活动,也都能看到他。他会带着微妙的骄傲,一边抽着烟斗吐着烟圈,一边告诉你,他过去四年来,每天晚上都会出席中央社团的聚会。一股强烈的汗臭味,像是下意识要向你证明他的人生有多努力,不管他走到哪里都带着这股气味,甚至连他死后气味都还留着。

"你有扳手吗?"温斯顿问,用手去试着转动弯角接头上的螺帽。

"扳手,"帕森斯太太说,突然泄了气似的,"我一定不知道的,也许孩子——"

帕森斯家的孩子走进客厅,靴子重重踩在地上,把整个客厅搜了一遍。帕森斯太太把扳手拿来,温斯顿让水槽的水流光,带着嫌恶把堵住水管的那一团人类毛发拿掉。他在水龙头底下,用冷水尽量把手指洗干净,然后回到客厅。

一个长相俊秀的九岁男孩突然从桌子后面现身,看起来不太好惹,拿着一把玩具自动手枪吓唬他,而小男孩的妹妹,大概比他小两岁,也拿着一段木头对温斯顿做一样的动作。两个小孩都穿着蓝色短裤、灰色衬衫,围着红色领巾,这是间谍组织的制服。温斯顿双手高举过头,但是觉得很不舒服,这小男孩的行为充满了恨意,根本一点也不像游戏。

"你这个叛徒!"小男孩大吼着,"你这个思想犯!欧亚国间谍!我要打死你,让你人间蒸发,把你送到盐矿去做苦力!"

突然他们两个围着他跳来跳去,大叫着"叛徒!""思想犯!"小女孩模仿着她哥哥的每一个动作。说实在,这看起来还真有点可怕,就像在跳跃嬉戏的幼虎很快就会长成吃人的怪物。小男孩的眼中散发出某种善于筹谋的凶狠,很明显他想揍或踢温斯顿,而且他也很清楚自己的体型已经够大,足以对付温斯顿。温斯顿心想,幸好他手里拿着的不是真正的手枪。

帕森斯太太的眼神紧张地在温斯顿和小孩之间飘来飘去,一下看他,一下又看小孩。客厅的光线比较明亮,温斯顿发现帕森斯太太脸上的皱纹里还真的卡着一些灰尘。

"他们平常就是这么吵,"她说,"他们又很失望不能去看绞刑,所以才会这样。我忙到没时间带他们去,要等汤姆下班回来又太晚了。"

"我们为什么不能去看绞刑?"男孩声嘶力竭地大吼着。

"看绞刑!看绞刑!"小女孩不断重复这句话,还一直跳来跳去的。

温斯顿想起来了,那天晚上有一些欧亚国的战犯要在广场接受绞刑。这种事情大概一个月一次,大家都很喜欢去看,小孩子老是吵着要大人带他们去。他准备离开帕森斯太太家,起身走向门口。他还走不到六步,后颈突然重重挨了一下,力道之大让他痛苦不堪,就好像一条烧红的金属线猛刺进他的身体。他一转身,正好看见帕森斯太太把她儿子拉回门里,她儿子正将一副弹弓收进口袋。"恶人葛斯登!"小男孩吼叫着,然后那扇门就这样关上,但是最让温斯顿感到惊讶的,是那女人灰槁的脸上那种无助的惊恐。

温斯顿回到自己的套房内，很快经过电屏又到桌前坐下，手还揉着自己的脖子。电屏已经不再传来音乐，而是一个清脆的人声，训练有素地朗读新闻，声音带着几近残酷的兴味，叙述军队在冰岛和法罗群岛之间刚刚泊下的新海上堡垒。

他心想，那个可怜的女人带着那些孩子，肯定生活在恐惧之中，再过一两年，他们就会日夜盯着她，看她有没有一点对党不忠的迹象。现在所有的孩子几乎都很恐怖，最糟糕的是，借着像间谍组织这样的机构，他们被有系统地变成无法管教的小野人。但他们却完全不会想到要违抗党的命令，相反地，他们崇拜着党以及和党有关的一切，党歌、党的程序、党的旗帜、党组织的健行、来复枪模型的训练、大声呼口号、崇拜老大哥——这一切就好像是他们某种光荣的游戏。他们体内的残暴因子完全被引发出来，用来对付国家公敌，对付外来者、叛徒、破坏者、思想罪犯。年过三十的人惧怕自己的小孩，是很正常的事。会害怕也不是没有原因的，几乎每个礼拜都能在《时报》上看到这样的报道，某个偷听的小鬼——报纸上通常称呼他们为"小小英雄"——无意间听到他们父母对党以外的人寄予同情，就把父母出卖给思想警察了。

被弹弓攻击的疼痛已经渐渐消失，他拿起笔来，有点不知所措，不知道还能在日记里写什么。他突然又想起欧布莱恩。

多年前，到底有多久了？一定有七年了吧，他梦到自己走进一间漆黑的房间，有人坐在一旁，在他经过时说："我们将在没有黑暗的地方相见。"声音非常轻微，口气也很轻松，就像在陈述事实，而非命令。他没有停下脚步继续走。有趣的是，那时候在梦里的他并不太记得那句话，直到后来，这句话才慢慢影响他。他现在不记得他第一次见到欧布莱恩究竟是做梦之前还是之后，但无论如何他都认得出来，在那一片漆黑当中，是欧布莱恩在说话。

温斯顿一直无法确定，即使今天早上有过短暂的眼神交流，他还是无法确定欧布莱恩究竟是敌是友。但这件事其实也不是真的那么重要，他们之间有一种默契，这比两人的感情或合作关系还要重要。"我们将在没有黑暗的地方相见。"他是这么说的，温斯顿不知道这是什么意思，只知道这句话总有一天会实现。

从电屏传出的声音暂停了下来，取而代之的是吹奏小号的声音，音色清晰而优美，悠扬在停滞的空气中。然后那个声音又继续刺耳地宣布："注意！请各位注意！现在从马拉巴前线传回了消息，我方军队在南印度取得光荣的胜利。经官方同意，我在此宣告，此项行动可让我方在这场战争中，往最终胜利迈进了相当大一步。这是最新消息——"

温斯顿心想，坏消息要来了。果不其然，接下来的新闻描述一支欧亚国军队如何遭到歼灭，死亡和俘虏人数多到听了令人毛骨悚然。再后来又有一则新闻宣布，从下星期起，巧克力的配给数量要从三十克减为二十克。

温斯顿又打了个嗝，杜松子酒的酒力已经慢慢消退，只留下让人泄气的感觉。电屏传出"大洋国，一切为您"的歌声，或许是要庆祝胜利，也或许是要掩盖失去巧克力的失落感。听到这首歌应该要站起来全神贯注的，但以温斯顿目前的位置，没人看得到他。

"大洋国，一切为您"的歌声渐渐散去，换成比较轻柔的音乐。温斯顿走到窗户前，维持背对着电屏的姿势。天气依然清冷，不知名的远方隐约回荡着火箭炮爆炸的声响，现在每个礼拜都有二十至三十发火箭炮轰炸伦敦。

楼下的街道风声萧萧，把破掉的海报吹得啪啪作响，"英社党"这个词也就忽隐忽现。英社党。英社党最高指导原则。新语，双重思想，过去的不稳定性。他觉得自己好像在海底的森林中漫步，迷失在一个妖怪横行的世界里，但他自己也是一只妖怪。他好孤独。过去的一切都死了，又无法想象未来会是如何，他现在一个人生活，还有什么是确切掌握在手中的吗？他又怎么知道党的统治不会永远持续呢？真相部白色墙上的三句口号，仿佛在响应他的疑问一般，在他眼前浮现：

  战争即和平
  自由即奴役
  无知即力量

  他从口袋中拿出一枚二十五分钱，上头也一样用极小而清晰的字体刻着同样的口号，硬币的另一面是老大哥的头像，即使是在硬币上，那双眼睛还是紧盯着你。硬币上、邮票上、书本封面上、旗帜上、海报上、香烟盒的包装上，到处都看得见。那双眼总是看着你，声音总是在你身边回荡，不管是清醒还是沉睡、工作或吃饭、在家或在外、在洗澡或在床上，都躲不掉。没有什么是你自己的，你只剩下头颅里那区区几立方厘米的空间。
  太阳落到了另一头，真相部建筑上无数的窗户现在少了光线的照耀，看起来就像堡垒的窥视孔一样阴沉。看到那片巨大的金字塔外形就让他心里感到畏缩，这栋建筑太坚不可摧了，就算发射一千发火箭炮都无法摧毁。他又开始想着，不知道这本日记他是为谁而写，为了未来还是为了过去——为了虚构的时空而写。在他面前的不是死亡而是毁灭，这本日记会化成灰烬，而他自己则会人间蒸发，只有思想警察会读到他所写的文字，然后他们就会抹灭掉日记的存在，也忘记曾有这么一回事。如果你已经消失了，就连在纸上写的只字词组都不复存在，你要怎么向未来喊话？
  电屏上显示现在是十四点，他再过十分钟就得离开，十四点三十之前得回去工作。
  奇妙的是，时钟的报时声似乎让他有了新的想法。他是一缕孤独的鬼魂，说出永远没人会听到的真相，但只要他说出口了，就某个意义而言，这件事就能一直持续下去。重点不在于让自己的话被听见,而是维持理智,知道自己能传承身为人类的特质。于是他回到桌前,提笔蘸了蘸墨水,然后写下:

给未来或过去,给思想自由的时代,人人都是不同的个体,不再独自生活的时代——给真相存在的时代,给覆水难收的时代:
我身处的是统一的时代、是孤独的时代、是老大哥的时代、是双重思想的时代,向各位问好!

他心想,反正我死定了。他似乎一直到现在跨出这决定性的一步,才终于能够厘清自己的想法,他的每次行动都已经注定会带来什么样的结果。他写道:

思想犯罪不会导致死亡,因为思想犯罪就是死亡。

现在他已经觉得自己是个死人了,他就必须活得愈久愈好。他右手的两只手指沾到了墨水,就是这种小细节可能会让你露出马脚,部里某个守贞主义的人(可能是个女人,就像那个浅褐色头发的女人,或是那个虚构局的深色头发女孩)或许会开始怀疑,为什么他中午午休的时候还在写东西,然后就把消息放给应该知道的单位。他进到浴室,拿起深褐色肥皂小心翼翼地把墨水刷掉,这种肥皂里混了沙砾,抹起来就像用砂纸磨光皮肤一样,所以现在就很好用。他把日记收进抽屉里,其实没必要想办法把日记藏起来,但至少这样他可以确定日记是不是被发现了。在日记页末放一根头发实在太明显了,他用指尖捏起一撮肉眼可见的白色粉尘,撒在封面的角落,如果日记被动过的话,粉尘一定会掉落的。

3

温斯顿梦到他的母亲。他想,母亲消失的时候他肯定有十岁或十一岁了吧。她是个体态匀称的高大女人,话不太多,动作缓慢,有一头非常美丽的秀发。他对父亲的印象就更加模糊,皮肤黑黑瘦瘦的,总是穿着整齐的深色衣服。温斯顿特别记得父亲的鞋子上系着极细的鞋带,还戴着眼镜。他们两人显然是在五十年代初期的大净化中被除掉了。

那个时候,他母亲正坐在他脚底下很深很深的地方,怀里抱着他的妹妹。他已经完全记不得他妹妹了,只记得她是个脆弱的小宝宝,总是很安静,瞪着警觉的大眼睛,两颗眼球都盯着他看。她们现在都在某个洞穴般的地方——比方说像是井底,或是很深很深的墓穴——不过那是一个离他脚底很深很深的地方,还一直不断向下沉。她们待在那艘沉船的交谊厅里,透过黝黑的海水看着上头的他,交谊厅里还有空气,她们还能看着他。他也能看着她们,但她们还是不断往下沉,沉进绿色的海水里,随时都会从他的视线中消失。他在外头光线明亮、空气充足的地方,而她们却一步步被吸入死亡。他知道她们会在下面是因为他在上面,她们也知道这点,他可以从她们脸上看出来。她们脸上或心中都没有责备的意味,只知道为了让他活下去,她们必须死,事情总是无可避免要这样发生。

他不记得是怎么发生的,但在梦里他知道,总之他母亲和妹妹的生命是为了他而牺牲的。那种梦虽然还保有梦境的特质,却延续了一个人在现实中应有的理智,于是让人醒来之后仍然对其中的事实和想法感到新鲜且珍贵。温斯顿现在才猛然想到他母亲已经死了快三十年了,好像没有什么能比这件事更加悲惨哀伤。他知道,悲剧是属于古代的,那个时候还有隐私、爱和友谊,家人也不需要什么原因就会互相扶持。想起自己的母亲他就心痛不已,因为她是爱他才会死去。当时的他还太小、太自私,不懂得要回报她的爱,而且不知道为什么,她是为了效忠一个无法动摇的秘密想法才会牺牲自己,他已经记不得是怎么回事了。他也知道,现在不可能再发生那种事。现在的世界有恐惧、憎恨和痛苦,但没有高尚的情操,没有深沉而复杂的哀悼。不过他似乎能在他母亲和妹妹的大眼睛里看到这些,她们抬起头透过绿色的海水看着他,沉在几百英寻深的海底,而且还在继续下沉。

突然间,他就站在夏日午后潮湿的短草坪上,太阳光斜斜地照在地面上。眼前的景色实在太常出现在梦里,他一直都无法肯定自己到底有没有在现实生活中见过,醒来时便把那里叫作"黄金国度"。那里是一片存在已久的牧草地,到处都有兔子啃过的痕迹,地上有一道道脚印,还有四处可见的鼹鼠丘。草地的另一端竖立着参差不齐的树篱笆,榆树巨大的枝干在微风中轻轻摆荡,茂密的树叶互相扰动着,就像女人的头发。距离身边不远,他看不见的地方,有一条清澈的小溪缓缓流动,鲦鱼在柳树下的小池子中游着。

深色头发的女孩正从草地另一头朝着他走过来,仿佛只是一扯,就把身上的衣服全扯了下来,然后轻蔑地扔到一旁。她的身体洁白又柔滑,但却无法引起他体内的欲望。老实说他根本没在看她,在那个瞬间真正让他感到情绪沸腾的,是欣赏她把衣服丢到一边的姿态。她的动作如此优雅而随性,仿佛可以覆灭一整个文化、一整个思想系统,仿佛她的手臂这么一挥,就能把老大哥、英社党和思想警察全都扫进虚无之中,何其美妙!这个动作也是属于过往的。温斯顿醒来的时候,嘴里吐出"莎士比亚"这几个字。

电屏发出刺耳的警笛声,同样的音符持续了二十秒,现在时间七点十五分整,是办公人员的起床时间。温斯顿勉强撑起身体滚下床,全身一丝不挂,因为英社党外部党员一年只有三千点的衣物消费券,而一套睡衣就要六百点。他抓起挂在椅子上的一件破烂的汗衫和裤子。全民体操再二分钟就要开始了。下一秒,温斯顿突然弯下腰来开始剧烈咳嗽。他起床之后总是很快就会这样发作,他感觉肺里快被掏空了,于是赶紧躺下来深呼吸好几次,只有这样才能开始呼吸。咳嗽的力道让他的血管贲张,静脉曲张性溃疡的伤口又痒了起来。

"第三十团到第四十团!"一个尖锐的女声高喊着,"第三十团到第四十团!请各就各位,三十到四十!"温斯顿打起精神,跳到电屏前面,电屏上已经出现一个还算年轻的女人,身材精瘦却肌肉发达,穿着紧身的束腰外衣和运动鞋。"手臂屈伸!"她大声说,"跟着我的节奏。一、二、三、四!一、二、三、四!来吧,同志们,拿出活力来!一、二、三、四!一、二、三、四!……"

咳嗽发作的痛苦还没让温斯顿把前一晚的梦境从脑海中完全甩开,而运动的规律动作好像又让他恢复一点记忆。他像个机器人般将手臂前后挥动,脸上带着沉浸其中的愉悦表情,看来有点阴森,但这是公认最适合全民体操的表情。温斯顿努力在记忆中追溯自己模糊的幼时童年,还真不是普通困难,在五十年代末之前的事情,他全都忘记了。一个人没有实体记录做参考,就连自己的人生是什么样子都说不清。你会记得可能从来没有发生过的重大事件;你会记得一些事情的小细节,但却说不上来到底怎么一回事;你的记忆里还会有很长一段空白,什么都想不起来。那个时候,一切都跟现在不一样,就连国家的名字也不一样,地图上的形状也不一样。例如,以前的第一起降跑道不是叫这个名字,而是称作英格兰和英国,不过他倒是挺肯定伦敦以前就叫伦敦。

温斯顿已经记不得他的国家到底什么时候没在打仗,但是显然他小时候有很长一段时间都过着和平的生活。因为他记得在他很小的时候,有一次空袭行动把大家都吓坏了,也许那次就是原子弹袭击英国科尔切斯特的时候。他不记得空袭是什么样子,但是却记得他父亲紧紧拉着他的手,绕着一座螺旋梯往下不停绕啊绕、跑啊跑，跑到地底深处。梯子缠绕着温斯顿的双脚，最后他终于撑不住了，抽抽搭搭哭了起来，所以他们不得不停下来休息。他的母亲总是一派缓慢而迷茫的样子，虽然跟在他们后头，中间却落了好大一段距离。她抱着温斯顿的小妹妹，还是说她怀里的其实只是一包毯子而已呢？他不确定那时候他的小妹妹是不是已经出生了。最后他们进到一个嘈杂拥挤的地方，温斯顿这才明白，原来这里是地铁站。

石头地板上坐得满满是人，还有其他人紧紧靠在一起，坐在金属制的架式床铺上，上下铺都挤满了人。温斯顿跟着父母找到一块空地，旁边是一对老先生和老太太肩并肩坐在一张铺位上。老先生穿着一套漂亮的深色西装，头上戴着黑色布帽，帽檐往后拉，露出银白色的头发。他满脸通红，一双蓝色的眼珠，眼眶中满是泪水。他身上有浓浓的杜松子酒味，那股味道似乎取代了汗水，从他皮肤底下渗出气味，可能还有人会以为他眼里满盈的泪水其实是杜松子酒。虽然老先生有点醉了，但看得出来他正受到巨大而难以承受的苦痛折磨。温斯顿幼小的心灵还懵懵懂懂，只知道刚发生了一件糟糕的事，这件事让人无法原谅，也永远不可能挽回。他好像也知道发生了什么事，是老先生所爱的人，可能是他的小孙女，被杀害了。每隔几分钟，老先生就会重复这段话："我们不应该相信他们的，我早就说了，老伴，是不是？相信他们的下场就是这样，我老早就说了，我们不应该相信那群家伙。"

可是不应该相信哪些家伙呢？温斯顿现在已经记不得了。大概就是从那时候开始，战争真的可以说是连绵不断，只是严格说起来，打的并不一定是同一场战争。他的童年记忆中，伦敦街头上有好几个月都陷入混乱的打斗中，其中有几场还历历在目。但是如果要追溯出那一整段时间的历史，要说出什么时候是谁在打谁，几乎是不可能的，因为没有任何书面记录或口耳相传的话语，可以提出来跟现有的说法做比较。就拿现在一九八四年来说（如果今年真的是一九八四年的话），大洋国正在跟欧亚国打仗，和东亚国则是同盟。不管是公开记录或私下发言，这三股势力从来都没有互相对峙过，总是两两结盟对抗另一国。事实上，温斯顿记得很清楚，四年前大洋国还在跟东亚国打仗，而和欧亚国才是同盟。不过温斯顿只是碰巧还记得这件事情，他的记忆越来越混乱，已经搞不清楚了。根据官方说法，从来就没有变换同盟这种事，大洋国在跟欧亚国打仗，所以大洋国和欧亚国一直都在打仗。此刻的敌人都代表了绝对的邪恶，所以也表示不管在过去或未来都不可能跟对方达成协议。

最可怕的是，这已经是他第一万次这样想了。温斯顿痛苦地把肩膀往后挪动（双手放在臀部上，他们转动腰部扭动身体，这个动作听说对背部肌肉有益），最可怕的是，这一切可能都是真的。如果党可以插手干预过去，说这件事或那件事从来没有发生过，这样肯定比单纯的酷刑或死亡还要可怕，不是吗？

党说大洋国和欧亚国从来就不是同盟，而他，温斯顿·史密斯却知道仅仅四年前，大洋国确实和欧亚国是同盟。但这段记忆是怎么来的？这件事只存在他的认知里，而且不管怎样一定很快就会被消除。再说，如果其他人都接受党编造的谎言，如果所有记录都告诉大家相同的故事，那么谎言就会成为历史，变成真相。"掌握过去者，"党的口号这么喊着，"掌握未来；掌握现在者，掌握过去。"但是过去，虽然本质上来说是可以改变的，过去却未曾改变过。现在所见到的真相从过去到未来，永远都是真相，就是这么简单，只消不断用新的真相覆盖你的记忆就可以了。他们称之为"真相控管"；以新语来说，这叫"双重思想"。

"放松站好！"女教练喊着，语气比较亲切了些。温斯顿的双手垂在身体两侧，慢慢吸气，让肺部重新充满空气，他不知不觉神游在双重思想如迷宫般混乱的世界里：知道又不知道；意识到赤裸裸的真相，却又说出仔细构筑出的谎言；同时支持两种相抵的意见，明明知道两者互为矛盾，却两者都相信；用逻辑对抗逻辑；声称自己崇尚道德，却又做出违反道德的事；相信民主是不可能的事，而党却又是民主的守护者；忘记必须忘记的事，然后必要的时候再将记忆找回来，接着又迅速忘记。而最重要的是，对这一套认知过程也要经过双重思想，这就是最终极的微妙之处：有意识地让自己陷入无意识，然后又再一次不去意识方才的自我催眠。就连要了解"双重思想"是什么意思，都要用到双重思想的技巧。

女教练的声音又吸引了他们的注意："现在，看看谁能碰到脚指头！"她的声音充满热情，"请将臀部抬高，同志们，一、二！一、二！……"

温斯顿最讨厌这项运动，痛楚从他的脚跟蹿到屁股，到最后经常都害他的咳嗽又发作起来。原本他的沉思还算愉快，现在都没了。他心想，过去不光只是被改变了，根本就是被摧毁了，既然除了自己的记忆以外，找不到任何外部记录，又怎么能拼凑出事实呢？即使再明显的事实也没有办法。他努力要记起到底是哪一年第一次听到人提起老大哥，他想一定是六十年代的某个时候，但却没有办法确定。当然，在党史记载中，老大哥打从最一开始就是英社党领导人及革命的守护者，他缔造辉煌成就的时间点慢慢愈推愈回去，最后终于可追溯到四十及五十时期的黄金年代。那时候的资本家还戴着奇怪的高筒帽，开着豪华闪亮的汽车或驾着透明玻璃马车，行驶在伦敦街头。究竟这个传说是不是真的，或者有多少是虚构的，已经不得而知。温斯顿甚至不记得英社党是哪一天成立，他认为自己在一九六〇年之前从来就没听过英社党这个词，但可能听过旧语的说法："英国社会主义"。也就是说，英社党可能更早出现。一切都幻化成烟雾了。有时候你确实可以明白指出什么是谎言，例如记载党史的史书里写说党发明了飞机，这不是真的，他记得自己还很小的时候就有飞机了。可是你也没办法证明什么，从来就没有任何证据。他一生中只有一次，他手里掌着一份记录，绝对可以证明某项历史事件其实是伪造的，而那一次……

"史密斯！"电屏传来尖锐的骂声，"六〇七九号史密斯·温！对，就是你！请弯下去一点！你还可以的，你没有尽全力。请再低一点！这样好多了，同志。现在请全体同志放松站好，看着我。"

温斯顿全身忽然冒出热汗，但他的脸依然保持漠然。绝对不要面露沮丧！绝对不要面露厌恶！眼神一个闪烁都可能出卖你。他站在原地看着电屏，女教练双手高举过头，然后，虽然不能说优雅，但她的动作确实利落非凡，她弯下腰，把手指的第一节指节塞进脚趾底下。

"看到了吗，同志们？我就是想看到你们做这个动作。再看一次，我已经三十九岁了，还生过四个小孩。看着，"她又弯下腰去，"看到了吗？我的膝盖没有弯曲，你们想的话都做得到。"她站直身体的时候说，"任何人只要还没到四十五岁都绝对可以碰到脚趾。我们没有那个荣幸能站上前线作战，但至少我们可以保持身体强壮。想想我们在马拉巴前线作战的孩子们！还有坚守在海上堡垒的水手们！想想他们得忍受什么状况。现在再试一次。这样好多了，同志，好太多了。"她赞许着温斯顿。温斯顿猛力一倾，终于成功碰到了脚趾，而且膝盖也没弯，这是他好几年来第一次做到。

4

温斯顿下意识地深深叹了口气，即使电屏就近在眼前，想到一天的工作就要开始，他还是忍不住叹气。温斯顿把说写器拉到跟前，吹掉麦克风上的灰尘，然后戴上眼镜。他看到有四个小卷纸已经从他工作桌右边的气动管里掉出来了，就把纸卷全都展开夹在一起。

在工作间的墙壁上有三个孔洞，说写器右边有一根小小的气动管，用来投递文字讯息；说写器左边有一根比较大一点的气动管，用来投递报纸。

然后在旁边墙上，温斯顿稍微伸手就能碰到一个椭圆形的宽大裂口，开口有一片金属网格的栅板挡着。最后这一个是用来丢弃废纸的，整座建筑物里有成千上万个像这样的裂口，不止每个房间里有，每条走廊里每隔一小段距离也会有一个。不知道为了什么，这些裂口被称为记忆洞。大家都知道任何文件最后都会被销毁，甚至看到身边有一小片废纸，都会自动掀起最近的记忆洞栅板，把纸丢进去，然后纸片就会随着里头的热气翩翩落下，掉进藏在建筑物底下深处的巨大熔炉里。

温斯顿检查着他刚刚展开的四条纸张，每张纸上都只有一两句讯息，写着缩略密语，内容不全然都是用新语写成，但大部分都是新语词汇，这是部门里的内部通讯。内容写着：

时间：十七.三.八四，BB演说、误报、非洲、改正

时间：十九.十二.八三，三年计划预测、八三年第四季、修正决策、验证现今议题

时间：十四.二.八四，丰隆部、误述、巧克力、改正

时间：三.十二.八三，报道BB议程双重不好、提到非人、提报当局之前全部重写

温斯顿把第四条讯息放在一旁，心里涌起一丝丝满足感，这件工作比较复杂，要负的责任也比较重，最好留到最后一个处理。其他三项都是例行公事，不过第二项工作可能要仔细爬梳过一大堆图表，比较讨厌。

温斯顿在电屏上拨打"后台号码"，要求几份特定日期的《时报》，只过了几分钟，报纸就从气动管里滑了出来。他所收到的讯息里提到几篇文章或新闻，为了某种原因必须更改，或者以官方用词来说，是需要改正。例如说，从《时报》上看来，三月十七日这天，老大哥在前一天的演说中

预测南印度前线仍会维持平静,但欧亚国很快就会在北非发动攻势。结果,欧亚国的高层指挥官是在南印度发动攻击,把北非放着不管,所以老大哥的这段演说有必要重写,这样才能让老大哥的预测真的成真。或者又像十二月十九日这天的《时报》,刊登了官方预测不同种类的消耗品在一九八三年第四季的产出量,这段时间也是第九次三年计划的第六期。而今天的报纸刊出了实际产出量的说明,看起来之前的预测不管在哪一个类别都错得离谱。温斯顿的工作就是要改正原始的图表数字,以求吻合后来的数字。至于第三封讯息指的则是一个非常简单的错误,只要几分钟就能改过来。二月的时间这么短,可是丰隆部却许下承诺(官方说法是"绝对保证"),说一九八四年绝对不会减少巧克力的配给,但事实上就温斯顿所知,这个周末以后巧克力配给量就会从三十克降为二十克。他所需要做的就只是在原本的承诺上加个但书:四月时有可能会必须减少配给。

温斯顿处理完每个讯息之后,就把自己说写下来的订正文字连同对应的《时报》夹在一起,然后推进气动管里,接下来或许真的是出自无意识的动作,他把原始讯息还有自己可能留下的所有笔记揉成一团,丢进记忆洞里,让火焰吞噬这些文字。

气动管通往一个看不见的迷宫,温斯顿并不是很清楚迷宫里的细节,但是他知道大概。只要某一期的《时报》需要做的修正都收集校对好了,那一期的《时报》就会重印,原先的版本会被销毁,然后档案上就会改成修正后的版本。这样持续修正的过程不只会用在报纸上,也包括书籍、期刊、宣传手册、海报、传单、影片、录音带、卡通影片、照片等等,每种文献数据或记录,只要能传达任何政治意涵或意识形态,都会经过这样的过程。日复一日,几乎可说是每一分、每一秒,过去都会被拿到现在来修正,这样一来,就能够拿出记录来证明党所做的每项预测都是正确的,而每条新闻、每次意见发表,只要和现实需求相抵触者,都不能留下记录。所有的历史都像是写在可刮除旧文的羊皮纸上，只要有必要，就会经常刮除干净，之后再重写，就算经过篡改，也不可能找到证据证明这件事发生过。记录局中最大的处室，比温斯顿工作的这个处室大得多了，他们的工作就只是追查并收集已经被取代的每本书、每份报纸，以及所有其他文件，这些东西最终都是要销毁的。有几份《时报》可能因为政治时局改变，或者因为老大哥的预测错误，被重写了好几次，还是印着原来的日期放在档案架上，也找不到其他与其矛盾的版本。书本也是同样一次又一次被回收重写，然后重新发行的时候一定不会承认新书有任何改变。就连温斯顿收到的书面指示，即使他处理完之后绝对会马上销毁，指示上也从来不会明讲或者暗示他的工作是伪造，总是说需要改正的地方是口误、误植、印刷错误，或是错误引用，所以必须改正以求准确。

但老实说，温斯顿一边重新调整丰隆部的图表数字，一边想着，这甚至说不上是伪造，只不过是拿一段浑话去取代另一段浑话罢了。你所经手的数据，大部分都跟现实世界没有什么关联，甚至连那种直接谎言的关联性都没有。原始数据跟修正过后的版本一样虚幻不实，大多数时候你得凭空捏造出这些记录。例如说，丰隆部预测这一季的靴子产量会有一亿四千五百万双，但实际的产出量只有六千两百万双。所以温斯顿在重写预测的时候，就会将数字降到五千七百万双，这样就能符合官员经常宣称的说法：产出超过预期额度。无论如何，不管是六千两百万双、五千七百万双，还是一亿四千五百万双，这些数字都不是事实，工厂很可能一双靴子都没做出来，更可能的是没有人知道到底做了多少双靴子，也没什么人在乎。大家所知道的，就是报纸报道每一季又生产出数量是天文数字的靴子，可是大洋国内可能有一半的人口都光着脚丫，每个类别的产品也都是如此，数字或大或小而已。所有一切到头来都会落入黑影般的世界里，最后就连年份都变得模糊。

温斯顿的视线扫过走道,在另一头跟他相对的办公间里,坐着一个身材矮小、面容拘谨、下巴留着胡子的男人,名叫提洛森,看来工作的步调相当稳定,膝上摆着一份折好的报纸,嘴巴和说写器的麦克风靠得相当近,感觉好像他努力不想让他说的话被除了自己和电屏以外的第三者知道。他抬起头看了看,然后从他眼镜里往温斯顿的方向射出敌意的光芒。

温斯顿和提洛森一点也不熟,也不知道他的工作内容是什么。记录局的人不会轻易谈论工作。长长的走道两侧没有窗户,两排工作间永远都听得到翻动纸张的声音,还有对着说写器喃喃自语的嗡嗡声,当中有十几个人温斯顿甚至连名字都不知道,只是每天看见他们在走道上快步走来走去,或者在两分钟憎恨时间里看到他们挥舞双手。他知道他隔壁工作间那个矮小的褐发女人,每天工作得要死要活,只是在公开文件上搜寻人名,然后删除掉已经人间蒸发的名字,这样那些人就仿佛从来不存在一样。说起来这件工作也挺适合她,因为她的丈夫几年前就是这样人间蒸发了。然后再隔几间工作间是一个叫艾波佛的家伙,看起来像只温和无害的梦幻动物,耳朵毛茸茸的,想不到这样的人居然还懂得胡乱编些押韵的打油诗,所以他的工作就是篡改违反意识形态的诗作,这些篡改后的版本被称为可靠文字,因为某些因素,这些诗作还是必须收录在选辑里。

而这整个办公室里大约有五十名员工,但只是记录局里一个下层机构,在整个庞大而复杂的组织里,可说只是一个单一的细胞。在他们的上下前后还有一大群、一大群的员工,埋首于让人意想不到的繁多工作里。这里有巨大的印刷厂,里头有初级编辑、排版专家,还有设备齐全的摄影棚可以伪造相片。这里有电视节目的部门,里头有工程师、制作人,还有精挑细选的演员团队,特别擅长模仿声音。还有一组人马叫作参考数据专员,单单负责列出应该要回收的书籍期刊。有一个极大的储藏室,用来存放已经改正过的文件;还有一个不知藏在何处,用来销毁原来版本的焚化炉。

而那些领导人物，不知道他们的姓名，也不知道他们在什么地方。他们综观全局，下达一条又一条的指令，说明哪一段过去必须保留、哪一段必须篡改，而又有哪一段必须抹灭。

而且说到底，记录局不过是真相部里一个小小的部门，主要工作并不只是要重塑过去，而是要提供信息给大洋国公民，包括报纸、影片、教科书、电屏节目、戏剧、小说等等，所有能想象得到的信息、倡导或娱乐，从雕像到口号、从韵诗到生物学论文，以及从小孩的拼字课本到《新语辞典》等等，都属于真相部的工作范围。而且真相部不只要迎合党的多样需求，还要为了无产阶级进行同样一套作业流程，只是等级低了一点。这里有一整组另外设立的部门，专门处理无产阶级的文学、音乐、戏剧和一般娱乐。他们制造出废话连篇的报纸，上面除了体育消息、犯罪新闻和星座运势之外，其他什么也没写。还有一本卖五分钱的煽情短篇小说、充斥性爱画面的电影和感伤的情歌，谱曲方法也很特别，是用一种像万花筒一样的听写器做出来的歌。甚至还有一整个次级单位，新语里称为色情科，专门负责制作最低俗的色情片，密封之后送出去，除了制作的工作人员之外，没有党员可以一窥内容。

温斯顿工作的时候，气动管里又滑出三封讯息，不过都是些简单的工作，两分钟憎恨时间还没到，他就已经处理完了。憎恨时间结束之后，他回到工作间里，拿起书架上的《新语辞典》，把说写器推到一旁，擦了擦眼镜，然后开始他早上的主要工作。

温斯顿在生活中最大的乐趣就是他的工作，工作内容大部分都是讨厌的例行公事，不过其中也有困难复杂的工作，可以让人做到忘我，就像沉浸在数学题里一样，例如要巧妙地伪造数据，没有人会告诉你该怎么做，只能凭自己对英社党指导原则的理解，以及自己预测党想要你怎么说。有时候上头信任他，让他改正《时报》里的重要文章，整篇都要用新语写成。

他展开刚刚放到一旁的讯息,上头写着:

  时间:三.十二.八三,报道 BB 议程双重不好、提到非人、提报当局之前全部重写——

  以旧语(或称标准英文)来说,这封讯息的意思大概是:一九八三年十二月三日,《时报》上报道老大哥的议事日程非常不妥,而且还提到不应该存在的人。整篇重写,并在归档之前先将草稿提报给高层。

  温斯顿将那篇冒犯性的文章读过一次。看来老大哥当天的议事日程主要在表扬一个叫作 FFCC 的组织,赞扬他们提供香烟和其他慰劳品给海上堡垒的水手。其中有一位叫魏勒的同志,他是内党的重要党员,老大哥特别提到他的贡献并授予他第二级优越功绩奖章。

  三个月后,FFCC 突然无故遭到解散,当然魏勒和他的同伙都因此事而蒙羞,但是在报纸或电屏上完全没有报道这件事。这也是当然的,因为政治犯鲜少接受审判,甚至也不会遭到公开谴责。大举扫荡政治犯的行动会牵连上千人,叛徒和思想罪犯都要接受公开审判,逼他们在狼狈不堪的情况下坦承罪行,然后加以处决。这些都是不常看到的特别演出,好几年才有一次。比较常见的是,惹恼党的人从此销声匿迹,不会再被提起,不会有人知道他们究竟发生了什么事,某些情况下他们可能甚至没有死。温斯顿所认识的人当中,大概就有三十人,还不包括温斯顿的父母,陆陆续续就消失了。

  温斯顿拿着回形针轻轻搔了搔鼻子,走道另一头的提洛森同志仍然鬼鬼祟祟俯身在说写器上。提洛森抬头看了一下,又从眼镜底下射出敌意的光芒。温斯顿在想,提洛森同志正在做的工作会不会跟他的一样?这是非常有可能的,像这样麻烦的工作,上头绝对不可能放心交给一个人做。另一方面,把东西交给委员会决议,就代表公开承认编造故事的行为。现在很可能有十几个人正在努力编纂不同版本,重写老大哥究竟说了什么。然后,内党里的某个主脑就会选择这个或那个版本,重新编辑之后,再进行复杂的交叉比对过程,最后被选中的谎言就会成为永远的记录,成为真相。

温斯顿不知道为什么魏勒会身败名裂,或许是因为贪污或者无能;或许老大哥只是想除掉太受欢迎的下属,或许是魏勒或他身边的人被怀疑起了异心;又或许——最有可能如此——因为政府的机制就是必须定期净化或蒸发某人。唯一可靠的线索就在"提到非人"这几个字,那代表魏勒已经死了。不过当某人被逮捕的时候,并不一定都会被处死,有时候他们会被释放,然后准许他们自由生活个一两年,然后再处死他们。很少数的时候,有些你以为早就死掉的人会像鬼魂一样,又忽然现身在公开审判的场合,指证几百个人,拖他们下水,然后再度消失,这次就永远不会再出现。但是魏勒已经是非人了,他不存在,他从来没有存在过。温斯顿觉得光是改变老大哥的报告方向还不够,最好是让他的报告跟原本的主题一点关系都没有。他可以把报告改写成常见的公开谴责叛徒和思想罪犯,但这样有点太刻意了,因为要制造出前线胜利的假象,或者是第九次三年计划的重大进展,都会让记录变得太过复杂。他们需要的是一点单纯的幻象。突然,他脑海中迸出一个影像,好像早就已经准备好了一样,那是欧吉维同志的样貌,他最近像个英雄般战死沙场。有时候老大哥会在报告议程的时候缅怀某个不起眼的普通党员,将他的生死当作可供遵循的典范。这天老大哥就应该来缅怀欧吉维同志。当然,根本就没有欧吉维同志这个人,不过只需几行文字和几张假照片,就能让这个人存在。

温斯顿想了一下,然后把说写器拉近,开始用老大哥惯用的语气说话,他原本讲话就像个爱掉书袋的军人,但后来学会了自问自答的技巧,例如:

"同志们，我们从这件事学到什么教训？这个教训同时也是英社党的基本原则，那就是……"诸如此类，所以很好模仿。

欧吉维同志三岁时就舍弃所有玩具，只留下一面鼓、一把冲锋枪，还有一架直升机模型。六岁时他就加入间谍的行列，这是特别放宽规定让他提早一年加入，到了九岁他就成为小组领袖。十一岁时，他无意间听到他叔叔在谈话间透露的犯罪倾向，因此向思想警察举发他。十七岁，他当上青年反性联盟的地区召集人。十九岁的时候，他设计了一款手榴弹，受到和平部采用，第一次试爆就杀死了三十一名欧亚国囚犯。二十三岁时，他在一次行动中英勇牺牲。他当时驾着飞机飞越印度洋，飞机上载着重要的急件，却遭到敌机追赶，他抱着机关枪增加身体的重量，然后跳出飞机跌进极深的水里，急件和其他物品都化为乌有。老大哥说，知道这件事迹的人无不感到嫉妒。老大哥又赞扬了一下欧吉维同志的纯真和率直，他不烟不酒，除了每天到健身房去运动一个小时之外，没有其他娱乐活动，而且发誓要实行独身生活，他相信婚姻和照顾家庭会妨碍他每天二十四小时为工作奉献。他的谈话内容除了英社党党规就没有其他主题，人生唯一的目标就是打败欧亚国的敌人，追捕间谍、破坏分子、思想罪犯和叛徒等人。

温斯顿内心挣扎着要不要授予欧吉维同志优越功绩奖章，最后他决定不要奖章，以免之后会引来不必要的交互比对验证。他又望向走道那头工作间里的对手，不知道为什么，他就是很确定提洛森正忙着跟他做一样的工作。他不知道最后是谁的文章会被选用，但是他有无比的信心，认为自己的会中选。他突然觉得很有趣，你可以创造出一个死人，却不能捏造活人。以现在来说，欧吉维同志从来不存在，但他却存在于过去，等到大家忘记伪造这件事，他的存在就会越来越真实，正如同查理曼和西泽的存在那般可靠。

5

餐厅设在很深的地下室,天花板很低,排队领午餐的队伍缓缓前进。餐厅里面已经挤满了人,声音嘈杂到会让人耳聋。柜台的锅炉上,炖菜的热气直往前飘,还带着一股酸酸的金属味,但还是盖不掉胜利牌杜松子酒的气味。在餐厅另一头有个小酒吧,其实只是在墙上挖个洞,十分钱可以买到一大口杜松子酒。

"我正想找你呢。"温斯顿背后传来一个声音。

他转过身,看见是他的朋友塞姆,他在研究局工作。或许说是"朋友"并不完全正确,现在你已经没有朋友了,只有同志,但是会跟某几位同志相处起来比较愉快。塞姆是语言学家,专门研究新语,事实上他和许多专家一起组成庞大的团队,负责编纂第十一版的《新语辞典》。他身材很娇小,比温斯顿还矮,深色头发,大大突出的眼睛,眼神看来忧伤又像嘲笑,跟你讲话的时候,好像在你脸上仔细找什么东西一样。

"我想问你有没有刮胡刀?"他问。

"一把都没有!"温斯顿回答,带着点罪恶感,"我都找遍了,再也找不到了。"

大家都在问别人有没有刮胡刀。其实温斯顿私藏了两把没用过的刮胡刀。过去几个月以来,刮胡刀缺得发慌。不管什么时候,总会有某项必需品是党营商店里买不到的,有时候是纽扣,有时候是纺织毛线,有时候是鞋带,现在则是刮胡刀。如果你真的想要一把,就得偷偷到"利伯维尔场"去找找看,说不定还能挖到宝。

"我已经六个星期都用同一把刮胡刀了。"温斯顿撒了个谎。

队伍往前挪动了一下,然后暂停,这时温斯顿又转身去看着塞姆。两人都从柜台上堆叠的油腻金属盘堆拿了一个。

"你昨天有没有去看犯人绞刑处决?"塞姆问。

"我在工作。"温斯顿淡淡地说。"我想我应该会看录像吧。"

"录像哪比得上现场呢?"塞姆说。

他那双嘲讽的眼睛不停扫视温斯顿的脸,仿佛是在说:"我知道,我看透你了,我很清楚你为什么没去看绞刑。"塞姆循规蹈矩已经到了走火入魔的地步,不过即使入魔,他依然聪明得不得了,说话的时候带着扬扬得意的满足感,谈论着直升机轰炸敌国村落、思想罪犯的审判及认罪过程、仁爱部地窖里的处决,那种样子实在讨人厌。跟他讲话的时候,大部分时间都要想办法不要让他谈到这些话题,如果可以的话,就用新语的技术问题缠住他,因为这是他有兴趣的权威领域。温斯顿微微偏过头去,避开那双深色大眼睛的审视。

"那场绞刑很精彩。"塞姆陶醉地回忆着,"只是可惜了,我觉得不应该把犯人的脚绑起来,我喜欢看他们的脚踢来踢去。最精彩的就是,最后他们的舌头伸了出来,那种蓝色真是明亮鲜艳。我对这些细节最有兴趣。"

"下一位!"一个系着白围裙的无产阶级劳工,拿着勺子大喊。

温斯顿和塞姆把盘子放到栅栏铁窗下,两人的盘子立刻都盛上平常的午餐——用金属小盘装着带点粉红色的灰色炖菜、一块面包、一块奶酪、一杯没加牛奶的胜利牌咖啡,还有一小块糖片。

"那边有张桌子,在电屏下面。"塞姆说,"我们顺便买杯杜松子酒过去吧。"

他们拿到的杜松子酒装在没有把手的陶瓷杯里。他们穿过拥挤的人群,走到一张金属桌面的桌子前,把盘子放下,桌子的一角有一摊不知道是谁留下的炖菜,肮脏的流体物质看起来像是呕吐物。温斯顿拿起自己那杯杜松子酒,停顿一下鼓起勇气,然后把那杯尝起来像机油的东西吞下去,他眨眨眼睛,把眼泪眨掉,这时才突然发现自己饿了。他开始狼吞虎咽,一汤匙接一汤匙吃着炖菜,虽然炖菜像是一大团黏糊糊的东西,不过里面还有几块软绵绵的粉红色块状物,有可能是肉制品。两人吃完盘内的食物之前都没有再交谈。温斯顿坐的桌子左后方,有人正不断快速说话,声调尖锐刺耳,几乎像是鸭子呱呱叫的声音,穿透了餐厅里的喧哗声。

"辞典编得如何了?"温斯顿提高声音问,好盖过这里的嘈杂。

"进度很慢。"塞姆说,"我正在编形容词的部分,真是有趣。"

一提到新语,塞姆整个人马上兴致就来了。他把小盘子推到一旁,一手轻轻拿着面包,另一手拿着奶酪,然后倾身向前,这样他才不用大吼大叫。

"第十一版就是最终版本,"他说,"我们要塑造出这种语言的最终形式,等到大家不再说其他语言的时候,新语就会采用这个形式。等到我们的工作完成了,像你这样的人就得从头再学一次。我敢说你以为我们主要的工作是创造新词,可是完全不是这么一回事!我们是在摧毁词语,每天都要毁掉几十个、几百个,我们要把这种语言拆毁到只剩骨架。第十一版辞典里收录的所有字词,一直到二〇五〇年都不嫌过时。"

他饥饿地咬下一口面包,吞了好几口,然后又拿出老学究的热情继续说话,消瘦的深色脸庞忽然变得生气勃勃,眼神里已经看不到那种嘲讽的样子,而是几近沉迷。

"摧毁字词还真是美好。当然最常滥用的就是动词和形容词,不过有好几百个名词其实也可以去掉,不只是同义词,还有反义词,毕竟,如果一个词的意义只是另一个词的相反,那这个词的存在有何意义?一个字本身就包含了反义。就拿'好'来说,如果你已经有一个词叫作'好',干吗还要一个词叫作'坏'呢?说'不好'就可以啦,甚至还更好呢,因为这就是完全相反的意思,但'坏'就不一定了。另外还有,如果你需要比'好'更强烈的措辞,为什么要有一大串意思不清的废词,像是'优越'、'杰出',还有其他一大堆像这样的词?'更好'就很清楚了,如果你还需要更强烈的词,也可以用'好上加好'。当然我们已经在用这些词了,但新版的《新语辞典》里不会收录其他那些词,到最后,要提到好或坏只需要六个词,事实上,只需要一个字。温斯顿,你不觉得这样很美吗?当然,这些原本就是老大哥的主意。"他想了想又加了最后那句话。

听到老大哥的名字,温斯顿脸上掠过渴望的神情,但并不是很热切,而塞姆马上就发现温斯顿似乎兴趣缺缺。

"温斯顿,你不是真的喜欢新语。"他说,似乎是真的很伤心。"即使你在用新语书写,但仍然用旧语思考,我有时候会读到你帮《时报》写的文章,虽然写得很好,但都是从旧语翻译过来的。在你心里,还是比较希望沿用旧语,保存旧语所有的语意模糊和毫无用处的细微差异,你不了解摧毁字词的美好。你知道新语是世界上唯一逐年减少字汇的语言吗?"

温斯顿当然知道。他扬起微笑,至少他可悲地希望自己微笑了,因为他不敢让自己开口说话。塞姆又咬了一口深色面包,咀嚼了几下,然后继续说:"你难道看不出来吗?创造新语的目的只有一个,就是为了缩减思想的范畴。到最后,我们可以让思想犯罪变成零,因为已经没有文字可以表达犯罪意图。我们所需要的每个概念,都只需要一个字词就能表达,严格定义字词的意义,抹去所有附带的次要意义,然后抛诸脑后。在第十一版中,我们已经离目标不远了,不过这项工作还会一直持续到我们两个死后很久很久之后。当然,就算现在,也没有理由或借口犯下思想罪,这完全只是自我约束和真相控管的问题,但到了最后,就连这个也没有必要了。等到语言臻于完美之时,革命就成功了。新语就是英社党,英社党就是新语。"他又用一种神秘的满足感继续说:"温斯顿,你有没有想过?到了二〇五〇年,最后的最后,到那时候不会有一个活人听得懂我们俩现在的谈话。"

"除了……"温斯顿语带怀疑地说,然后又停住了。

他原本就快脱口而出，说："除了无产阶级之外。"但是自己审查了一番，不是非常确定这样说是不是可能违反党规，但是塞姆已经猜到他想说什么。

"无产阶级不是人。"他毫不在乎地说。"说不定不用到二〇五〇年，所有旧语的相关知识都会消失殆尽，过往的文学全都会被摧毁，乔叟、莎士比亚、弥尔顿、拜伦等人的作品，都会只存在新语版本，不仅仅是变得不一样，其实是会变得和原作完全相反。就连党本身的文学都会改变，甚至口号都要改变，如果自由的概念已经被废除，又怎么能说出'自由即奴役'这样的口号呢？思想的趋势会变得完全不一样，事实上，思想会完全不复存在，再也不像我们现在所知的这样。所谓的正统就是不思考，完全不需思考，正统就是无意识。"

温斯顿突然深深确信，塞姆总有一天会人间蒸发，他太聪明了，他看得太透彻，说得太明白了，党不喜欢这种人。有一天他会消失，看他的脸就知道了。

温斯顿已经吃完他的面包和奶酪，他在椅子上微微转过身去喝咖啡。左边桌子的那个男人还继续扯着尖锐的嗓子喋喋不休，有个女人背对着温斯顿坐在同一桌，大概是那个男人的秘书，仔细听着他的话，而且似乎非常同意他说的每一句话。温斯顿不时会听见她说："我想你说得对。""我真的非常同意。"女人的声音相当年轻，但又娇柔到有些愚蠢，然而另外那个声音一刻也没停下来过，即使女人在说话的时候也一样。温斯顿认得男人的脸，不过只知道那个男人负责虚构局里相当重要的职位。男人大约三十岁，脖子粗壮，还有一张动个不停的阔嘴，他的头微微后仰，再加上他坐着的角度，光线正好反射在他的镜片上，让他的眼睛在温斯顿看起来反而像是两个空盘子。有点让人毛骨悚然的就是，从男人口中迸出的一连串声响，温斯顿几乎一个字也听不懂，只有一下下，他听到一段"最终完全消灭葛斯登——"，也是一下子就过去，而且好像是一排铅字版一样同时脱口而出，至于剩下的部分都只是呱呱呱的噪音。但是，虽然听不见那个男人实际上在说什么，不用怀疑也知道他的谈话内容大概是什么，他可能在咒骂葛斯登；可能希望对思想犯和破坏分子采取更严苛的手段；可能在谴责欧亚国军队的残暴行为；可能在赞扬老大哥或是身在马拉巴前线的英雄，反正都一样。不管他在说什么，都能肯定他所说的每一句话绝对符合规范，完全遵从英社党纲领。温斯顿看着那张没有眼睛的脸，下巴迅速开开合合，他心里有种怪异的感受，眼前的男人仿佛不是真人，而是某种人偶，不是那个男人的大脑叫他这样说话，而是他的喉头自己动了起来。男人嘴里吐出来的东西虽然是用字词组成，却不是真正的谈话，而是无意识下吐出来的噪音，就像鸭子呱呱叫一样。

塞姆沉默了一会儿，拿着汤匙的柄搅拌炖菜，画出轨迹。隔壁桌的人依旧呱呱叫个不停，即使周遭闹哄哄一片，还是很清楚。"新语里有个词，"塞姆说，"不晓得你知不知道，叫作鸭语，就是像只鸭子一样嘎嘎叫，有一些像这样有趣的词有两个互相矛盾的意思，如果用在敌人身上，是一种辱骂，但如果是用在自己认可的人身上，则是一种赞美。"

毫无疑问，塞姆绝对会人间蒸发，温斯顿心里又升起这个念头。想到这里，他有些伤感，虽然他很清楚塞姆瞧不起他，甚至还有点讨厌他，如果让塞姆抓到一点小辫子，塞姆绝对会毫不犹豫指责他是个思想犯。塞姆有一点不太对劲，好像缺少了什么东西：谨慎、冷漠，还有某种大智若愚的智慧。不能说他不遵循党规，他信奉英社党的纲领，他崇拜老大哥，为了胜利而欢欣鼓舞，讨厌异端分子，不只是真心厌恶，更是无时无刻不痛恨他们，总是实时收到关于异端分子的第一手消息，一般的党员根本不可能知道。但是，他这个人的名声总是不太好，老说些最好不要说出口的话，读了太多书，经常出入画家和音乐家聚集的栗树咖啡馆。虽然没有明文规定，就连不成文规定也没说不得经常出入栗树咖啡馆，但是那个地方似乎被下了恶毒的诅咒。党内身败名裂的前领导者们经常在那里聚会,之后通通俯首认罪,据说在几十年前,就连葛斯登本人有时候也会在那里出现。由此就不难预见塞姆的命运。不过事实是,如果塞姆发现了温斯顿的本性,即使只有三秒,让他发现了温斯顿的私密想法,塞姆就会马上把他出卖给思想警察。这件事换作其他人也会这么做,但塞姆会比其他人更狂热,或许狂热还不足以形容,应该说党的教条已经深入他的潜意识。

塞姆抬起头,"帕森斯来了"。他话语里的音调仿佛还加了一句:"这个该死的笨蛋。"帕森斯和温斯顿都是胜利大厦里的住户,帕森斯正从餐厅另一头穿过人群走过来。他是个中等身材的微胖男子,一头金发下是一张像青蛙的脸。今年才三十五岁的他,脖子和腰部已经长了一圈又一圈的肥肉,但他的动作还是像个男孩般轻快。他整个人的外表看起来就像是长太大的小男孩,正是因为如此,即使他穿着规定的连身工作服,还是很难不去想象他穿着间谍组织制服的样子(蓝色短裤、灰色衬衫、红色领巾)。想到帕森斯这个人,脑海中的印象总是一脸笑容,卷起裤管和衣袖,露出粗短四肢的样子,而他确实只要抓到机会,像是小区健行或是其他体育活动等,一定会换上短裤。他一脸雀跃跟温斯顿两人打招呼:"哈啰!哈啰!"然后就在同桌坐下,身上散发出浓浓的汗臭味,粉红色的脸上布满水珠。他真的很容易流汗,简直超乎常人,在小区中心,只要发现桌球拍柄上湿湿的,那一定是他刚才打过桌球。塞姆拿出一张长条纸,上头写了一长串字词,手指间夹着一支墨水笔,正研究着那堆字。

"你看他,午餐时间还在工作。"帕森斯推推温斯顿。"还真热心工作呢。嘿,老朋友,你手里那是什么呢?我想肯定是挺花脑力的东西,不适合我。老温,你知道我怎么追着你吗?你忘了给我认购款啦。"

"哪一笔款项?"温斯顿说着,两手自动摸摸口袋,看看自己有多少钱。每个人的薪水大概有四分之一都得挪作自愿认购,认购的事项实在太多了,很难记清楚。

"给憎恨周用的。你知道,挨家挨户都得捐钱的。我是咱们那区的总务,咱这次打算使出浑身解数,一定要搞个惊天动地的展示。我告诉你,要是咱那胜利大厦摆不出整条街最大的旗子,我可不负责的。你说要给我两块钱的。"

温斯顿找到两张皱巴巴又脏兮兮的纸钞,把钱交给帕森斯。帕森斯在一本小笔记本上记下这笔,虽然他没受什么教育,字倒是挺漂亮。

"对了,老朋友,"他说,"听说我家那臭小子昨天用他的弹弓打你是吧?我好好骂了他一顿,而且我还告诉他,要是他再敢这么做,我就要没收他的弹弓。"

"我想他只是因为不能去看绞刑,有点不开心。"温斯顿说。

"唉,总之,我是想说,也不能怪我那两个小的这么想是吧?臭小子就知道调皮捣蛋,那两个,不过他们对党可狂热得很!他们脑袋里想的全都是间谍组织,当然啦,还有战争。你知道我那小女儿上星期六怎么了吗?她们小组到柏克汉斯德那儿去健行,她带着另外两个小姑娘一起脱队了,整个下午都跟在一个陌生男人后头。她们跟着那男人的行踪整整两个钟头,直直穿过树林,然后呢,等她们走到艾默斯汉的时候,就直接把那人交给巡警了。"

"她们为什么要这么做?"温斯顿有点惊讶。

帕森斯倒是得意扬扬继续说:"我孩子肯定说他是什么敌人的特务,可能是用降落伞跳下来什么的啦。不过重点来啰,老朋友,你想是什么让她一开始注意他的?原来啊,她看见那家伙穿着一双怪异的鞋子,她说她从来没看过人家那样穿鞋,所以他有可能是外国人。就一个七岁的小密探来说,挺聪明的是吧?"

"那男人后来怎么了?"温斯顿问。

"唉,那我当然不能说啦,不过要是那家伙……我也不会太惊讶的。"帕森斯做了个拿步枪瞄准的动作,舌头弹了一下表示发射的声响。

"很好。"塞姆漫不经心说,依然低头研究他那张纸。

"没错,我们不能冒险放过任何人。"温斯顿顺从地赞同。

"我要说的是,咱现在可是在打仗哪。"帕森斯说。

仿佛是在确认这句话一样,他们头上的电屏此时传出号角的声响,不过这次并不是宣布战事胜利,只是丰隆部有消息要宣布。"同志们!"一个年轻的声音热切说着,"同志们,请注意!我们要告诉各位天大的好消息,我们打赢了生产这一仗!根据汇报的数据显示,以目前各种类别的消耗品已生产的总产量,过去这一年的生活水平上升了至少百分之二十。今天早上在大洋国境内,到处都有民众压抑不住自己的热情,自动自发上街游行庆祝。工人们走出工厂和办公室,在大街上挥舞着旗帜,向老大哥表达他们的感激,感谢老大哥的英明领导,带领我们走向如此幸福的新生活。以下是几项已完成统计的数据,食物类——"

报道中说了好几次"幸福的新生活",最近丰隆部很喜欢这个词。帕森斯的注意力被号角声吸引了过去,瞪着眼睛坐在椅子上一脸正经听着,有点像是被训练出来般的无趣。他听不懂那些数据是什么意思,不过他知道这些数据在某个程度会让人觉得满足。他吃力拉出一个肮脏的大烟斗,里面已经塞满了烧焦的烟草。现在烟草的配给是一星期一百克,几乎不可能装满一支烟斗。温斯顿抽着胜利牌香烟,小心地让香烟维持水平位置,新的配给制度要到明天才生效,而他只剩四根香烟了。现在他不去听较远处的噪音,专心聆听电屏传出的消息,听起来那些游行当中,有人甚至感谢老大哥将巧克力的配给提高到一星期二十克。他回想着,昨天才宣布说巧克力配给会降到一星期二十克,难道才过了二十四小时,他们就有办法接受这种说法吗?没错,他们接受了,帕森斯笨得像野兽一样,轻易就接受了；另外一桌那个没眼睛的家伙满怀热诚，狂热接受了，要是有人敢说出上星期的配给其实有三十克，他会追捕到底，严厉谴责，直到那人人间蒸发为止。就连塞姆也是，他的心情比较复杂一点，需要双重思想的技巧，但他也接受了。这么说来，只有他才记得这件事吗？

电屏里持续传出漂亮的数据，跟去年比起来，他们现在拥有更多食物、更多衣物、更多房屋、更多家具、更多厨具、更多燃油、更多船只、更多直升机、更多书籍，以及更多新生儿，每样东西都愈来愈多，但没有增加的只有疾病、犯罪和疯狂。年复一年，日复一日，每个人和每样东西都如旋风般向上攀升。温斯顿学着塞姆刚刚做过的动作，拿起汤匙浸入颜色黯淡的肉汁，肉汁滴在桌上，拉出长长的一道轨迹。他心怀愤恨，沉思着由物质建构出的生活，生活一直都是像这样的吗？食物的味道一直都是像这样的吗？他环视员工餐厅，天花板低垂，餐厅里挤满了人，人的身体经常会靠在墙上，留下污秽的痕迹。破旧的金属桌椅一套挨着一套摆放着，坐下来的时候经常碰到别人的手肘。弯曲的汤匙、肮脏的托盘、质量粗劣的白色马克杯，每件餐具的表面都是油腻腻的，每条裂缝里都藏污纳垢。餐厅里弥漫着一股酸掉的味道，混合了劣质杜松子酒、难喝的咖啡、金属味的炖菜和肮脏的衣服。你的胃里和皮肤里总是会发出某种抗议，你会觉得自己仿佛被欺骗了，你不应该得到这样的待遇。不过温斯顿确实也不记得过去和现在有什么太大的不同，他只能确切地记得，无论何时都没有足够的食物，每个人的袜子和内衣都有破洞，家具总是破破烂烂又不牢固，房子里没有暖气，地铁车厢里老是挤满了人，随时都能看见房子倒塌，放了太久的面包，颜色都变深了，难得能喝到茶，咖啡又难喝得要死，香烟更是供不应求——除了人工合成的杜松子酒之外，没有什么东西是便宜又大量的。虽然随着年纪增长，身体自然每况愈下，但这样难道不就意味着现况并非依循自然秩序而成吗？如果生活不舒适、环境肮脏、生活用品不足、冗长的冬天难以忍受、穿着湿湿黏黏的袜子、再怎么健身也不见效果、使用冰冷的水和粗糙的肥皂、一碰就支离破碎的香烟,还有味道诡异难吃的食物,人心岂有不生病的道理?人为什么会觉得这样的生活无法忍受?难道不是因为脑海里有某种古老的记忆,让人知道我们的生活曾经不一样吗?

他又环顾餐厅四周,几乎每个人都是样貌丑陋,就算不是穿着蓝色连身工作服这样的制服,样貌还是一样丑陋。在餐厅遥远的另一头,一个身材矮小的男人独自坐在一张桌前,看起来怪怪的像只甲虫,他正喝着咖啡,一双小眼睛不断对四周投射出怀疑的眼光。温斯顿心想,如果你不去看四周的人,或许很容易就会相信党所设立的标准体型,高大又肌肉发达的年轻男子,以及胸部雄伟的年轻女子,金发又充满活力、一身阳光洗礼过的肌肤、看起来无忧无虑的这些人真的存在,而且比比皆是。实际上,就温斯顿看来,住在第一起降跑地道区的人大部分都是身材矮小、皮肤黑黑的丑陋家伙。真是奇怪,政府部门里怎么到处都是长得像甲虫的人,这些矮矮胖胖的男人,从很小的时候就往矮壮的体型发展,两只短腿跑起来动作灵活急促,圆胖到不可思议的脸上长着一双小小的眼睛。在党的领导之下,这种体型的人似乎是愈来愈多。

丰隆部的报告结束,又吹了一声号角,然后电屏便转成尖细的音乐。帕森斯被这些数据连番轰炸,好像激起他心里一点热情,将烟斗从嘴里拿出来。

"丰隆部今年可真是干得好啊。"他说着,头若有所思地晃动起来,"对了,老温,你那儿有没有刮胡刀啊?能不能给我一把?"

"没有。"温斯顿说,"我自己也已经六个星期都用同一把了。"

"唉,是吧——想说问问看也好。"

"对不起。"温斯顿说。

隔壁桌的鸭子叫在丰隆部报告的时候暂时沉默了一会儿，现在又开始呱呱叫了，而且还更大声。不知道为什么，温斯顿突然发现自己想起了帕森斯太太，想到她稀疏的头发，以及脸上皱纹里卡着的灰尘，两年之内，那些孩子就会向思想警察举发她。帕森斯太太将会人间蒸发，塞姆会人间蒸发，温斯顿会人间蒸发，欧布莱恩也会人间蒸发。但是，帕森斯却永远不会人间蒸发，在政府部门如迷宫般的走道里灵活穿梭的甲虫男人也不会人间蒸发，还有那个深色头发的虚构局女孩，她也永远不会人间蒸发。温斯顿似乎可以马上看出来谁能生存下来，谁会被消灭，只是到底那些人为什么可以生存，原因就很难说了。

这时温斯顿突然跳了起来，从白日梦中醒过来。隔壁桌的女孩侧过身看着他，原来是那个深色头发的女孩，她斜眼看着他，但眼里充满了浓浓的好奇。他们俩的眼神一交会，女孩立刻撇过脸去不看他。温斯顿的背上开始冒汗，一股强烈的恐惧传遍全身。这种感觉几乎马上就消失了，但是却留下某种让人如坐针毡的不适感。她为什么要看他？她干吗一直跟着他？很可惜他记不得他到这里的时候，那个女孩究竟是已经坐在隔壁了，还是后来才坐下的。但是无论如何，昨天的两分钟憎恨时间，她就在他身后坐下，可是她何必要挑那个位置呢？她的真正目的很可能是要仔细听听看，确定他憎恨的大喊够大声。

他脑海里又出现了之前那个想法：或许她不是真正的思想警察，那些业余间谍才是最危险的人。他不知道女孩已经盯着他多久，也许至少有五分钟，他可能并没有完美控制好脸上的表情。待在公共场所或是电屏监视范围内的时候，让自己的思绪随意漫游是非常危险的，因为即使是最细微的细节都会出卖你，像是脸上紧张抽动、下意识露出焦虑的表情，还有自言自语的习惯等等，任何事情只要可能代表你这个人不正常或者有所隐瞒，都非常危险。在任何情况下，脸上只要出现不适当的表情，例如听到胜利的消息时却面露怀疑,这本身就是值得受罚的亵渎行为。新语里甚至还有一个词专指这种罪,称之为"脸部犯罪"。

女孩又背对着他。或许她其实并不是真的在跟踪他,或许她接连两天都坐在他附近只是巧合。温斯顿的香烟熄了,他小心翼翼地把烟放在桌子边缘,如果可以把烟草留在香烟里,他下班后会把这根烟抽完。隔壁桌的那个男人很可能是思想警察的间谍,很可能不出三天他就会被抓到仁爱部的地窖里,但香烟屁股可不能浪费掉。塞姆折起那张长条纸塞进口袋里,帕森斯又开口讲话了。"老温,我有没有跟你说过,"他嘴里含着烟斗咯咯笑着,"有一次我家那两个小鬼放火烧了市场里一个老女人的裙子,因为他们看见她用老大哥的海报包香肠。他们俩偷偷摸摸从她背后走过去,拿了一盒火柴就放火烧了她的裙子。我想她应该烧伤得挺严重的,小鬼灵精哪,是吧?但可积极得很呢!现在的间谍组织给他们的是第一流的训练——比我那时候还好太多啰。你知道他们最近给我孩子啥玩意儿吗?可以从钥匙孔窃听的窃听喇叭!我小女儿前几天晚上带了一副回家,还在家里客厅的门上试用了,说这比她光把耳朵贴在门上能听见的还多两倍哪!当然啦,跟你说,那只是玩具,不过这样他们就知道是怎么回事了嘛,是吧?"

这时候从电屏传出刺耳的哨音,这个信号表示该回去工作了。三个男人都站起身来,加入挤着要进电梯的人群。温斯顿香烟里剩下的烟草掉了出来。

6

温斯顿在日记里写着:

三年前，昏暗的傍晚，一处大火车站附近一条狭窄的小巷道里，她站在墙边一个出入口旁，头上的街灯几乎投射不出什么光线。她的脸很年轻，化了很浓的妆。真正吸引我的是她脸上的妆，她的脸好白，就像戴了面具，嘴唇涂成了大红色。女党员从来不化妆。街上没有其他人，也没有电屏，她说两块钱，我——

这个时候，温斯顿实在没办法再写下去了。他闭上眼睛，双手紧压着双眼，想要抹去这个脑海里不断出现的画面。他胸口涌起一股冲动，几乎快要控制不住，他想要用最大的音量叫喊出一连串脏话，或者抓着自己的头拼命撞墙，用脚踢翻桌子，抡起墨水瓶砸向窗户——做出任何暴力、嘈杂或痛苦的行为，这样或许可以盖过那段不断折磨他的记忆。

他想着，你最大的敌人就是自己的神经系统，你体内的压力随时都可能转化成可见的症状。他想起几个礼拜前在街上曾经过一个男人身边，那个人看起来就像个很平常的党员，年纪大约三十五至四十岁，身材瘦高，手里提着一个公文包。他们两人的距离大概剩几米的时候，男人的左脸突然一阵痉挛而扭曲起来，两人擦肩而过的时候，男人又发作了一次，他的脸颊只是微微抽动一下，颤抖的时间快得就像按下相机快门一样，但显然这是男人的习惯性动作。温斯顿记得自己当时心里想着：可怜的家伙完蛋了。可怕的是，男人很可能根本没意识到自己这个动作。最致命的危险则是发生在睡梦中的呓语，你根本没办法预防这种事，温斯顿目前还找不到方法。他深吸一口气，然后继续写：

我跟着她进去，穿过一处后院，进到一间地下室的厨房，那里有一张床靠墙放着，桌上有一盏灯，光线调得非常暗，她——

温斯顿紧咬着牙,他很想啐一口口水。跟着那个女人进到地下室厨房的时候,他想起他的妻子凯瑟琳。温斯顿已经结了婚——至少是结过婚的,或许他仍是已婚的身份,就他所知,他的妻子还没死。他似乎又能闻到那间地下室厨房里温暖而拥挤的味道,那股味道混合了虫子、脏衣服,还有恶心的便宜香水味,但却相当吸引人。因为女党员从来都不用香水,也没人想象得到她们会用,只有无产阶级才会用香水。在他心里,那股味道免不了会让他想到通奸这件事。

他跟着那个女人走的那一次,是他差不多两年以来第一次犯错。当然,党规禁止和妓女来往,但是这种党规,偶尔会让人鼓起勇气违反一次,虽然很危险,不过也不是什么冒着生命危险的大事。被抓到和妓女在一起,可能会被判在强迫劳动营待上五年,但也仅只如此,只要不要违反其他规定就没事。而且要躲避抓缉也很简单,只要不是正在办事的时候被逮到就行。比较贫穷的小区里,到处都有准备好出卖身体的女人,有的甚至只要一瓶杜松子酒就愿意办事,因为无产阶级喝不到杜松子酒。党对这样的情况默不作声,甚至倾向鼓励卖淫,反正他们也没办法完全禁止宣泄身体的欲望。如果只是发泄性欲倒是没什么关系,只要不被发现,也不会让人沉溺享乐,只跟低下的贫民阶级发生关系就好。不可原谅的重罪是党员之间的杂交,不过虽然在大清党的时候,许多犯人都一定会坦承自己犯过这项罪,却很难想象这种事情真的发生过。

党的目的不只要防止男人和女人之间形成忠诚的关系,以免难以控制,但真正隐而不说的目的其实是要消灭性行为带来的所有欢愉。与其说党视爱情为敌人,其实真正的敌人是性欲,不管有没有婚姻关系都一样。所有党员之间的婚姻关系都要经过一个专为此而成立的委员会批准,虽然没有明文规定,但要是两人让委员会认为彼此是受对方的肉体吸引,那么申请就一定会被驳回。唯一被认可的婚姻目的就是要制造新生儿来为党服务，性交应被视为有点恶心的操作过程，不是很重要，就像灌肠一样。这点也从来没有明文规定，但是每个党员从小就一直接受这种观念的潜移默化影响，甚至还有像青年反性联盟这样的组织，提倡两性完全的独身生活，若要生小孩就通过人工授精（新语里称为人授），然后在公家机构里长大。温斯顿知道事情不是非得要这样做不可，但总之这样很符合党内普遍的意识形态。党努力要抹杀性欲，或者，如果性欲没办法抹杀的话，就要扭曲玷污性欲的本质。他不知道为什么要这样，但事情似乎自然而然就应该如此，就女性的想法来说，党的努力大致上是成功的。

他又想到凯瑟琳，他们分开想必有九年、十年——将近有十一年了吧。很奇怪，他很少想到她，有时候一连好几天，他都会忘记自己曾经结过婚，他们只在一起了大概十五个月。党不容许离婚，但如果两人没有孩子的话，则会鼓励分居。

凯瑟琳是个高高的金发女孩，背挺得很直，动作敏捷。她的脸轮廓分明，像只老鹰般，有人看到她的脸会觉得她很高贵，一旦发现她那张脸背后可能完全脑袋空空，那就不一定了。他们刚结婚没多久，温斯顿就知道她绝对是他遇过的最笨、最粗俗、最无脑的人，不过或许这是因为他比较了解她的缘故。她的脑子里除了党的口号之外，什么也不想，但她也不是智力有问题，因为她完全能够接收党丢给她的信息。他在心里偷偷叫她"人体录音带"，但他还是忍耐着跟她一起生活，就只为了一件事——性。

温斯顿一碰到凯瑟琳，她好像就会瑟缩僵硬，拥抱她的感觉就像拥抱一尊木偶。奇怪的是，即使她紧紧拥抱着他，他却感觉她同时也正全力推开他，从她僵硬的肌肉就能感受到这点。她会闭上眼睛躺着，不抗拒也不合作，就只是顺从，办起事来真是尴尬到了极点，而过了几次之后就变得感觉很糟。当时他同意两人只要住在一起而不发生关系，凯瑟琳却拒绝了这项提议，她说如果可以的话，他们就必须生孩子。所以同样的场景持续发生，几乎是规律地一周一次，除了无法发生性关系的时候才暂停。她以前甚至还会在早上的时候提醒他，当作是晚上的例行工作，而且不能忘记。她对这件事有两个称呼，一个是"制造小孩"，另一个则是"我们对党的责任"。（没错，她真的是这么说的。）很快地，温斯顿在约定的时间当天开始会感到害怕。幸好他们没生小孩，到最后她也同意不要再试了，然后两人很快就分居了。温斯顿无声叹了口气，又拿起笔来写：

> 她自己躺到床上，完全没有任何前戏，马上就撩起自己的裙子，那真的是你能想象得到最猥亵、最可怕的画面。我——

他看到自己站在昏暗的台灯灯光里，鼻腔里闻到虫子和廉价香水味，即使当时他还想着凯瑟琳苍白的身躯，因为党的催眠力量而永远冻结在原地，但他心里还是觉得既挫败又愤恨。为什么一定要这样？为什么他不能拥有自己的女人，而非得要像这样隔了好几年才找个肮脏的女人缠绵？但是真正的爱情几乎是连想都不能想的事情。党内的女人都是一个样，对贞节的坚持就像她们对党的忠诚一样深深铭刻在心。党非常谨慎，从很小的时候就开始控制她们的思想，用竞赛的方式或者泼冷水，在学校、间谍组织和青年联盟里，灌输她们那些垃圾思想，编成教材、歌曲、口号和军乐，用游行的方式教导她们，剥夺她们身体的自然感觉。温斯顿的理智告诉他，一定会有例外，但他内心却不相信。她们的贞操意识坚不可摧，正是党希望她们成为的样子。而温斯顿希望的，甚至比想被爱的欲望更强烈，就是推倒她们守贞的高墙，就算一生只有一次也好。顺利结束的性行为是反叛，欲望是思想犯罪。即使温斯顿能成功唤醒凯瑟琳的欲望，看起来也像是引诱，就算她是他的妻子，也属于不当行为。

但是他必须继续写接下来的故事，于是他写道：

> 我把台灯调亮，当我在灯光下看到她——

经历过黑暗之后，煤油灯微弱的灯光看起来相当明亮，温斯顿终于能够把那个女人看清楚了。他往前靠近女人一步，然后停在原地，心里充满欲望和惊恐。他感觉很痛苦，因为他很清楚自己来到这里是冒着什么样的风险，很有可能他走出这里的时候就会被巡警抓住。若是如此，他们可能现在就在门外等着了，要是他连来这里的目的都还没达成就离开——

他一定要写下来，一定要坦承一切。在灯光下，他突然发现的是，那个女人很老，脸上擦了厚厚的妆，看起来仿佛像纸面具般快要裂开一样。她头发里冒出了几根白发，但真正让人害怕的事情是，她的嘴微微张开，温斯顿只看到一个深深的黑洞，原来她已经一颗牙齿也没有了。他振笔疾书，写下歪歪斜斜的笔迹：

> 当我在灯光下看到她，她已经是个老女人了，至少有五十岁，但我还是跟她做了。

他又用手指压着眼皮。他终于写下来了，却没有什么作用，这种治疗法没效，他还是感到一股强烈的冲动，好想扯开嗓子，用最大的音量喊出脏话。

7

温斯顿写道：

> 如果我们还有希望，应该就在无产阶级身上。

如果我们还有希望，应该就在无产阶级身上，因为这一大群不受重视的人口占全大洋国人口的百分之八十五，他们有能力可以打倒党所能动员的人力。党是没办法从内部推翻的，如果真的有人想与党为敌，他们根本没办法聚在一起，或者甚至知道彼此的心意。就算传说中的兄弟会真的存在，如果这种组织可能存在的话，也很难让人相信他们每次的聚会人数能超过两三人。只要眼神稍有不对、声音音调有变，或者最多是偶尔低声说出的话，都会被视为反叛。但是那些无产阶级，只要他们能够有办法察觉到自己的力量，根本就不需要策划什么，他们只要站起身来摆动身体，就像马要赶走苍蝇那样简单。如果他们想要在明天早上把党摧毁殆尽，他们可以办到的。他们迟早都会想到可以这么做的吧？可是——

温斯顿记得他有一次走在拥挤的大街上，突然听到几百个女人大叫的巨大声响，声音就从前方不远处的小巷子里传出来。大叫的声音洪亮无比，包含了愤怒和绝望的情绪，一阵深沉又响亮的声音叫着："哦——哦——哦！"就像是钟声回荡的余韵般嗡嗡响着。他的心脏狂跳起来，想着：开始了！暴动！无产阶级终于爆发了！当他赶到事发地点，看到两三百个女人在街市上围住一个小摊子，脸上带着悲苦的表情，仿佛她们是沉船上注定没救的乘客。但在这时，人群中的绝望消失了，取而代之的是无数互相争吵。好像是市场里有个摊子在卖长柄锡锅，锅子已经有凹痕而且好像很容易损坏，但因为已经很难买得到厨房用的锅子，现在却突然出现在市场上，成功买到锅子的女人和其他女人碰撞争抢，她们想尽办法要带着锅子离开，同时还有几十个女人围着摊贩，指控那个小贩偏心，而且认为小贩在其他地方一定还有存货。突然又传出大叫，是两个身形壮硕的女人，其中一个披头散发，抓住另一个女人手上的锅了，想办法要把锅子从对方手中抢过来，两人拉扯了一阵子，结果锅子的把手掉了下来。温斯顿厌恶地看着她们，却又不得不佩服，虽然只有一下子，但她们仅仅几百人的喉咙就能发出这么可怕的叫喊声！为什么她们就不能为了重要的事情叫喊呢？他写道：

  除非他们认清这一点，否则他们不可能造反；但他们若不造反，就无法认清事实。

  他想，这句话简直就像是从党内的教科书上抄下来的。当然，党宣称是他们将无产阶级从束缚中解放出来，在革命之前，卑鄙的资本家一直压迫他们，他们没东西吃又饱受鞭打，女人也得到煤矿坑里工作（其实现在还是有女人在煤矿坑里工作），小孩子六岁就被卖到工厂里工作。但与此同时，依据双重思想的原则，党也教育大众：无产阶级天生就比较低下，就像动物一样，必须实施几条简单的规范来控制他们。事实上，大家对无产阶级了解不多，也没有必要知道太多，只要他们继续工作生育，他们其他的活动都不重要。把他们放着不管，就像在阿根廷平原上放养牲口，他们选择了对他们来说似乎是很自然的生活方式，接近古代的生活。他们在贫民窟出生长大，十二岁就开始工作，度过短暂的青春期享受青春和性欲，二十岁就结婚，三十岁就算是他们的中年，大部分无产阶级都在六十岁过世。沉重的劳力工作、照顾家庭和小孩、和邻居为了琐事争吵、看电影、足球比赛、啤酒，还有最重要的——赌博，这一切杂事塞满了无产阶级的脑袋。要控制他们并不难，思想警察总会派几个密探在无产阶级身边，散播不实的谣言，追踪并消灭几个被认为可能是危险人物的家伙，但并不打算用党的意识形态教化他们。党不希望无产阶级有太强烈的政治意识，只要他们单纯地爱国，这样如果要增加他们的工时或者要减少配给时，就会很有用。就算他们心生不满,有时候他们真的会有这种感觉,他们的不满也无处发泄,因为他们实在太无知了,只能针对特定的小事发牢骚,所以他们经常没注意到更明显的恶行。大多数无产阶级的家里甚至没有电屏,就连公民警察也很少去打扰他们。伦敦有无数罪犯,但这里仿佛是别有天地一般,特有一群小偷、强盗、妓女、毒贩和骗子,等等,各式各样的都有。不过因为这些罪行都发生在无产阶级身上,也就毫不重要了。基于道义上的考虑,党允许他们遵循古代的生活方式,党所推行的寡欲生活并不适用于他们,杂交不会受到处罚,也准许离婚。因为这样,如果无产阶级表现出需要或向望的话,就连宗教崇拜都可以批准。他们不会被怀疑,就像党的口号:"无产阶级和动物皆自由。"

温斯顿手往下伸,小心抓了抓自己静脉溃疡的地方,患处又痒了起来。事情总是会绕回同一个地方,那就是你不可能知道革命发生之前的生活究竟是什么样子。他从抽屉里拿出一本给儿童的历史课本,这是他跟帕森斯太太借来的,他在日记里抄下一段:

  课本里写着:过去,在伟大的革命尚未发生之前,伦敦并不是我们今日所见到的这个美丽城市,而是一个阴暗、肮脏又悲惨的地方,大家都没有足够的食物,成百上千的人民脚上没有鞋子可穿,甚至睡觉的时候也没有遮风避雨的屋顶。年纪与你相当的孩童每天得工作十二个小时,如果动作太慢还会遭到残酷的雇主鞭打,只能吃不新鲜的面包屑跟喝水。

  城市里有这么多穷苦无依的可怜人,却有少数几栋富丽堂皇的房屋,里面住着有钱人,家里有多达三十个仆人来服侍他们。这些有钱人被称为资本家,他们脑满肠肥、丑陋无比、长相邪恶,就像下一页的图片那样。你可以看到他穿着长长的黑外套,那是在正式场合穿的礼服大衣,还戴着闪闪发亮的古怪帽子,看起来就像锅炉烟囱一样,还说这叫礼帽。这就是资本家的制服,其他人都不准这样穿。资本家拥有这世界上的一切东西,其他的人都是他们的奴隶,他们拥有所有土地、所有房屋、所有工厂和所有金钱。如果有人不服从他们,就会被关进牢里,或者他们会夺走那人的工作,任其饿死。要是一般人想跟资本家说话,就得向他们卑躬屈膝,脱帽致敬,并称呼他们"阁下"。所有资本家的首领叫作国王,而且——

他已经知道剩下的部分是怎么记载了。课本里会提到主教的衣袖都是用细棉布做的,法官则穿着貂皮大衣,记载种种封建时代的事物,包括活动式或置地式的颈手枷、踏车,还有九尾鞭等,市长设宴款待名流,还有亲吻教宗脚趾等等。还有一种叫初夜权的东西,不过儿童的课本里大概不会提到这个,这条法律让资本家有权力跟工厂里任何一名女性上床。

怎么知道其中有多少是谎言呢?普通民众的生活或许真的比革命之前好多了,唯一反对这个说法的证据就是你骨子里无声的抗议,你直觉认为你的生活条件实在难以忍受,以前一定跟现在不一样。温斯顿突然了解,现代生活真正的独特之处并非其残酷和危险,而是其空虚、肮脏以及百无聊赖。如果你看看四周,你的生活和电屏里传达出的谎言毫不相符,甚至也达不到党努力想达到的理想目标。甚至以一个党员来说,生活中有一大部分都是模糊且无关政治的,就只是要熬过无聊的工作、在地铁车厢里抢位子、缝补破旧的袜子、跟人乞讨一块糖片、保存香烟屁股。党所设定的理想目标宏大雄伟,闪闪发光,那是一个钢筋水泥建构的世界,拥有巨大的机器和吓人的武器,属于战士和狂热分子的国度,人民组成完美的团队往前迈进,拥有相同的思想,呼喊相同的口号,一辈子不断工作、战斗、胜利、迫害，三亿人民都是一个模样。但现实的生活却是一座衰败脏污的城市，饥饿的人民穿着破鞋，拖着沉重的步伐来来去去，住在十九世纪就留下来的破烂房子里，永远闻得到圆白菜和厕所的臭味。他仿佛看见了伦敦，是个空旷而破败，塞满了百万个垃圾桶的城市；然后他还看见帕森斯太太，满脸皱纹又头发稀疏的女人，无助地修理堵塞的废水管。

温斯顿又伸手下去抓了抓脚踝。电屏从早到晚都用一大堆数据轰炸你的耳朵，保证今天大家有更多食物、更多衣物、更好的房子，以及更优质的娱乐，也就是说跟五十年前相比，大家可以活得更久、工时更短，身材长得更高大、更健康、更强壮、更快乐、更聪明，也能受到更好的教育。不过没有证据证实这些话是真是假。例如，党宣称现在无产阶级的成人识字率达百分之四十，据说在革命之前，他们的识字率只有百分之十五。党宣称现在的幼儿夭折率是一千人中只有一百六十人，而在革命之前，一千名幼儿中就有三百名会夭折，类似的数据还有很多。这就好像有两个未知数的单一方程式，历史课本里写的每一个字，就算是那些大家毫无疑问都接受的说法，很有可能完全都是编造出来的幻想。就温斯顿所知，可能根本就没有什么初夜权，也没有资本家这种东西，更没有一种衣物叫作礼帽。

一切都消失在迷雾当中，过去被抹灭了，大家也忘了这件事，于是谎言便成真了。温斯顿一生中只有一次掌握了具体确切的证据，能够证明某件事实遭到篡改，当然重要的是，那件事实已经被篡改了。他掌握证据的时间大约有三十秒。无论如何，那一定是一九七三年发生的事。大概是他和凯瑟琳分开的时候，但真正跟事件相关的日期却是在七八年之后。

故事真正的起点应该是六十年代中期，那时正是大清党的时候，许多在革命中原本是领袖的人物都被一举歼灭。到了一九七〇年，除了老大哥自己，其他的革命领袖一个不剩，这时他们都被揭发为叛徒和反革命分子。葛斯登已经逃离，不知藏身何处，另外几个人就凭空消失，而绝大部分的人都经过特别盛大的公开审判，坦承自己的罪过之后遭到处决。最后还存活下来的只剩三个人，分别为琼斯、亚伦森和路瑟福，这三个人一定是在一九六五年被逮捕的。事情通常是这样发展，他们会先消失一年以上，这样大家就不知道他们是死是活，然后再突然按照一般程序将他们带到世人面前自首认罪。他们承认自己提供情报给敌国（那时的敌国也是欧亚国）、侵吞公共基金、杀害许多值得信赖的党员、在革命开始之前就密谋推翻老大哥的领导，还有进行破坏行动，害死成百上千条人命。不过他们认罪之后却得到原谅，恢复党籍，还被安排了职位，虽然没什么实质作用，但听起来很了不起。三个人都写了一篇冗长而凄苦的文章，刊登在《时报》上，详述他们背叛的原因，并保证会弥补过错。

在他们被释放后不久，温斯顿在栗树咖啡馆亲眼看到他们三位本人，他还记得自己用眼角余光盯着他们的时候，心里感到一种带着恐惧的迷醉。他们的年纪比他还要大得多，是旧世界的遗族，是党的英雄时代留下来最后的伟大人物，身上仿佛还带着在地下组织奋斗及参与内战的荣光。不过温斯顿有种感觉，即使在那时候他对事实和日期的记忆已渐渐模糊，但他在知道老大哥的名字之前，就已经听过这三个人了。话说回来，他们再过一两年，绝对会变成罪犯、敌人、不可接触的人物，注定要消失在人世间。从来就没有人落到思想警察手中最后还能全身而退，他们已经是等着被丢回坟墓的死人了。他们三人桌子旁边的座位空无一人，就算只是被看到坐在这些人附近，也不是明智之举。他们静静坐着，面前摆着加入丁香味的杜松子酒，这是栗树咖啡馆才有的招牌饮料。在这三人当中，路瑟福的外表最让温斯顿印象深刻。路瑟福以前曾经是知名的讽刺漫画家，他的漫画严苛批评时政，在革命之前和革命当中都成功点燃舆论。即使是隔了这么久的现在，他的漫画依然会出现在《时报》上，不过只是模仿他早期的画风，而且不知道为什么，看起来毫无生气也毫无说服力，仅仅是老调重弹：

肮脏破烂的居所、挨饿的孩童、街道的混战、戴着礼帽的资本家等等,即使是在争议之处,资本家似乎依然抓着他们的礼帽做永远徒劳无功的挣扎,还想着要回到过去。他的块头很大,长着一头油腻的浓密灰发,脸颊下垂,满布皱纹,还有一张像是黑人的厚嘴唇。在过去,他一定是非常强壮,但现在他壮硕的身体已经衰弱,弯腰驼背,肥肉上身,全身上下的每一个部位都像快要掉落,就好像山崩一样,在人眼前崩溃解散一般。

那时是下午三点,没什么人,温斯顿现在已经想不起来自己为什么会在那个时候走进那家咖啡馆。那个地方几乎空无一人,电屏中传出微弱的音乐声。三个人动也不动地坐在角落,也没人说话。虽然没有点,服务生还是送上新的杜松子酒。他们旁边的桌上有一副西洋棋盘,棋子都摆好了,但棋局没有开始。然后,大概过了半分钟,电屏开始有了动静,演奏的旋律改变了,音乐的音调也改变了。然后来了——实在很难描述到底是什么,是一声奇怪的音符,像是破裂的声音,尖细而刺耳,温斯顿在心里称之为黄色音符,然后电屏里传出一个声音唱着:

> 枝叶茂密的栗树下,
> 我出卖了你,你出卖了我,
> 他们在那里,我们在这里,
> 枝叶茂密的栗树下。

三个男人没有动作,但是当温斯顿再看一眼路瑟福不堪入目的脸,他看见路瑟福眼里充满泪水。而他第一次注意到了,心里忍不住颤抖,但是又不知道自己为什么会颤抖。他发现亚伦森和路瑟福两人的鼻梁都断了。

在这之后不久,三个人又被逮捕了,原来他们从被释放的那一刻起就密谋策划着再度叛变。他们的第二次审判中,三人又承认了过去的种种罪行，还加上一大串新罪名。三人遭到处决，而他们的命运也记载在党史之中，用来警惕后世。这件事过了大约五年，一九七三年的时候，温斯顿展开一卷文件，这是刚从气动管里掉到他桌上的工作，然后他发现一小张纸，看来是不小心跟其他文件一起塞进来的。他一展开之后就发现这张纸的重要性，这是从约十年前的《时报》上撕下来的半版报纸，是报纸的上半部，所以看得见日期，上面是一张党代表团到纽约参加集会时拍下的照片。团体照中央显眼的位置站着琼斯、亚伦森和路瑟福，他绝对不会认错，况且照片底下的小标题还写出他们的名字。

重点是，两次审判中，他们三人都承认在这张照片的日期，他们都在欧亚国。他们从加拿大一处秘密机场起飞，到西伯利亚会合，然后跟欧亚国总参谋部成员商谈要事，向对方透露重要的军事机密。温斯顿之所以会记得这个日期，因为那时刚好是仲夏，不过这整段故事的记录一定也出现在无数其他地方，所以只有一个可能的结论：他们的认罪自白是谎言。

当然，这件事也算不上什么大发现。即使是在那时候，温斯顿也不认为大清党时被消灭的那些人真的犯下他们被指控的那些罪名。但这是明确的证据：这是一段被舍弃的过去，就像一块骨头化石出现在不应该出现的地层，进而毁掉一个地质理论。如果他可以找到方法将证据公之于世，让大家知道其重要性，那么就能把党彻底摧毁。

温斯顿直接开始工作。他一发现那张照片是什么、代表什么意思之后，就拿另一张纸把照片盖住。幸好他把报纸展开的时候，从电屏的角度看去，照片是颠倒的。

他把写字板放在膝上，将椅子往后挪，这样才能尽可能拉长与电屏间的距离。要面无表情并不困难，只要努力控制的话，呼吸也能保持平稳，但是你无法控制自己的心跳，而电屏是相当敏感的，就连心跳声都能听见。他自忖时间应该过十分钟了，在这当中他一直饱受折磨，害怕会突然出什么意外，例如突然又来一份文件飞过他的桌子，那他一定会被发现有异。然后，他没有掀开盖住照片的那张纸，就直接把照片跟几张废纸一起丢进记忆洞里，也许不用到一分钟，照片就会化为灰烬。

那已经是十年或十一年前的事了，如果是今天，他可能会把照片留下来。他觉得好奇怪，他曾经把那张证据拿在手里，即使是现在他还是觉得这件事有重大的意义，即使那张照片以及照片里所记录的事件只能存在记忆中。他想，这份证据能够存在，即使现在已经消失了，是不是代表党对过去的管制没有那么强了呢？

不过到了今天，就算有办法把那张照片从灰烬中恢复原状，可能也称不上是证据了。在他发现那张照片的时候，大洋国已经没有跟欧亚国打仗了，而那三个死去的男人一定是将国家机密出卖给东亚国的密探。从那之后还有其他更动——两个？还是三个？他记不得多少个了。他们的认罪自白很可能不断被重写再重写，直到原始的真相和日期已经不再重要了。过去不只是改变了，而且不断在改变，而如同噩梦一般不断折磨他的是，他从来就无法完全了解为什么要进行这样大规模的欺骗，他很清楚捏造不实的过去会有什么立即的好处，但却不明白其最终的动机是什么。他又拿起笔写下：

我知道怎么回事，因为我不知道为什么。

他心想，以前自己也这样想过好多次，他是不是疯了？也许，所谓的疯子不过是因为只有他一人才知道真相。曾经，相信地球绕着太阳走的人会被说成是疯子，而到了今天，相信过去不能改变的人才是疯子。也许只有他这么相信，而如果只有他一人，那他就是个疯子。但是变成疯子的想法并不会很困扰他，恐怖的是，可能他也错了。

他拿起那本儿童的历史课本，看着卷头的老大哥插画，那双蛊惑人心的眼睛直视着自己。那种感觉就好像有股巨大的力量从你头上压下来，钻进你的脑壳，不断敲击你的大脑，让你吓得舍弃信念，几乎是逼着你否认自己意识到的证据。到最后，党会告诉大家二加二等于五，而你也得相信。他们迟早一定会做出宣示。处在他们那样的位置，他们的思考逻辑会驱使他们这么做，不仅仅是经验的可靠性，就连物质世界中的真实是否存在，都会被他们的思想哲学巧妙地否决掉，异端思想中的异端思想反而成为常识。让人害怕的并不是他们会因为你想法不同而杀掉你，而是他们可能是对的，毕竟，我们怎么知道二加二就是四呢？或者重力是怎么作用的？或者过去是无法改变的吗？如果过去和物质世界只存在于我们的心智中，如果心智是可以控制的，那又会如何呢？

不！温斯顿的勇气好像突然壮大了起来，他的脑海中掠过欧布莱恩的脸，但并不是因为看到什么明显的联结才想起他。他知道，他比之前更加确定，欧布莱恩跟他有同样想法，他的日记是为欧布莱恩写的，是写给欧布莱恩的，就好像一封永远写不完的信，也没有人会读到，但却是寄给某个人的，因此这封信就有了意义。

党告诉你不能相信自己的眼睛和耳朵，这是他们最终，也是最重要的命令。他的心情无比沉重，想到自己要对抗的力量集结在一起是多么强大，想到内党的知识分子要在辩论中击溃他是多么容易，他们会提出狡猾的论点，他可能连听懂都有困难，更遑论要回应。可是他才是对的！他们错了，他才是对的，他得为显而易见、连笨蛋都会懂的真相辩护，真理是愈辩愈明，他要紧抓着这一点！物质世界确实存在，而自然法则不会改变，石头是硬的，水是湿的，没有支撑物的物体会往地心掉落。他抱着自己是在跟欧布莱恩说话的感觉，同时也是提出一条重要的公理：

自由就是有说出二加二等于四的自由，如果能得到这样的自由，一切都没问题了。

8

从通道底的某个地方飘来烘焙咖啡的香味，是真正的咖啡，不是胜利牌咖啡，香味飘到街上来了。温斯顿不由自主停下脚步，大概有两秒的时间，他仿佛又回到童年那个大半被遗忘的世界，然后一扇门突然关上，似乎也把香味像是声音一样突然隔绝。

他已经在人行道上走了好几公里，脚踝上的静脉溃疡正隐隐抽痛。这是三个星期以来，他第二次缺席小区中心的晚间集会。这样的行为很草率，因为他很清楚有人会仔细确认小区中心的出席人数。原则上来说，党员是没有空闲时间的，除非是上床睡觉，否则也不应该独自行动。如果党员不是在工作、吃饭或者睡觉，那他就应该参加某种小区的娱乐活动。若做出任何让人觉得你喜欢独自一人的行为，甚至只是自己去散散步，也是有点危险的。新语里有个词叫"独生"，就是形容这样的情形，意指个人主义和怪癖。但今天傍晚时分，当他走出真相部的时候，四月清爽宜人的空气让他心动难耐，天空是温暖的蓝色，比他那年看到的天空都要蓝。突然之间，要在小区中心里度过漫长又嘈杂的夜晚，参加无聊又费力的游戏、演讲，而用杜松子酒交心换来的同党情谊其实又脆弱不堪，这一切都让他无法忍受。他冲动之下就转身离开公车站牌，漫步走进伦敦市区的迷宫里，先是往南走，然后往东走，接着又往北走，在不知名的街道中迷失方向，也不想管自己到底走向何方。

"如果我们还有希望，"他在日记里写着，"应该就在无产阶级身上。"他一直想起这句话，这句宣言道尽了神秘的真相以及显而易见的荒谬。他现在人在北方一处贫民窟,那里看不出建筑物的形状,只有一片褐色风景,从这儿的西边过去曾经是圣潘克拉斯车站。他走在一条圆石铺成的道路上,两旁都是两层楼的房子,门口破败不堪,直接跟人行道连成一气。不知道为什么,感觉好像一个个老鼠洞,圆石之间到处都是一洼一洼的脏水。昏暗的门口有人进进出出,数量多到吓人,就连两旁分岔出去的狭窄巷道里都有人,有正值青春年华的少女,嘴上擦着不符合年龄的口红,后面跟着一票追求的年轻人;有一些身材圆滚滚的女人,走起路来摇摇晃晃的,看着她们就知道十年后那些少女会变成什么样;几个弯腰驼背的老人,双脚叉开地拖着沉重的步伐;还有衣衫褴褛的小孩,光着脚在脏水塘里玩,一听到妈妈生气的喊叫声就一哄而散。这条街上大概有四分之一的窗户玻璃都已经破掉,用板子遮盖起来。大部分的人都没注意到温斯顿,只有几个人抱着某种警戒的好奇心看着他。两个体格庞大的女人穿着围裙,晒红的前臂环抱胸前,站在门口外头讲话,温斯顿走近的时候听到了一些片段。

"我就说:'对啦,这样很好啦,可是如果你是我的话,你也会跟我一样啊,要说人家都比较简单啦,可是你又没有我这种问题。'"

另一个女人说:"啊,都是这样,最后都会变这样啦。"

两人看到他的时候,交谈时刺耳的声音突然停止了,她们充满敌意看着他,默不作声,直到他走远为止。不过那也不真的算是敌意,只是一种谨慎,暂时按兵不动,就像看到不熟悉的生物靠近时会有的反应。在这样的街道上,不可能常常看见党员穿的蓝色连身工作服。确实,被看到出现在这样的地方并非明智之举,除非你有很重要的工作要做。如果遇到巡警的话,可能会被拦下来,"同志,我可以看看你的文件吗?你在这里做什么?你几点下班的?这是你平常回家的路线吗?"问个没完没了。当然法律并没有规定回家一定要走平常的路线,但要是让思想警察知道了,就足以让他们盯上你。

突然，整条街一阵骚动，四面八方传来警告意味浓厚的喊叫，人们像是兔子一样迅速冲进建筑物门口。一个年轻的女人从温斯顿前方不远处的门口跳了出来，抓住一个正在水塘里玩的小孩，用围裙包住小孩，然后又跳了回去，动作一气呵成。同时，一个男人穿着好像六角形手风琴的黑色西装，从一个小巷子里冒出来，朝着温斯顿跑过来，激动地指着天空。

"蒸汽机！"他叫着，"小心哪，大人！要打下来了！快点趴下！"

不知道为什么，无产阶级的人称火箭炮为"蒸汽机"。温斯顿立刻趴下，脸朝下。无产阶级发出这种警告的时候，几乎百分之百都是对的，他们好像有某种直觉，会在火箭炮落下来前几秒钟告诉大家，就算火箭炮应该跑得比音速还快，他们还是会猜中。温斯顿的双臂紧紧抱着头，他听见一声轰然巨响，仿佛连人行道都震动起来，然后一阵闪亮的光点打在他的背上。他站起身来，发现自己身上都是邻近窗户的碎玻璃。

他继续往前走。炸弹摧毁了这条街上两百米范围内的所有房屋，一股黑烟直往空中蹿升，底下是一朵灰泥尘所形成的蕈状云，里头的废墟旁边已经开始有人围拢过来。温斯顿前方的人行道上有一小堆灰泥，他可以看见从灰泥堆中间流下一道鲜红，他走近一看才发现那是一只从手腕处断开的人手。撇开血淋淋的残缺部分不看，那是一只完全惨白的手，就跟石膏模一样。他把那只手踢进水沟里，然后转身走进右边一条小巷子里，好避开人群。走了三四分钟之后，他已经远离炸弹的影响范围，街上的生活是一贯的肮脏拥挤，仿佛什么都没发生过。快接近晚上八点了，无产阶级劳工经常造访的饮品店（他们称之为"酒吧"）已经挤满了顾客。饮品店肮脏的旋转门不停开开关关，带出一阵尿骚味，还有碎木屑跟酸啤酒的味道。一栋房子的前院比较突出，形成一个角度，三个男人站在那里靠得很近，中间那个拿着一份折起来的报纸，另外两个则从他背后仔细看着报纸。温斯顿跟他们的距离还没有近到能看出他们脸上的表情，但他已经能从他们的肢体看出他们相当专心认真，显然他们正在读一篇重要的新闻。他距离他们只剩几步距离的时候，三人突然散开来，其中两人还发生激烈争吵，有那么一会儿，两人好像就快打起来了。

"你他妈的听清楚好不好？我跟你讲，已经超过十四个月没开过尾数七的号码了！"

"就有！"

"就没有！我在家里全写下来了，这两年的号码我全都写在一张纸上，就跟时钟一样那么勤快。我告诉你，尾数七的号码——"

"有，尾数七有中过！我还可以告诉你他妈的那个号码是什么，四〇七，结果就中了，是二月的时候——二月的第二个礼拜。"

"胡说八道！我都白纸黑字写下来了，我跟你说，没有——"

"不要吵啦！"第三个男人说。

他们是在讲彩票。温斯顿走了三十米之后回头看，他们还在争吵，脸上的表情狂热而激动。彩票每个礼拜会送出巨额奖金，这是无产阶级十分注意的公开活动，可能对上百万的无产阶级来说，彩票就算不是他们生存的唯一理由，也是他们人生的准则。彩票让他们开心，让他们显露愚蠢，消除他们的痛苦，还能刺激他们的智能运作。如果是为了中彩票，就连不认得几个字的人好像也有办法做出复杂精细的计算，还能展现出惊人的记忆能力，有一大群人就靠着贩卖运算系统、预测明牌和幸运符维生。温斯顿的工作跟彩票的运作没有关系，那是丰隆部负责营运的，不过他知道（其实所有党内的人都知道）大部分的奖项都是虚幻的，只有小额奖金真的会付给中奖人，大奖得主都是不存在的人。因为大洋国各个地方并没有实际的内部沟通管道，所以这件事也不难安排。

可是如果我们还有希望，应该就在无产阶级身上。必须牢牢记住这点。当你把这个想法诉诸语言，听起来就比较有道理了，当你站在人行道上，看着身边经过的人们,这个想法变成了信仰。温斯顿转进一条路,路的方向是往下走,他觉得自己以前好像来过这里,不远处就有一条主要干道,前方传来有人大声吼叫的喧哗声。这条路突然一个急转弯,尽头是一道阶梯,往下可走进一条凹陷的小巷子,几个小摊贩卖着看起来不太新鲜的蔬菜。这时,温斯顿记得自己身在何处了,这条小巷子通往主要大路,然后再走不到五分钟就会到下一个弯,那里就是他买下那本空白书籍的二手商店,那本书现在变成他的日记,然后他还曾在附近一家小文具店买了笔杆和一瓶墨水。

他在阶梯顶端停了一下。巷子的另一头有一家脏脏的小酒吧,酒吧窗户看起来好像是结了一层霜,但其实只是覆了一层灰罢了。有个非常老的老人,虽然驼了背但还是活力十足,嘴上留着两撇白色八字胡,好像虾子的触须般竖立着,老人推开旋转门走了进去。温斯顿站在原地看着,他突然想到,这个老人肯定至少有八十岁,那么革命发生的时候他已经是个中年人了,老人和少数几个跟他年纪相当的人,是现在这个世界和已经消失的资本世界之间最后的联结。党内大部分人的想法都是在革命后才形塑出来的,老一辈的人在五十、六十年代的大清党行动中几乎都被消灭了,存活下来的几个人也老早被吓得完全臣服在党的意志之下。现在活在世界上的人,如果还有谁能够告诉你这个世纪初的真实情况,那也只可能是个无产阶级的人了。突然,温斯顿脑海里浮现出他在日记里抄写的历史课本段落,胸口涌起一股疯狂的冲动,他要走进那家酒吧,跟那个老人尽量混熟,然后问问题,他要跟老人说:"跟我说说您小时候的生活吧,那时候人们过着什么样的生活?一切比现在好吗?还是更糟?"

他要快一点,时间一长他就会开始害怕。他走下阶梯,走过狭窄的街道。这么做当然是疯了。一如平常,并没有确切的规定禁止和无产阶级谈话,禁止造访他们的酒吧,但这样的行为实在太不寻常,一定会引起注意。

如果巡警出现了,他可能会说他突然感到晕眩,希望他们谅解,不过他们不太可能会相信他。他推开门,迎面而来的是一股酸啤酒发出的恶心低俗味道。他一走进酒吧,说话的声音马上音量降了一半,他的背后可以感觉到大家的眼睛都盯着他的蓝色连身工作服看。酒吧另一头有人正在玩射飞镖,这时候也停了大概有三十秒。走在他前面的老人站在吧台前,跟酒保不知道在吵什么。酒保是个高大壮硕的年轻人,脸上的鹰钩鼻很显眼,前臂的肌肉非常发达。吧台旁边有一小群人,手里拿着酒杯在看好戏。

"我都已经好声好气问你了,不是吗?"老人说,肩膀挺直,准备要大吵一架,"你居然跟我说你整间该死的酒吧里连一个品脱杯都没有?"

"他妈的什么品脱啊?"酒保一边说,手指指尖撑在吧台桌面上,身体往前倾。

"喂!大家看看哪!还说自己是酒保呢,居然连品脱都不知道!靠,一品脱就是半夸脱,四夸脱就是一加仑,再来我就要教你念 A、B、C 了。"

"听都没听过。"酒保简单回答,"要么一升,要么半升,我们就给这两种,你前面的架子上就是我们的玻璃杯。"

"我喜欢品脱。"老人坚持说。"你很容易就能帮我调出一品脱嘛,我年轻的时候才不用这些该死的升呢。"

"你年轻的时候我们都还住在树上呢。"酒保说完了其他人一眼。

大家都大笑起来,因为温斯顿走进酒吧而引起的不舒服感似乎也消失了。老人满是白色胡楂的脸顿时红了起来,他转过身自言自语,撞到了温斯顿。温斯顿温柔地扶住他的手臂。

"我请您喝一杯好吗?"他问。

"你人真好。"老人说着,肩膀又挺直起来,好像没注意到温斯顿的蓝色工作服。"一品脱!"他对酒保挑衅着说,"我就要一品脱爽酒!"

酒保拿了两个玻璃杯,在吧台下的水桶里洗了洗,各装了半升的黑啤酒。无产阶级的酒吧里只能喝到黑啤酒,无产阶级应该是不能喝杜松子酒的,不过其实他们很容易就能取得。射飞镖的游戏再度展开,酒吧里的人群开始谈论彩票的话题,他们暂时忘记了温斯顿的存在。窗户底下放了一张小方桌,温斯顿和老人坐在那里谈话可以不用怕人偷听。这么做实在是太危险了,但至少酒吧里没有电屏,温斯顿一进这里就先确认了这一点。

"他可以帮我倒一品脱的。"老人坐下来,面前放着酒杯,他不满地说。"半升哪够啊,根本喝不过瘾,可是一升又太多了,喝了会一直跑厕所,而且也太贵了。"

"您年轻的时候一定见过许多剧变吧。"温斯顿试探性地说。

老人淡蓝色的眼睛从飞镖盘看到吧台,又从吧台看到男士洗手间门口,好像觉得这个酒吧内即将要发生什么改变。"啤酒比较好喝,"他终于开口,"而且也比较便宜!我年轻的时候,淡啤酒——我们以前都说是爽酒——一品脱是四便士,当然那是战争前的事了。"

"是哪一场战争?"温斯顿问。

"反正都是战争嘛。"老人含糊地说。他拿起酒杯,肩膀又挺了起来,"这杯祝你身体健康无病。"他的喉咙相当细瘦,喉结突出得很明显,此时喉结上下活动的速度快得惊人,然后啤酒就没了。温斯顿走到吧台,又拿了两杯半升啤酒回来。老人好像已经忘记自己刚刚还在批评喝下一升的坏处。

"您的年纪比我大很多,"温斯顿说,"我还没出生之前,想必您已经是成年人了,应当还能记得过去的日子是什么样子,就是革命之前的时光。我这个年纪的人并不真正了解那段过去,我们只能从书里读到,而书里写的又不一定真实,我很想听听您的想法。历史课本说革命之前的生活跟现在完全不一样,压迫人民、不公不义、贫穷的问题都非常严重,情况糟到我们无法想象。在伦敦这里,广大的民众从出生到死亡都没有吃饱过,有一半的人连鞋子都没得穿。他们一天要工作十二小时,九岁就离开学校,一个房间睡了十个人。而同时,有极少数的人,大概只有几千人——就是所谓的资本家,他们既有钱又有权,他们拥有世界上所有的一切,住在极度奢华的房子里,拥有三十名仆人,开着汽车和四匹马拉着的车子到处跑,喝香槟,戴礼帽——"

老人的眼神突然亮了起来。"礼帽!"他说。"你怎么会提起这东西?还真巧,我昨天正好想起这东西,也不知道是怎么回事,我就是想到我好多年没看到过礼帽,这东西肯定都没了吧。我最后一次戴上那东西,是在我嫂子的葬礼上。那是——我说不出是什么时候的事了,但肯定是五十年前吧,当然你也知道,只有在那种场合才会戴那东西。"

"礼帽的事情不是很重要,"温斯顿耐着性子说,"重点是那些资本家——这些人和几个律师、牧师,还有那些依赖着他们生存的人,他们是地球的主宰,一切都是为了他们的利益而存在。你——只是一般人,是工人,就是他们的奴隶,他们想怎样对你就怎样对你。他们可以把你像牲口一样用船运去加拿大;如果他们看上你的女儿,就可以跟她上床;他们一声令下,就可以让人挥着叫作九尾鞭的东西抽打你。不管资本家走到哪里,身边都会围着一群仆人,他们——"

老人的眼睛又亮了起来。"仆人!"他说。"啊,我好久好久都没听到有人用这个词了,仆人!这个词将我带回到了从前,真的。我还记得,哦,很多很多年以前——以前星期天下午的时候,我偶尔会去海德公园听那些家伙演讲,基督教救世军、罗马天主教、犹太教、印度教——什么样的都有。然后有个家伙——嗯,我不能告诉你是谁,可是他讲起话来真是铿锵有力,他甚至还没使出全力呢!'仆人!'他说,'中产阶级的仆人!统治阶级的奴隶!'寄生虫——他还说了寄生虫,还有土狼——他绝对有叫他们是土狼。当然,他是在说劳工党,你懂吧。"

温斯顿觉得他们两人的谈话完全没有交集。

"我真正想知道的是,"温斯顿说,"你觉不觉得自己现在比过去那些年更自由?别人对待你有更把你当个人看待吗?以前的日子,那些有钱人,在上位的人——"

"上议院。"老人怀旧地说。

"好,上议院,你高兴就好。我要问的是,这些人的地位之所以比你高,只是因为他们有钱而你没有吗?比方说,你真的得称呼他们'阁下'吗?经过他们身边的时候真的要脱帽致敬吗?"

老人看起来似乎陷入沉思,在他回答之前,喝掉了大概四分之一杯的啤酒。

"没错,"他说,"他们希望你看到他们的时候要摸帽檐致意,表示尊敬吧,我想。我自己是不太同意这种做法,不过还是常常照做,你大概也可以说是不得不做吧。"

"那么这些人——我只是转述我在历史课本里读到的——这些人和他们的仆人是不是常常把你挤出人行道,害你掉进水沟?"

"有一次有个人推了我一把,"老人说,"我还记得很清楚,就像昨天才发生的一样。那天是赛船之夜,这些人到了赛船之夜总会变得很粗鲁,我在雪夫特伯里大道上撞到一个年轻人,他外表看起来风度翩翩,穿着正式的衬衫、戴礼帽,还穿着黑色大衣,他好像在人行道上穿过来穿过去的,我不小心就撞到他了。他说:'你走路怎么不看路啊?'我说:'这条该死的人行道又不是你买的。你喝醉了,我半分钟内就能撂倒你。'然后呢,你相信吗,他的手搭上我胸口用力一推,差点就把我推到公交车轮了底下。我那个时候还年轻,本来打算要以牙还牙,可是——"

温斯顿心里突然充满了无力感。这个老人的回忆只剩下毫无用处的细节,就算问上他一整天也得不到任何有用的信息。党的历史仍然可能是真的,只是写得很拙劣,甚至可能完全是真的。他又试了最后一次。"也许我说得不够清楚，"他说，"我想说的是：您已经活了很久一段时间，您的上半生都是在革命发生之前度过，例如说一九二五年的时候，您已经长大成人了。就您记忆所及，您能说一九二五年的生活比现在好还是糟吗？如果您有得选择的话，您会希望活在当时还是现在呢？"

老人看着飞镖盘沉思着，他喝完自己那杯啤酒，速度比先前还慢。他开口说话的时候，带着一种宽容达观的态度，仿佛啤酒让他更成熟了。"我知道你希望我说什么，"他说，"你想要我说，我多希望能再年轻一次。如果你问别人的话，大部分都会说他们多希望能变年轻。人年轻的时候既健康又强壮，等你到了我这年纪，就没有安稳的日子过了。我的脚有毛病，膀胱更是糟糕，每天晚上都得爬起来六七次。不过回头想想，当个老人也有很多好处，不用老是烦恼一样的事情，不必跟女人打交道，这可是大大的好处。我将近有三十年没碰过女人啦，你觉得了不起吗？还有更了不起的呢，我连想都没想过。"

温斯顿往后靠在窗台上，继续问下去也没有意义。他正准备再去买啤酒时，老人突然站起来，迅速地跌跌撞撞走到酒吧旁边臭气冲天的小便池，看来多喝的那半升已经对他起了作用。温斯顿坐了一两分钟，盯着他的空杯子看，再回过神来的时候，两只脚已带着他又走回街上了。他想，最多不用到二十年，"革命前的日子比现在好吗"这个简单的大问题就会变得完全无法回答。不过其实就算是现在也已经没有答案了，因为各地从旧时代存活到现在的少数幸存者，已经没有办法比较两个时代的差别。他们记得一百万件无用的小事：跟同事的争吵、寻找不见的脚踏车打气筒、去世很久的姐妹脸上的表情、七十年前一个起风的早晨刮起的尘土不停打转等等，但是他们的眼里看不见真正重要的事实。他们就像蚂蚁一样，可以看到微小的事物，却忽略了大的东西。当记忆已经靠不住，书面记录也经过伪造，到这个时候，党宣称他们改善了人们的生活条件，人们也只能相信了,因为没有任何标准,往后也不可能有任何标准,可以用来检验党的说法。

这时候,他突然中断自己的思绪,停下脚步抬头看,发现自己正处在一条狭窄的街道上,路旁几家灯光黯淡的店家,零星分布在居民楼之间。就在温斯顿正上方挂了三颗褪色的金属球,看起来以前好像是漆成金色的,他好像知道这个地方,对了!他就站在他买日记本的那家二手商店门外。一阵恐惧的刺痛传遍他全身。一开始买下那本书已经是草率到不能再草率的行为,他发誓绝对不会再靠近这个地方,可是一旦他放任自己的思绪漫游,他的双脚却依循着自己的记忆带他回到这里,而他开始写那本日记的用意,正是为了隐瞒自己这种近乎自杀的冲动。同时,他发现虽然现在已经二十一点了,店仍然在营业。他觉得自己进到店里可能没那么可疑,至少比在人行道上乱晃好,于是他踏进店门口。如果有人问他,他就假装说自己是想买刮胡刀。

店主人刚点亮一盏悬挂的油灯,油灯发出一股不太干净但可以接受的味道。店主人的年纪大约六十岁,一把老骨头弯腰驼背,长长的鼻子看起来很有亲切感,温和的眼神藏在厚重的镜片后面,视线看似被扭曲了。他的头发几乎全白,但眉毛却依然茂密乌黑。店主人的眼镜、他轻柔翻动商品的动作,再加上他穿着一件颇有年份的黑色天鹅绒外套,让温斯顿觉得店主人应该很有智慧,以前可能是什么文人雅士,或者是音乐家。他的声音很轻,好像快要消失一般,他的口音跟大部分无产阶级比起来也没那么粗俗。

"你在人行道上的时候我就认出你了。"他一见到温斯顿就说,"就是你这位先生买了那位年轻小姐的纪念相本,那相本用的纸可真美哪,真美,以前是叫作米白书写纸,那种纸有多久没人做了呢?哦,我想至少有五十年吧。"他抬起眼睛从镜片顶端看着温斯顿,"有什么特别的事情我能为你效劳吗?还是你只是想四处看看?"

"我刚好经过,"温斯顿淡淡地说,"就探头进来看看,没特别想找什么东西。"

"这样也好。"店主人说,"我想我也没什么能让你满意的东西。"他疲软地抬起手,做了一个抱歉的手势,"你也看到这里的情况,这家店可说是空了。我只跟你说,古董交易就快做不下去了,再也没人想买,也没有库存。家具、瓷器、玻璃器皿都渐渐毁坏,而金属呢,当然大部分都熔掉了。我已经好几年没看到铜制的烛台了。"

店里小小的空间其实拥挤到让人很不舒服,而里头的东西几乎一点价值都没有。脚下的空间非常狭窄,因为四周墙边堆满了无数积满灰尘的画框。橱窗里摆着一盘一盘的螺帽和螺栓、生锈的凿子、钝掉的小刀以及一些手表,表面黯淡无光,指针好像连走都不走了,另外还有各式各样的垃圾。不过角落一张小桌子上放了一堆零星的小东西,像是上过涂漆的鼻烟盒、玛瑙胸针什么的,看起来里面可能会有一些有趣的东西。温斯顿慢慢踱步走向那张桌子,突然看见一个表面光滑的圆形物体,在灯光下反射出柔和的光线,他把那东西拿起来。

那是一块很重的玻璃,一面是弧形,而另一面则是扁平的,几乎形成一个半球体,不管是玻璃的颜色或构造,看起来都有一种奇异的平静感,就好像雨滴一样。在玻璃中心有一个奇怪的粉红色物体,弧形表面有放大镜的效果,那个东西呈回旋状,让温斯顿想起一朵玫瑰或是海葵。

"这是什么?"温斯顿惊奇地说。

"是珊瑚啊,这个。"老人说。"一定是从印度洋来的,他们以前不知道用什么方法把珊瑚嵌进玻璃里,肯定至少有一百年的历史吧,从外表看起来,可能更久。"

"很美丽。"温斯顿说。

"很美丽。"老人赞叹说。"不过现在已经看不到很多美丽的东西了。"他咳了几声,"好啦,如果你刚好想买的话,那要花你四块钱。我记得以前像那样的东西可以卖到八英镑,八英镑呢——嗯,我算不清了,不过那可是一大笔钱。但是现在还有谁在乎真正的古董呢?就算再稀少也没用了。"

温斯顿马上付了四块钱,然后把这梦寐以求的宝贝塞进口袋里。这东西吸引他的地方并不全然是美丽的外表,主要是这种东西所属的年代与现在实在太不相同了,那种感觉似乎才是真正吸引他的地方。那块静谧如雨滴般的玻璃和他以前看过的玻璃完全不同,而更加吸引他的是这块东西显然一点用处都没有。不过温斯顿大概猜得到以前这块玻璃应该是用来当作纸镇。玻璃在他的口袋里沉甸甸的,幸好不是突出得太显眼。身为党员,拥有这样的东西很奇怪,甚至可说是危险,只要是老旧的东西,尤其是美丽的古物,总是带点让人疑心的成分。老人收了四块钱之后,心情明显变好许多,温斯顿知道就算自己只出三块钱,甚至是两块钱,老人都会愿意卖。

"楼上还有一个房间,也许你有兴趣想看看。"老人说。"里面没什么,只有几样东西。如果要上楼的话,我们就带盏灯上去。"老人点了一盏灯,弯着腰慢慢带他走上楼,楼梯很陡,梯阶已经很老旧了。然后他们穿过一条狭窄的通道,走进一个房间,从街道上看不见这个房间的存在,不过房间的窗外却能看见铺了鹅卵石的庭院,还有一片鳞次栉比的高耸烟囱。温斯顿注意到这里的家具还摆放得好像可以住人一样,地上铺了一条地毯,墙上挂着一两幅画作,壁炉旁边则摆着一张老旧的扶手椅,人一坐下就好像会陷进去,壁炉架上方挂着一座玻璃曲的老钟,钟面有十二个小时,指针还在走着。在窗户底下有一张很大的床,几乎占去房里四分之一的空间,上面还铺着床垫。

"我太太过世之前,我们一直都住在这里。"老人有点不好意思说。"我打算一件一件把家具卖掉。您看,这张床用的可是漂亮的桃花心木,咳,只要您把虫除一除,就会很漂亮。不过我看得出来,您觉得这张床太笨重了吧。"

老人把灯举得高高的,才能照亮整个房间。在温暖微弱的灯光照耀下,这个地方看起来居然还蛮舒适的。温斯顿脑里突然掠过一个想法,如果他敢冒这个险的话,或许他很轻易就能用一星期几块钱的租金租下这个房间。这个想法很疯狂,几乎不可能实现,刚形成就得放弃。可是这个房间让温斯顿心里升起某种怀旧情绪,唤醒某段久远的记忆,仿佛他确确实实知道坐在这样一个房间里是什么感觉,坐在壁炉旁的扶手椅上,脚放在炉边,炉火上烧着一壶茶,只有自己一个人,全然安全,不会有人看着你,没有声音催促着你,只能听见茶壶咕嘟咕嘟的歌声,还有时钟让人愉悦的嘀嗒声。

"这里没有电屏!"他忍不住低声说。

"啊。"老人说,"我从来没买过那种东西,太贵了,反正我好像也不需要。对了,您看角落那张折叠桌不错吧?只是如果您想把桌面展开,当然得换新的蝴蝶夹。"

另一个角落摆了一个小书柜,温斯顿已经忍不住走了过去。书柜上都是没用的东西,搜索书本并加以摧毁的行动,在无产阶级活动的区域也和其他地方一样彻底。在大洋国内,几乎不太可能找到一本一九六〇年前印行的书。老人还拿着油灯,站在壁炉另一边,他面前的墙上是一幅紫檀木裱框的照片,就在大床正对面。

"好了,如果您刚好对老照片有兴趣的话——"他温文地开口。

温斯顿走过来看着那张锡版照片。照片是用一块锡版雕出的一座有长方形窗户的椭圆形建筑,前面还有一座小塔,建筑物周围围了一道栏杆,后面则有一座看起来像是雕像的东西。温斯顿盯着照片看了好一会儿,觉得很眼熟,可是却不记得那里有一座雕像。

"相框是固定在墙上的，"老人说，"可是当然啦，我可以帮您拆下来。"

"我知道这座建筑物，"温斯顿终于开口说话，"现在已经变成废墟了，就在正义殿堂外面那条街上的中央。"

"没错，就在法院外头。是什么时候被炸的啊？噢，好多年前了。以前曾经是教堂，叫作丹麦圣克莱蒙教堂。"他不好意思地笑了笑，好像突然发现自己讲的话有点荒谬，然后又说："钟声唱出柳橙和柠檬，就在圣克莱蒙！"

"那是什么？"温斯顿说。

"噢，'钟声唱出柳橙和柠檬，就在圣克莱蒙！'这是我小时候唱的儿歌，我不记得怎么唱了，可是还记得最后一句：'蜡烛带着光亮，陪着你上床；屠夫带着斧头，砍下你的头。'还可以跟着跳舞，大家伸手搭桥让别人从底下走过去，然后唱到'屠夫带着斧头，砍下你的头'的时候，手就会低下来抓住你。这首歌就是在唱教堂的名字，伦敦所有教堂都唱到了，我是说比较重要的教堂。"

温斯顿不经意想着，不知道这座教堂是哪个世纪的建筑，要说出伦敦建筑的年代总是很困难。只要是又大又漂亮的建筑，外表看起来还算新颖，就会自动被归类为是革命后才建造的，而其他显然是比较早期的建筑则会被归类到某个模糊的年份，统称中古时期。资本主义时代创造出来的东西都被认为是毫无价值的，从建筑物上学到的历史也不比书本里讲述的多。雕像、碑文、纪念碑、街道名……任何只要有可能让人一窥过往历史的东西都被有系统地篡改了。

"我从来都不知道那里有教堂。"他说。

"还留下来了很多，其实。"老人说，"只是都被拿去做别的用途了。好了，那首歌是怎么唱的？啊！我想到了！"

> 钟声唱出柳橙和柠檬，就在圣克莱蒙，
>
> 你欠我四分之三便士，钟声回响圣马丁——

"好啦，我就记得这么多了。四分之一便士是小小的铜币，看起来有点像一分钱。"

"圣马丁教堂在哪里？"温斯顿问。

"圣马丁啊？还站在那儿啊，就在胜利广场上照片画廊的旁边，就是那栋门廊有点像三角形的建筑，前面还有柱子和长长的阶梯。"

温斯顿对这个地方很熟，那里是一座博物馆，用来展示各种不同的宣传用模型，像是按比例缩小的火箭炮模型和海上堡垒，还有用蜡像呈现敌人凶残行为的场面，诸如此类。

"以前我们都叫那里是原野中的圣马丁，"老人补充说，"不过我已经不记得那个地方哪里还有原野了。"

温斯顿没有买下那张照片，拥有这张照片会比那个玻璃纸镇更怪异，而且要带回家也不方便，除非把照片从相框里拿出来。尽管如此，温斯顿还是多待了几分钟，跟老人聊天，他发现老人的名字不是叫威克斯，看到店门口刻着这几个字，还以为就是店主人的名字，其实老人姓查灵顿。看来查灵顿先生是一位六十三岁的鳏夫，住在这间店里已经三十年。这些年来，他一直想换掉窗户上方的店名，可是总找不到机会实现。他们两人在谈话的时候，那首还记得一点的儿歌一直回荡在温斯顿脑海里："钟声唱出柳橙和柠檬，就在圣克莱蒙；你欠我四分之三便士，钟声回响圣马丁！"奇妙的是，当你自言自语说出来的时候，就仿佛真的能听见钟声一样，从失落的伦敦传出钟声，或许这个伦敦还存在于某个地方，不为人知也已被遗忘，他仿佛能听见洪亮的钟声从一个又一个鬼魅般的尖塔中传出，可是就他记忆所及，他的真实人生中从来没有听过教堂钟声响起。

他从与查灵顿先生的谈话中抽身,自己走下楼梯,这样老人就不会看到他踏出店门口的时候还四处查探。他已经下定决心,等到适当的时候,例如一个月之后,他会冒险再来,这么做可能还没有比一天晚上没去小区中心危险。这件愚蠢的事情中最严重的部分就是他居然还敢回来这里,先是买了日记本,也不知道店主人值不值得相信,尽管如此——

他又心想,对,他会再回来的,还会多买几样美丽的废物,他会买下丹麦圣克莱蒙教堂的锡版照片,把照片从相框里取出来,藏在连身工作服的外套底下带回家。他要从查灵顿先生的回忆中挖出那首儿歌剩下的片段,他脑海中甚至又短暂掠过想租下楼上那个房间的疯狂计划。他愈想心里愈得意,放松戒心了五秒钟,他踏上人行道之前连先从窗户查看一下都没有,甚至还自己乱编一首曲调,哼了起来:

钟声唱出柳橙和柠檬,就在圣克莱蒙,你欠我四分之三便士,
钟声——

突然他的心脏似乎冻结了,肠子也翻搅起来。一个穿着蓝色连身工作服的人影在人行道上迎面走来,距离他不到十米。是虚构局那个女孩,那个深色头发的女孩。灯光相当黯淡,可是他轻易就认出是她。她直直盯着他的脸,然后快步向前走,好像没看到他似的。

有好几秒,温斯顿全身动弹不得,然后他向右转,踩着沉重的脚步离开,好一会儿都没意识到自己走错了方向。无论如何,有个疑问已经得到解答,不必再怀疑下去了,那个女孩绝对是在监视他。她一定是跟着他来到这里,她绝对不可能这么碰巧就刚好选在同一天晚上,跟他一样走在同一条不知名的小巷道上。这里距离党员居住的区域都有好几公里远,这未免也太巧了。不管她是不是真的思想警察,或者她只是业余间谍,因为多管闲事才

来跟踪他,这些都无关紧要,只要知道她在监视他就够了。或许她还看见他走进那间酒馆了。

走路还不太好走,温斯顿每走一步,口袋里那块玻璃就会撞击他的大腿,而他也没想到要把玻璃拿出来丢掉。最糟糕的是他的肚子还痛了起来,有好几分钟,他感觉自己要是再不赶快进厕所就会死了。但是这样的区域哪里有公共厕所,然后疼痛的高峰过去了,只剩下一点微弱的痛感。这条街是个死胡同,温斯顿停下脚步,愣了几秒钟,胡乱想着该怎么办,然后就转过身往回走。他转身的时候突然想到,那个女孩三分钟前刚经过他身边,如果他跑的话,说不定可以追上她。他可以跟在她身后,等他们走到某个安静的地方,就找颗鹅卵石敲碎她的头骨,他口袋里的玻璃也挺重的,应该也能胜任。不过他马上抛弃这个想法,因为他光想到要做任何肢体运动都觉得受不了,他跑不动,也没办法挥动石头攻击。再说,那个女孩既年轻又健壮,可以保护自己。温斯顿也考虑要不要赶快跑到小区中心,然后待在那里直到中心关门为止,这样还可以为今晚建立部分的不在场证明。不过这也是不可能的,他全身都疲倦得要命,现在只想要赶快回家,然后静静坐着。

温斯顿回到公寓的时候已经过了二十二点,照明会在二十三点三十的时候从总开关切断。他走进厨房,吞了几乎满满一杯胜利牌杜松子酒,然后走到壁龛里的书桌前坐下,从抽屉里拿出日记。但是他没有马上打开,电屏中一个刺耳的女声扯着嗓子高唱爱国歌曲。他坐着直盯着笔记本的大理石纹封面,努力想要忽略歌声对他意识的影响,但却徒劳无功。

他们都是晚上来抓人,一定是晚上。最好在他们抓到你之前就自杀,肯定有些人这么做,很多失踪事件其实都是自杀。不过在这个世界里,自杀需要极大的勇气,这里完全接触不到枪械或是任何快速有效的毒药。他不禁诧异,痛苦和恐惧在生理上来说竟然毫无用处,就在你最需要特别努力达成目的的时候,身体却背叛你,让惯性掌控了一切。如果他动作能快一点的话,他可能会杀了那个深色头发的女孩灭口,但就是因为他陷入了极端的险境,让他失去行动的力量。他顿然醒悟,在危机发生的时候,人从来就不是在对抗外在的敌人,而是在对抗自己的身体。即使是现在,虽然他已经喝了几口杜松子酒,但肚子仍然隐隐作痛,让他没办法好好思考。而且他想,在所有看来英勇或者悲惨的情况下也是如此,在战场上、刑求室里、即将沉没的船上等等,你总是会忘掉自己为何而战,因为身体的需求会不断涨大,直到填满整个宇宙为止,而且就算你没有让自己吓到瘫软或者痛苦尖叫的经历,生活中还是不时得对抗饥饿、寒冷或者缺乏睡眠,对抗胃酸过多或者牙痛。

温斯顿打开日记,这很重要,他一定得写下什么。电屏中的女人开始唱一首新歌,她的声音就像尖锐的玻璃碎片一样刺中他的大脑。温斯顿努力想着欧布莱恩,这本日记是为了他或者说是对着他写的,但是他却开始想着思想警察把他带走之后会发生什么事。如果他们直接杀了你还没关系,反正你本来就预计会被杀掉,可是在死之前(没有人会谈起这件事,可是大家都知道),还必须经过认罪的过程:趴在地板上哭喊着请他们发发慈悲,听见骨头碎裂的声响,还有被打掉的牙齿,血液在头发间凝结成块。既然结果都是一样的,为什么你还得忍受这一切?为什么不能就让你少活几天或几个礼拜?从来没有人逃得过侦查,也没有人不肯认罪,一旦你承认自己是个思想犯,肯定会在某一天接受死刑,既然如此,为什么你未来的那段日子非得藏着恐惧?而恐惧又改变不了任何事情。

他比以前更努力了一番才能想起欧布莱恩的样貌。"我们会在没有黑暗的地方见面。"欧布莱恩曾经这样跟他说。他知道这是什么意思,或者至少他觉得自己知道。没有黑暗的地方就是想象中的未来,你永远也看不到,但是却预知得到这样的未来,那么就可以秘密跟别人分享。但是电屏里不断传来那个声音,不停纠缠着温斯顿的耳朵,让他没办法再继续思考下去。他嘴里叼了一根烟,里面一半的烟草马上掉到他舌头上,害他尝到苦涩的烟灰,很难再吐出来。他脑海里浮现出老大哥的脸,取代了欧布莱恩的影像,他学着自己前几天的动作,从口袋里拿出一枚硬币看着上面的图样,那张脸往上盯着他,眼神沉重冷静,充满警戒,可是那把深色大胡子底下藏着什么样的微笑?他想起了几句话,就像沉闷的钟声在他心底回荡:

战争即和平
自由即奴役
无知即力量

第 二 部

1

早上过了一半,温斯顿离开工作隔间去上厕所。

灯光明亮的长廊另一端,有个单独的身影朝着他走过来。是那个深色头发的女孩。自从那天晚上他在二手店外撞见她,已经过了四天。她走近的时候,他看见她的右手用吊腕带吊着,因为绷带颜色跟她的连身工作服一样,所以远远的还看不出来。虚构局里有好几个大万花筒,小说的情节大纲都靠这几台万花筒"草拟",或许她在转动万花筒的时候碰伤了手,这种意外在虚构局经常发生。他们两人相隔大约四米的时候,女孩脚下绊了一下,几乎是摔了个狗吃屎,她痛苦地迸出一声尖锐的喊叫,显然是跌倒的时候压到了受伤的手。温斯顿愣在原地。女孩爬起来跪着,她的脸变成淡淡的黄色,因为她的嘴唇实在发红得太显眼了。她的双眼直盯着他,露出哀求的表情,比起痛苦,那表情看起来更像是害怕。

温斯顿心里升起一股异样的情绪,眼前正站着一个想要杀死他的敌人,而眼前的同时也是一个人,痛苦不堪,可能还把骨头摔断了。他已经直觉地上前去帮她,他看见她跌倒时正好压到她吊着吊腕带的手,那时他觉得自己的身体好像也能感觉到那股痛楚。

"你受伤了吗?"他问。

"没什么,我的手,等一下就没事了。"她讲话时心脏好像乱跳一通,脸色非常苍白。

"没摔断哪里吧?"

"没有,我没事,只会痛一下子,就这样。"

她伸出自己没事的那只手,温斯顿扶着她站起来。她脸上已经恢复了几许血色,看起来好很多了。"没事。"她又简短地说了一次,"只是撞到手腕。谢谢你,同志!"

说完之后,她就顺着自己原本的方向走去,脚步轻快,仿佛摔那一跤真的没事。整件事发生大概不会超过半分钟。虽说脸上不显露感情已经是直觉的习惯,更何况事情发生的时候他们正站在一架电屏前面。尽管如此,在那一瞬间,温斯顿还是很难不表现出惊讶的样子,当他扶着女孩站起来的那两三秒间,女孩塞了某样东西到他手里。不用说,她当然是故意这么做的。那样东西小小扁扁的,温斯顿一进到厕所门里就把东西放进口袋,然后用指尖感觉那东西的形状,那是一张折成四方形的纸。

他站在小便斗前的时候,努力用手指把那张纸摊平,上面显然一定是写了某种讯息。他考虑了一下,要不要进去厕所隔间马上读那张纸条,但是他很清楚这么做就太过愚蠢了,别的地方他不敢说,但电屏绝对会持续监视那个地方。

他回到自己的工作隔间坐下,故作轻松地把那张纸丢到桌上,跟其他纸张混在一起,然后戴上眼镜,把说写器拉到面前。"五分钟,"他对自己说,"至少五分钟!"他的心脏在胸膛里剧烈跳动,声音大到让他害怕,幸好他手上的工作都只是例行公事,修正一长串的数据,不太需要全神贯注。

不管那张纸上写了什么,一定都有某种政治意涵。到目前为止他可以想到两种可能性。一种比较大的可能是,那个女孩正如他所害怕的,是思想警察的探员。他不知道思想警察为什么要选择这种方法传递讯息,但或许他们有他们的原因。纸上写的可能是威胁、传唤令、自杀命令或是写些要逮捕他的废话。但是也有另一种可能,这个想法虽然疯狂,却愈来愈清楚,就算他想压下念头也没办法,那就是这个讯息不是来自思想警察,而是来自某个地下组织,或许兄弟会真的存在!或许那个女孩就是其中一分子!当然这个想法很荒谬,但是那张纸塞到他手里的时候,他脑海中马上就浮现出这个想法。过了几分钟之后,他才想到前面那个比较可能的解释。而即使是现在,虽然理智告诉他这讯息可能就代表死亡,但是他不相信,心里还是怀抱着那个毫无道理的希望,他心脏快速跳动着,费了很大力气才让声音保持平稳,让说写器记录下他喃喃念出的数字。

他把完成的工作卷起来,塞进气动管里。已经过了八分钟。他推一推鼻梁上的眼镜,叹了口气,把下一批工作拉到面前,最上头就是那张纸。他把纸摊平,上头用不成熟的字迹大大写着:

我爱你。

他吓得呆了好几秒钟,甚至忘记要把这张有犯罪意图的纸丢进记忆洞里。他准备把纸丢掉的时候,虽然他很清楚如果表现出对这张纸太有兴趣的话很危险,但还是忍不住又读了一次,只是想确定上面真的写了那几个字。

早上接下来的时间温斯顿都没办法好好工作,除了要专心处理一大堆烦琐的工作之外,更糟的是还得小心别让电屏记录下他的躁动不安。他感觉胃里好像有一把火在烧。午餐时间在又热、又挤、又吵的餐厅里用餐,简直是一种折磨。他希望午餐时间能独自一人安静一下,可是天不从人愿,那个愚蠢的帕森斯又在他身边一屁股坐下。帕森斯身上可怕的汗臭味几乎要盖过炖菜里的金属味,他嘴里又滔滔不绝谈论着如何准备憎恨周。帕森斯非常热切积极，他想用纸浆材料塑造一个老大哥的头像，宽两米，这是为了他女儿的间谍小组活动准备的。最恼人的是因为餐厅里实在太吵了，温斯顿几乎听不见帕森斯在说什么，老是得要他重复一些无聊的重点。他只看到那个女孩一眼，她和另外两个女孩子坐在餐厅另一头。她好像没看见他，他也没有再注意那个方向。

下午就比较好挨。午餐之后马上来了一份难度高的工作，需要谨慎处理，大概要花好几个小时，必须把所有其他事情都暂放一旁。工作内容包括要篡改两年前一份产量报告上的数字，如此才能帮助一位重要的内党成员洗刷他的污名，一扫笼罩在他头上的乌云。这是温斯顿擅长的那种工作，他忙了两个多小时，终于成功地把那个女孩完全屏除在脑海之外。然后他又想起女孩的脸，他忍不住怒火中烧，快要压抑不住想要独处的想望，除非他是独自一人，不然他不可能好好思考这个最新状况。今晚他得到小区中心，在餐厅里扒了一顿乏而无味的晚餐，然后快步赶到小区中心参加严肃又愚蠢的"讨论会"，玩了两局桌球，灌了好几杯杜松子酒，然后又坐了半小时听演讲，题目是"英社党与西洋棋的关系"。他的灵魂因为无聊而扭曲成一团，但今天晚上他却没有想逃避小区中心活动的冲动。他满心想着看到"我爱你"那三个字的感觉，充满了想要活下去的欲望，而一点小冒险突然之间显得愚蠢。一直到了晚上十一点，他回到家躺在床上，在黑暗之中，只要你保持安静，就算在电屏旁边也是安全的，这时候他才能不断思考。

现在有个实质上的问题需要解决：怎么联络那个女孩，跟她安排见面？他不再去想这有没有可能是她设下的陷阱，他知道不是这么一回事，女孩把纸条交给他的时候，他注意到她的躁动不安，这是假不了的。他甚至也从没考虑过拒绝她的心意。就在五天前的晚上，他还计划要拿颗鹅卵石敲碎她的头骨，但那也不重要了。他想到她年轻的裸体，就像他在梦里见到的一样。他以为她跟其他人一样蠢,脑袋里塞满了谎言和仇恨,身体内也冷冰冰的。一想到他可能失去她,温斯顿好像发起高烧一样,想到那个洁白的年轻肉体可能就这样从他身边溜走!他最害怕的就是如果不赶快跟她接触,她可能就会改变心意。但是现实中两人要见面的阻碍实在太多了,这就好像在下西洋棋的时候,明明对方已经喊将军了,你却还想着下一步。不管到哪里,面对哪个方向,电屏总是看着你。其实读到那张纸条后,他在五分钟之内就想到了所有可能跟她接触的方法,不过到了现在才有时间思考,他一个一个检视,就好像把所有工具一样一样摆在桌上。

显然,像今天早上那种会面的方法不能再用了。如果女孩本来就在记录局上班,那还比较简单一点,可是他连虚构局的办公室在大楼里哪个地方都不太确定,而且也找不到理由去那里。如果他知道她住在哪里,知道她什么时候下班,他还可以想办法在她回家的路上跟她碰面,可是如果想跟踪她回家也不安全,因为这样就表示你在政府机关外逗留,一定会被注意到。至于用寄信的方式嘛,就更不用考虑了,大家都知道邮寄信件的惯例,所有信件在运送途中都会被拆开,老实说现在也没什么人写信了,有时候如果需要传递讯息的话,可以用明信片,上面已经印好了一长串不同的词句,删掉不适合的就好了。再说,他也不知道女孩的名字,更别说是她的住址。最后,他决定最安全的地方就是餐厅,如果他可以趁她自己一个人坐一桌的时候,挑个餐厅中间的位子,离电屏远一点,旁边又有众人吱吱喳喳地聊天,凑齐这些条件,如果能有三十秒的时间,他就有可能跟她讲几句话。

在这之后的一个礼拜,温斯顿的生活像是醒不过来的梦境。收到纸条的隔天,女孩一直到温斯顿要离开餐厅了才出现,上班的哨声已经吹响了。她的上班时间大概是换到比较晚的班次。他们擦肩而过的时候都没有看对方。又过了一天,她按照正常的时间出现在餐厅,可是旁边还有三个女孩,而且马上又坐在电屏下方。接下来的三天她更是完全没出现,真是太惨了。温斯顿的身心都饱受折磨,整个人敏感得不得了,好像随时会被人看穿一样,随时随地,他所听到的每个声音、和别人的每次接触、说出口或听到的每个字,都让他苦恼,就连在睡觉的时候也无法完全忘掉她的身影。这些日子他都没碰日记,要说有什么能让他喘口气的时候,那也只有他的工作才能让他偶尔忘记自己,最多能撑过十分钟。他完全不知道她发生了什么事,他没办法四处去打听。或许她人间蒸发了,或许她自杀了,或许她被送到大洋国的另一端,最糟糕也最有可能的情况就是,她可能已经改变心意,决定躲着他。

  隔天她又出现了,手臂上的吊腕带拿掉了,手腕上缠着黏性绷带。温斯顿见到她的时候真是大大松了一口气,忍不住直盯着她看,看了好几秒钟。接下来的那天,他差一点就可以跟她说到话了。他走进餐厅的时候,她正坐在一张离墙边很远的位子上,而且只有一个人。时间还早,那个地方的人还不是非常多,取餐的队伍慢慢前进,温斯顿好不容易快要排到柜台前了,然后又等了两分钟,因为前面有个人在抱怨自己没拿到该分到的糖片。等到温斯顿拿好托盘,开始走向女孩的时候,她还是独自一人。他一派轻松地走向她,眼睛搜寻着她面前的空桌。她大概只离他三米了,再走两秒就可以了。然后后面突然一个人出声叫他:"史密斯!"他假装没听见。"史密斯!"那人又出声叫他,而且更大声。没办法了,他转过身,对方是一个长相呆的金发年轻男人,名叫威雪。温斯顿根本不太认识他,可是威雪却脸上挂着微笑,邀他在自己那桌的空位坐下。被认出来之后,要是拒绝邀请的话很不安全。他不能过去跟那个独自吃饭的女孩坐,这样太引人注目了。他带着友善的微笑坐下,那个呆呆的金发男孩也笑了。温斯顿幻想自己拿着十字镐直接往威雪脸上劈过去。几分钟之后,女孩那桌就坐满了人。

但是她一定看见他朝着她走过去,也许她接收到了暗示。隔天他特地早一点到餐厅,果不其然,女孩就坐在跟前一天差不多的位子上,而且又是独自一人。在温斯顿队伍里的前一个人是个矮小的男人,像只甲虫一样一直动来动去,扁平的脸上长了一双好猜疑的小眼睛。温斯顿拿着托盘转身离开柜台的时候,他看到那个矮小的男人直接朝着那个女孩的位置走过去,他的愿望又落空了。更前面一点有张空桌,但是那个矮小男人的外表透露出某种讯息,温斯顿觉得他选位子的时候一定会很注意让自己坐得舒服,所以一定会选最空的位置。温斯顿悬着一颗心跟在后面,要是不能跟那个女孩独处就没用了。这时候传出一声巨大的声响,矮小的男人面朝下摔了下去,托盘飞出去,汤和咖啡像两道喷泉一样洒在地板上。矮小男人自己站了起来,恶毒地看了温斯顿一眼,显然在怀疑是温斯顿绊倒他的。不过没关系,五秒钟之后,温斯顿带着一颗狂跳的心在女孩那一桌坐下。

他没有看她,只是把食物从托盘上拿起来,马上开始用餐。现在是最要紧的时刻,一定要在别人过来之前赶快跟她说上话,可是现在温斯顿心里却涌起巨大的恐惧。自从她主动来找他已经过了一个礼拜,她肯定改变心意了!这段关系不可能有圆满的结果,现实生活中不可能发生这种事。他本来已经打消跟她说话的念头,可是这时候他看见了艾波佛,那个耳朵毛茸茸的诗人。艾波佛拿着托盘一拐一拐在餐厅里绕来绕去,想找地方坐下。艾波佛不知道为什么很喜欢缠着温斯顿,如果让他发现自己在这里,他一定会过来坐下。大概只剩一分钟可以行动了。温斯顿和那个女孩都低头吃着午餐,他们吃的东西是一种不太浓稠的炖菜,其实算是汤了,用扁豆煮的。温斯顿开始低声嘟嘟说话,两人都没有抬起头,只是一口又一口把那些汤汤水水送进嘴里,在每一口之间交换几句必要的话,声音尽量压低且不带感情。

"你几点下班?"

"十八点三十。"

"我们可以约在哪里?"

"胜利广场,纪念碑附近。"

"到处是电屏。"

"人多就没关系。"

"信号?"

"不。除非看到我身边很多人,不然别来找我,不要看我,只要跟在附近就好。"

"什么时候?"

"十九点。"

"好。"

艾波佛没有看见温斯顿,坐到另一张桌子去了。他们两人没有再交谈,而且就算两个人可以面对面坐同一张桌子,但他们连眼神交会都没有。女孩很快吃完午餐就离开了,温斯顿则留下来抽一根烟。

温斯顿在约定的时间以前就到了胜利广场,他在刻有凹槽的巨大圆柱底下闲晃,上面矗立着老大哥的雕像,望向南方的天空,他在第一空降跑道战役中,在那里消灭了欧亚国敌机。(几年前的话就会说是东亚国敌机。)前方的街道上有一尊雕像,是个骑在马上的男人,应该是奥利佛·克伦威尔的雕像。约定的时间已经过了五分钟,女孩还是没出现,温斯顿心里又出现无比恐惧,她不会来了,她改变心意了!他慢慢往广场北边走,当他认出圣马丁教堂时,有种淡淡的欣喜。圣马丁教堂如果现在还有钟的话,钟声响起时就会唱出"你欠我四分之三便士"。然后他看见那个女孩站在纪念碑底座旁,正在读(或者假装在读)绕着柱子贴满的海报。现在走近她还不安全,要等多一点人聚集才行。山形墙附近全都是电屏,不过这时候到处都有嘈杂的叫喊声,左方某处还有重机械的轰隆声响。突然,大家好像都迈开脚步,跑着穿过广场。女孩敏捷地绕过纪念碑底座的狮子,跟着众人一起奔跑,温斯顿也跟上去。他一边跑,一边听见有些人议论纷纷,说是欧亚国囚犯会被押解经过这里。

广场南方已经有黑压压的人群聚集。温斯顿通常遇到这种混乱的场面都会站在外围,但今天他却又推又挤,硬是逼自己走进人群中心。很快地,他只要伸手就能碰到那个女孩了,可是眼前的路却被一个壮硕的无产阶级和另一个几乎同样壮硕的女人挡住了,这两人可能是夫妻,好像一堵无法穿透的人墙一般。温斯顿挤到一旁,然后往前奋力一冲,总算把肩膀挤到两人中间。有那么一会儿,他觉得自己的五脏六腑快被这两个肌肉发达的屁股压成肉泥了,然后他终于突破人墙,还出了一点汗。他站在女孩身边,两人肩靠肩站着,都直直盯着前方。一辆辆卡车排成长长的队伍,四个角落分别站着面无表情的警卫,手拿着半自动步枪,站得直挺挺的,车队在街上缓缓经过广场。卡车里挤满了身材矮小的黄种男人,穿着破烂的绿色制服,紧紧蹲坐着挨在一起。属于蒙古人种的脸上带着悲伤,盯着卡车两侧外的景色,却是一副漠然。有时卡车比较颠簸的时候,就会听见叮叮当当的金属碰撞声:所有囚犯都戴着脚镣。卡车一辆接着一辆经过,上面满满都是一脸悲伤的人。温斯顿知道自己应该看着那些囚犯,可是他的注意力却断断续续的。女孩的肩膀和上臂都紧贴着他,她的脸颊也靠得很近,他几乎能感觉到她的温度。她马上就对眼前的情况采取主动,就像在餐厅那时候一样,她开始用跟之前一样那种冷冰冰的口气说话,嘴唇几乎没有掀动,只发出细微的喃喃声,很容易就会被周遭的嘈杂声和卡车的轰隆声掩盖。

"听得到吗?"

"听得到。"

"星期天下午有空吗?"

"有。"

"那注意听,你要记住,到派丁顿车站——"

女孩以军队般的精准要求,描述出她要温斯顿走的路线,让他觉得很惊讶。火车车程是半个小时,出了车站左转,在路上走两公里,有一道大门顶端的梁柱不见了,走一条小路穿过田野,有条路上长满了草,草丛间还有条小径,看到一棵长了青苔的枯树——仿佛她脑海中就有一张地图似的。"都记住了吗?"最后她低声说。

"记住了。"

"左转,然后右转,再左转,大门上方的梁柱不见了。"

"知道了,什么时候?"

"大概十五点。你得等一下,我会用其他方式过去。你确定都记下来了吗?"

"确定。"

"那尽快离我远一点。"

她不用说他也知道,可是这个时候他们没有办法从人群中脱身,卡车仍然一辆接一辆开过去,人们仍然目瞪口呆地看着。一开始还有人发出几声嘘声和叫骂声,不过都是人群里的党员发出来的,很快就停止了。众人显现出的情绪就只是好奇,只要是外国人,不管是欧亚国还是东亚国的人,都很像奇珍异兽。除了囚犯之外,大众可以说几乎没机会看到外国人,就连囚犯也只能短暂看到几眼,也没有人知道这些囚犯后来怎么了,除了几个被当成战犯吊死以外,其他人就只是消失了,推测大概是被送进劳动营了。蒙古人种原本比较圆润的脸形,现在变得比较有欧洲人种的味道,全身脏兮兮,留着大胡子,疲累不堪。他们的颊骨比较细小,眼睛直直看进温斯顿眼底,有时候强烈到让人觉得奇怪,然后又马上撇开。押解队伍快要走完了。在最后一台卡车上,温斯顿看到一个老人,脸上长满了斑白的胡须,直挺挺站着,手腕在身前交叉摆着,好像已经习惯让人把手绑起来。

温斯顿和女孩差不多该分开了,可是在最后一刻,人群依然包围着他们的情况下,她的手碰触了他的手,然后很快捏了一下。

这件事大概不出十秒,但是感觉他们俩的手握在一起握了好久,让他有时间好好熟悉她的手。他感觉着她手指的长度,修剪干净的指甲,因为工作而粗糙的手掌,上头结了一排茧,还有手腕底下滑顺的肌肤。只要这样感觉到她的手,他就能记住这只手的样子。在此同时,他突然想到自己还不知道女孩的眼珠是什么颜色,可能是棕色的,不过深色头发的人有时候也会是蓝眼珠。要是他现在转头去看女孩的样子,那就真的蠢到难以想象了。两人的手还握在一起,不过因为人群太拥挤而没人看见,温斯顿没有看着女孩的眼睛,反而是那个老囚犯哀伤的眼神穿透层层毛发,盯着温斯顿。

2

阳光通过树叶间的缝隙照射下来,温斯顿就着斑驳的光影沿着小路前进,顶头树枝的分叉,在脚下形成一畦金色。他左边那丛树下长了一片蓝色钟形花,空气清新可人,仿佛亲吻着你的肌肤。这天是五月二日。树林深处某个地方传来斑鸠的啼叫声。

他有点早到了。这趟旅途中没遇到什么困难,而显然那个女孩也很有经验,所以他不像平常那样害怕,他应该可以相信她,她会找到一个安全的地方。通常的情况下,你没办法保证自己在乡下的时候比在伦敦安全,当然这里没有电屏,不过还是有危险,不知道哪里藏着麦克风,如果录到你的声音,就可能有人认出你。况且,自己旅行本来就很容易引人注意,虽然移动范围不出一百公里的话是不用护照注记,可是火车站经常有巡警走来走去,只要看到党员出现就会过去检查证件,然后问些奇怪的问题。

但是一路上都没看到巡警,离开车站后,一路上他都谨慎回头查看,确定没有人跟踪他。火车上载满了无产阶级,今天的天气有如夏日一般,所以大家都抱着度假的心情。温斯顿坐的车厢内,一个大家庭挤了进来,把木头座椅都占满了,成员从没牙的曾祖母到一个月大的婴儿都有,他们要到乡下的亲戚家去玩一个下午,而且还跟温斯顿毫无顾忌说,他们打算买一点黑市的奶油。

道路越来越宽,过一会儿他就走到女孩告诉他的乡间小路,其实只是一条杂草丛生的羊肠小道。他没戴表,但是应该还没十五点。脚下的蓝色钟形花长得十分茂盛,很难不踩到花。温斯顿蹲下来开始采花,部分原因是要打发时间,不过他也隐约希望自己见到女孩的时候,手里能捧着一束花送给她。他采了一大束鲜花,闻着花朵有点让人作呕的香味,突然背后传来声响,让他整个人定住不敢动,不会错,那一定是脚踩到树枝发出的碎裂声。他继续采着蓝色钟形花,现在最好这么做。可能是那个女孩,或者他根本就被人跟踪了。要是四处张望只是代表心虚,他采了一朵又一朵,这时有只手轻轻放到他肩膀上。

他抬头看,是那个女孩。她摇摇头,显然是警告他不要出声,然后就分开草丛,带着他快步沿着小径往树林里走。看来她以前就走过这条路,所以避过沼泽地的部分,已经习以为常了。温斯顿跟着她走,手里还握着那一束鲜花。他一开始是觉得松了一口气,不过当他看着走在前方的那具年轻又苗条的身体,腰间系着那条猩红色束带,贴身到让人看出她臀部的线条,他又感觉到自己的条件有多差,胸口不禁往下一沉。即使到了现在,等她转过身看着他,她还是非常有可能终究会退缩,宜人的空气、树叶的绿意让他觉得沮丧。自从从车站走出来之后,五月的阳光就让他觉得自己肮脏又苍白,他大部分时间都待在室内,皮肤毛孔里都是伦敦煤烟的灰尘。他现在才想到,女孩大概从来都没在大白天的时候光明正大看着他。他们走到女孩提到的那棵枯树前,旁边的草丛密密麻麻的,好像没有入口。女孩跳了过去,硬把草丛拨开。温斯顿也跟在后面,然后他发现他们进入一处天然形成的空地,一块小小的草丘,周围是高高的幼树,把这块地方完全封闭起来。女孩停下脚步转过身。

"到了。"她说。

他面对着她,两人中间距几步之遥,但是他却不敢靠近她。

"我不想在路上说话。"她继续说,"免得那里藏了麦克风。我想应该是没有,但是有可能,总是有可能会有哪个猪头认出你的声音。我们在这里就没关系。"

他还是提不起勇气靠近她。"我们在这里没关系?"他有点迟钝地重复她的话。

"对,你看看那些树,"这些都是小白蜡树,以前曾经被砍掉过,不过后来又发芽长成一片树林了,每一棵都没有手腕粗,"还不够大到可以藏麦克风。再说,我以前就来过这里。"他们只是在聊天,他现在可以靠近一点了。她挺直了背站在他面前,脸上带着微笑,但看起来有点像在挖苦他,仿佛想说为什么这么久他还没有所行动。蓝色钟形花像瀑布一样从他手中滑落,宛如是花朵自己想要掉下去的。他牵起她的手。

"你相信吗?"他说,"我到现在都还不知道你的眼珠是什么颜色。"她的眼珠是棕色的,他发现那是一种比较浅的棕色,还有深色的睫毛。"你现在看到我的真面目,你还能忍受看着我吗?"

"对,完全没问题。"

"我三十九岁了,有一个甩不掉的老婆,脚上有静脉性溃疡,有五颗假牙。"

"我才不在乎。"女孩说。

下一刻,不知道究竟是谁主动的,女孩已经在他的怀抱里。刚开始,温斯顿什么感觉都没有,只觉得不敢置信,那副年轻的身体正紧紧靠在他身上,浓密的黑发也贴在他的脸上,而且,没错!她抬起头来,他吻着她的鲜红厚唇。她的双臂勾着他的脖子,她唤他亲爱的宝贝,最爱的宝贝。他把女孩拉倒在地上,她完全没有抗拒,他可以对她为所欲为。但事实是,他一点生理反应都没有,除了两人的肉体接触,他只能感觉到不可置信及自己的男子气概。他很开心能遇到这种事情,但他没有生理欲望。一切发生得太快,她的年轻貌美让他却步,他已经太习惯没有女人的生活了,自己也不知道为什么。女孩撑起身体,拿掉头发上的一朵蓝色钟形花,她坐在他身边,伸手搂着他的腰。

"没关系,亲爱的,不急,我们有整个下午的时间。这个秘密基地是不是很棒?我有一次参加小区健行的时候迷路,结果就发现这里,如果有人靠近的话,一百米以外就听得见。"

"你叫什么名字?"温斯顿问。

"茱莉亚,我知道你的名字,你叫温斯顿,温斯顿·史密斯。"

"你怎么知道?"

"亲爱的,我想我比你更懂得调查。你说说看,我给你纸条之前,你对我有什么想法?"

他完全不想对她说谎,一开始就把最糟糕的事说出来,甚至有点为爱情献祭的味道。

"我一看到你就讨厌。"他说,"我想强暴你之后再把你杀掉。两个礼拜以前,我认真考虑过要用鹅卵石敲碎你的头。如果你真的想知道的话,我以为你跟思想警察有关系。"

女孩开心地笑了,显然觉得这番话是称赞她伪装得很好。"思想警察?你是真这么想的吗?"

"嗯,可能不完全是这样,可是从你的外表,你也知道,就凭你这么年轻有活力，身体又健康，我觉得说不定——"

"你觉得我是优秀党员，言语和行为都是纯洁的，标语、游行、口号、竞赛，还有小区健行这些所有活动，我全都有份。而且你觉得只要我有一点点机会，就会向思想警察告发你，害死你？"

"对，大概就像这样。很多很多年轻女孩都是这样，你懂吧？"

"都是这个该死的东西害的。"她一边说，一边扯下腰上那条代表青年反性联盟的猩红系带，把系带丢到草丛里。然后，她碰触腰际的时候好像想起什么，就伸手摸摸工作服的口袋，拿出一小块巧克力。她把巧克力掰成两半，其中一半给了温斯顿。那块巧克力颜色深沉又闪闪发光，用银色包装纸包着。巧克力通常都是呈现暗褐色，很容易就碎掉，尝起来的味道如果真要形容的话，大概就像燃烧垃圾时冒出来的黑烟味道。可是偶尔有一两次，他会尝到像她拿出来的这种巧克力，一嗅闻到巧克力的味道，他就会想起过去的日子，但究竟是何时他不太清楚，但那段回忆感染力很强，让人苦恼。

"你从哪里弄来这东西？"他问。

"黑市。"她无所谓地说，"其实我是那种做足表面功夫的女孩。我在竞赛中表现很好，是间谍组织的小组组长，每个礼拜有三天晚上会在青年反性联盟做义工，花好几个小时在伦敦街头贴满那些该死的标语。我在游行里总会帮忙拉标语布条，一直保持愉快的表情，绝不逃避责任。我都会说，一定要跟着群众大吼，这样才会安全。"

巧克力在温斯顿舌尖溶化了一小段，那种滋味真是让人心情人好。不过在他脑海边缘又浮现那些回忆，他的感觉很强烈，可是又没办法看清楚回忆的片段，就好像是用眼角余光看到的东西。他把回忆抛开，只知道那段回忆是他曾经做过的某件事，而他很希望挽回，却已经没办法。"你很年轻，"他说，"你比我还小十岁或十五岁，像我这种男人，你怎么看得上眼？"

"我从你脸上看见某种特质,我觉得值得冒个险。我很会找出不属于党的人,我一看到你就知道你是反对他们的。"

看来,他们指的是党,尤其是所有内党的人,她讲到这些人的时候,毫不掩饰自己对他们不齿的憎恨,让温斯顿觉得有点不太自在。虽然他知道他们在这里很安全,不过那是说如果还有哪里算得上是安全的话。她最让他惊讶的一点就是她满口粗话,党员不应该骂脏话,而温斯顿自己也很少骂脏话,至少不会大声骂出来。但是茱莉亚只要一提到党,特别是内党,好像就一定要用些不堪的字眼,就像在潮湿的小巷子墙壁上看到的那些字。他不是不喜欢,这只是她因为厌恶党及其一切作为而显出的反应,而且似乎也还蛮自然健康的,就好像马闻到质量不良的干草就会打喷嚏一样。他们离开那片空地,回到那片错综复杂的光影里漫步,只要空间能容纳下两人并肩散步,他们就伸手搂住对方的腰。他注意到拿掉系带之后,她的腰居然变得这么柔软。他们两人交谈的音量不比讲悄悄话大声,茱莉亚说出了空地以外,最好安静走。他们现在已经走到小树林的外围,她拉着他停下来。

"不要走到外面去,可能会有人在监视我们。我们只要待在草丛后面就不会有事。"

他们站在榛木丛的阴影底下,虽然阳光是穿透无数枝叶照射下来的,但还是让他们脸上发烫。温斯顿看着前方的田野,心中突然慢慢升起一种奇异的惊讶,他记得这个画面。一片存在已久的草地,几乎被啃得精光,一条小径蜿蜒通过,四处散布着鼹鼠丘。对面参差不齐的树篱中,榆树丛在微风中轻轻摆动,大量树叶一齐扰动,就像女人的发丝一样。虽然温斯顿没看到,不过这里附近肯定有条小溪汇成翠绿的水泊,里头有鲦鱼游来游去吧?

"这里附近是不是有条小溪?"温斯顿低声问。

"没错,是有条小溪。其实就在隔壁那片田野边上,里头有鱼,是很大的鱼哦,可以看到鱼儿在柳树下的水池里摆动尾巴游来游去。"

"这是黄金国度——很接近了。"他喃喃说。

"黄金国度?"

"没什么,真的,是我有时候做梦会梦见的场景。"

"你看!"茱莉亚小声说。

一只歌鸫飞了下来,落在不到五米远的树丛上,几乎跟他们的脸同高。也许小鸟没有看见他,它落在阳光下,而他们躲在阴影里。歌鸫展开翅膀,又小心收回来,低下头停了一会儿,仿佛在向太阳敬礼,然后开口唱出一连串曲调。在宁静的午后,鸟儿的歌声音量相当惊人,温斯顿和茱莉亚抱在一起,听得相当入迷。鸟儿不断高歌,一曲接着一曲,唱了一阵又一阵,变化多到让人惊呼不已,完全没有重复的曲调,就好像这只鸟是故意想炫耀自己精湛的歌艺。偶尔鸟儿会停下几秒,拍拍翅膀再收回,然后鼓起色彩斑斓的胸膛,又再唱出新歌。温斯顿怀着淡淡的崇敬之心看着鸟儿,那只鸟是为了谁,又是为了什么而歌唱呢?旁边又没有异性或者敌人在看着它,是什么让它在这片孤寂的树林边缘对着一片虚无引吭高歌呢?他怀疑附近会不会其实藏了麦克风。他和茱莉亚只用低声交谈,麦克风录不到他们的声音,但一定会录到歌鸫的声音。或许在麦克风线路的另一头,有个矮小得像甲虫一般的男人正专心倾听——听着歌鸫的歌声。不过流动的音符渐渐消弭了温斯顿心头所有的疑虑,音乐就好像某种琼浆玉液覆满他的全身,和透过树叶间隙照射下来的阳光交融在一起。他不再思考什么,只是专心感受。女孩的腰靠在他的臂弯里,感觉柔软又温暖。他把她拉过来,两人面对面相拥着,她的身体好像要融化在他的身体里了,不管他的手在哪里游移,都像在水里一样一拨就陷进去了。两人的嘴唇连在一块,这跟他们先前的那个热吻很不一样,两人的脸分开的时候,都发自内心叹出一口气。鸟儿受到惊吓,拍拍翅膀飞走了。

温斯顿把嘴凑近她的耳朵:"现在。"他低声说。

"这里不行。"她也低声说,"回去那块空地,比较安全。"

于是两人踩着飞快的脚步,不时听见脚下的枯枝被踩碎的声音,他们沿着来路回到空地。当他们又回到那片树林围绕的空地时,茱莉亚转身面对他。两个人的呼吸都很急促,但是她的嘴角又扬起一抹微笑。她站在原地看了他一会儿,然后伸手去拉她连身工作服的拉链。没错!几乎就跟他的梦境一模一样,她的动作几乎就跟他想象的一样流畅,她把衣服扯开扔到一边,就跟梦里的动作一样精彩,就好像整个文明都无关紧要了。她的身体在阳光下透出白光,但此时他却没有看着她的身体,而是盯着她的脸,她脸上长了雀斑,挂着无所畏惧的淡淡微笑。他跪倒在她身前,握住她的双手。

"你以前做过吗?"

"当然,几百次了!噢,总之有几十次了。"

"跟党员做的。"

"对,都是跟党员做。"

"有内党的党员吗?"

"没有,才不要跟那些猪头做呢。不过他们有很多人只要有一点点机会就不会放过,他们可没有表面上那么圣洁。"

他的心脏狂跳不已。她做过几十次了,他希望是几百次、几千次。只要是腐败的可能迹象都会让他充满天马行空的希望,谁知道呢,或许党在台面下早就烂透了,他们像邪教一样鼓吹辛勤劳苦和自我否定,只是想掩盖罪恶的骗局。如果他可以让他们全都染上麻风病或梅毒,如果可以这样的话,他一定会开心到飞上天!只要能让他们腐烂、衰弱,让他们垮台最好!他把她拉下来,让两人面对面跪着。

"听着，你有过越多男人，我就越爱你，你懂吗？"

"懂，完全懂。"

"我讨厌纯洁，我讨厌善良！我不希望美德存在在这个世界上。我希望每个人都烂到骨子里。"

"噢，这样的话，我应该很适合你，亲爱的。我就是烂到骨子里了。"

"你喜欢做吗？我不是说只有跟我，我是说你喜欢做爱这件事吗？"

"爱死了。"

这就是他最想听到的一句话，不只是爱一个人，而是那种动物的本能，那种简单而无分别的欲望，那是能够将党击垮的力量。他把她压倒在草地上，躺在散落的蓝色钟形花上。这一次毫无困难。不一会儿，两人起伏的胸膛都慢了下来，恢复到平常的速度，带着一种愉悦的无力感分了开来。太阳好像愈来愈强了，他们都困了。温斯顿伸手去拿扔在一旁的工作服，遮住她部分的身体，两人几乎是马上就睡着了，睡了大概半个小时。

温斯顿先醒来，他坐起身来看着身边那张长着雀斑的脸，依然平静睡着，手掌垫在头底下当枕头。除了她的双唇之外，她其实算不上美丽，如果仔细看的话，可以看到她的眼睛旁边有一两条皱纹，一头深色短发非常厚重柔软。他这时才想到，他还是不知道她姓什么，也不知道她住在哪里。

那副年轻强壮的身体，在睡梦中显得如此无助，让他心里升起一股怜惜的保护欲。但是他在榛树下听到歌鸫唱歌时，感觉到一种油然而生的温柔，此时却感受没那么明显了。他把工作服拉开，细细看着她柔滑白皙的腰部，他想，在过去的日子，一个男人看着女孩子的身体，觉得自己想要，然后故事就可以结束了。不过现在已经没有纯粹的爱或纯粹的欲望了，没有一种情绪是单纯的，因为所有一切都掺杂了恐惧与憎恨。他们相拥在一起就是一种战斗，达到高潮的瞬间则代表了胜利，对党挥出重重一击。这是政治行动。

3

"我们可以再来这里一次。"茱莉亚说。"通常来说,一个藏身处用两次还算安全,但是当然这一两个月之内不行。"

她一醒过来就变了个人,变得提高警觉,又一副在谈生意的口吻,穿上衣服,在腰间绑上猩红色系带,然后开始安排回家路线的细节。让她负责这件事似乎很自然,显然她的狡猾在这时候就派上用场,这是温斯顿缺乏的特质,而且她对伦敦附近乡间的路况似乎十分熟稔,这是她无数次参加小区健行累积下来的知识。她帮他安排的路程和他来时的路非常不同,而且会让他在不同的车站下车。"绝不要沿着出门时走的路回家。"她说,好像是在宣布一条重要的规则。她会先离开,然后温斯顿等半个小时之后再走。

她还说了一个地方,他们下班后可以在那里见面,时间就约在四天后的晚上。那条街位于比较贫穷的地区,有一个开放的市场,经常都挤满了人,十分嘈杂。她会先在摊位间闲逛,假装要找鞋带或者缝衣线。等到她判断情况安全的时候就会擤一下鼻涕,这时他就可以上前,不然的话他就得假装不认识她,直接走过她身边。但如果幸运的话,有一大群人围在旁边,他们就可以安全交谈十五分钟,然后安排下一次见面。

"现在我得走了。"他一把路线指示搞清楚以后,她就这样说,"我七点半以前要回去,得到青年反性联盟去服务两小时,发传单什么的。烦死了对不对?帮我全身上下看一遍好吗?我头发里有树枝吗?真的吗?那就再见了,亲爱的,再见!"

她投入他的怀抱中,亲吻他的时候几乎有点粗暴,然后过了一会儿才挤出树林,静悄悄地消失在树林里。即使是现在,他还是不知道她姓什么、住哪里,但是不要紧,因为他根本无法想象他们能在室内会面,或者交换什么手写的讯息。

结果,他们一直都没有回到这片树林中的空地。在五月里,他们只有在一次会面的时候真的有办法做爱,是在茱莉亚知道的另一个藏身处。那里是一座废弃教堂的钟楼,三十年前一次原子弹攻击之后,这个乡间地区就几乎荒废了。只要到了这个藏身处就非常安全,但是来的路途上却非常危险。其他时候他们只能在街上见面,每天晚上都要换不同的地方,而且一次绝对不能超过半小时。在大街上,只要依循一定的方式,大概都有办法讲几句话。他们在拥挤的街道上漫步,不会靠得太近,也从来不会看着对方,但却进行着奇异的间歇性谈话,时有时无,就像灯塔的灯光一样,一看到穿着党制服的人接近,或者附近有电屏的时候就马上噤声,然后过几分钟再从句子中间接下去谈话,最后在约定地点分开时又马上结束,接着隔天也不用前情提要就直接继续。茱莉亚似乎是很习惯这种对话方式,称之为"分期谈话"。让人惊讶的是,她也很擅长不动嘴巴说话。这样晚上见面几乎过了整整一个月,他们才有机会接吻一次。某天,他们安静走过一条巷道(他们离开主要街道的时候,茱莉亚绝对不会说话),突然传来一声震耳欲聋的巨大声响,地面一阵剧烈晃动,周遭都暗了下来,接着温斯顿就发现自己倒在地上,全身淤青,满是惊恐。肯定有枚火箭炮落在附近不远处。突然,他发现茱莉亚的脸就倒在自己面前几厘米的地方,惨白得就像粉笔一样,就连她的嘴唇也是白的。她死了!他紧紧抱住她,然后发现自己正亲吻着一张活生生温暖的脸庞,他自己的嘴唇上也粘着一些粉末,他们两人的脸上都覆盖着一层厚厚的石膏灰尘。

有几个晚上,他们到达会面的地点但却得擦身而过,因为附近正好来了一个巡警,或者头顶上有直升机在盘旋。就连比较不危险的时候,也还是很难找机会见面。温斯顿每个礼拜要工作六十小时,茱莉亚的工时更长,他们放假的日子因为工作量的不同而有所调整,不会经常落在同一天。再说，茱莉亚也难得有一天完全没事的晚上，她把绝大部分的空闲时间都用在参加演讲和游行，帮青年反性联盟发传单，帮憎恨周准备标语，帮节俭运动收集物资，还有其他这类的活动。她说，这些辛苦都是有代价的，这是一种伪装。只要遵守这些小规矩，就能触犯一些大条的。她甚至劝温斯顿多挪出一个晚上的时间到军火工厂兼差，这里的工作都是热心党员自愿加入的。于是，每个礼拜的一天晚上，温斯顿得花四个小时做一些让人麻痹的无聊工作，把小金属片用螺丝锁在一起，可能是炸弹导火线的一部分。工厂是个通风良好但很阴暗的地方，铁锤的敲打声混合着电屏的音乐声，让人昏昏欲睡。

他们在教堂钟楼里见面的那次，把这些片段谈话中的空白都填满了。那天午后的阳光十分强烈，大钟上方那块小空间里的空气炙热难耐，弥漫着一股鸽粪味道。他们坐在布满灰尘、细枝的地板上聊天聊了好几个小时，两人之中有一个不时会站起来，从墙壁上长长的缝隙中张望，确定没有人过来。

茱莉亚今年二十六岁，和其他三十个女孩一起住在宿舍里（"老是困在女人堆里！我恨死女人了！"她顺便加了一句），而她正如他所猜测的，是在虚构局里工作，负责操作小说写作机。她很喜欢她的工作，内容主要是操作维修强力但难搞的电子马达。她虽然"不聪明"，但是很喜欢用双手做事，操作机器时感觉很放松，她可以描述写作小说的一整套流程，从策划委员会所下达的大方向指令，一直到最后改写小组的润饰。但她对最后的成品不感兴趣，她说她"不太喜欢读书"，书本就只是必须生产的产品，就跟果酱或鞋带一样。

她对六十年代早期的事情毫无记忆，只认识一个老先生，他会常常提到革命前的生活，不过在她八岁那年老人就失踪了。她在学校的时候当过曲棍球队队长，曾经连续两年赢得体操奖杯。她在间谍组织里是小组组长，加入青年反性联盟以前也在青年联盟担任过分区书记。她总是维持优秀的品行，甚至还被挑选到色情科里工作，这绝对是名声优异的象征。色情科是虚构局里的一个部门，专职制作低俗的色情刊物，在无产阶级间传播。她说在那里工作的人都戏称那里是堆肥屋。她在色情科待了一年，协助生产包着封膜的小册子，标题都像《打屁屁》或《女校一夜情》，无产阶级的年轻人会偷偷摸摸购买，以为自己买的是非法的东西。

"这些书里都写什么？"温斯顿好奇地问。

"哦，完全都是废话，超无聊的，真的。它们总共只有六段情节，然后就稍微换一下次序。当然，我只负责操作万花筒，从来没进过改写小组。我不懂文学，亲爱的，就连那种程度的也没办法。"

让他吃惊的是，在色情科里工作的人除了主管之外都是女性，他们选人的理论是男人比较难控制自己的性冲动，会比女人更容易被自己经手的下流刊物影响而堕落。

"他们甚至不想让已婚女性待在那里。"她又说。少女总是被当成纯洁的象征，不过他面前这个就不是了。她十六岁的时候发生第一次性关系，是跟一个六十岁的党员，后来对方为了逃避追捕而自杀。"死得好，"茱莉亚说，"不然他认罪的时候就会把我的名字讲出来了。"在那之后又有好几个人。生活在她眼中看来相当简单，你想过好日子，"他们"，也就是党，却不想让你好过，所以你只能尽可能去犯规。她认为"他们"想要剥夺你所有的快乐，而你就努力不要被抓到，她似乎觉得这种情况很正常。她讨厌党，而且用不堪入耳的字眼表达讨厌的情绪，但是她却不会批判党，除非是牵涉自己的生活，她不想理会党规的时候才会抗议。他注意到她从来不用新语，只会用那些已经融入日常生活使用的词汇。她从来没听过兄弟会的事，也不相信有这组织存在，只要是反抗党的组织都一定会失败，对她来说都很愚蠢，最聪明的方法就是触犯党规，但同时又能继续生存。温斯顿不经意想着，年轻一代当中不知道有多少像她这样的人，他们在革命后的世界长大，几乎一无所知，只知道党就像上天一样是不可撼动的，他们不会反抗党的权威，只会像兔子躲避猎狗一样逃开。

他们没有谈到两人有没有可能结婚，这对他们来说实在太遥不可及了，连想都不用想。就算温斯顿知道用什么方法可以甩掉凯瑟琳，他们也无法想象有哪个委员会愿意批准这种婚姻。这就跟白日梦一样无望。

"她是什么样的人，我是说你太太？"茱莉亚问。

"她啊——你知道新语有个词叫好思想的吗？就是说一个人天生就笃信党规，没办法有邪恶思想？"

"没有，我不知道有这个词，但是我知道这种人，很了解。"

他开始跟她说他的婚姻生活，可是真的很奇妙，她好像已经知道其中的重点了。她向他叙述，简直就像她是亲眼所见或者亲身感受，知道他一碰到凯瑟琳的身体，她就全身僵硬，就算她的双臂紧紧环抱着他，还是好像用尽全身力气推拒他。跟茱莉亚在一起，他觉得谈起这种事情很轻松，而凯瑟琳呢，不管怎么说，早就已经不是痛苦的回忆，仅仅是觉得不愉快罢了。

"我其实可以忍受，只是有件事我没办法。"他说。他告诉她那件让人冷感的小小仪式，凯瑟琳每个礼拜的同一天晚上都会逼他进行。"她明明很讨厌那件事，可是什么也阻止不了她这样做，她以前都说那是——唉，你一定猜不到的。"

"我们对党的责任。"她马上回答。

"你怎么知道？"

"亲爱的，我也上过学校啊。十六岁以上的学生每个月要听一次性谈话，在青年运动里也是。他们会努力好几年，让你接受这个观念，我敢说对很多人都有用，但是当然也很难说得准，人都很会假装。"她开始对这个话题高谈阔论。只要和茱莉亚聊天，所有话题都会回到她自己的性欲。只要讲到这个话题，不管是什么，她都能提出很敏锐的看法。她不像温斯顿，她已经猜到党的性寡欲主义有什么深层意义，不只是因为性冲动会创造出一个自我世界，超出党的控制范围，所以必须尽可能摧毁，更重要的是，缺乏性爱会引发人的歇斯底里，这是党希望的，因为这股力量可以转化成对战争的狂热及领袖崇拜。她的说法是："做爱的时候会消耗力气，做完之后又会觉得快乐，什么都不想管了。他们可不能让你有这种感觉。他们希望你随时随地都充满能量，这些游行来游行去的、欢呼和摇旗呐喊，都只是因为烂透的性生活。如果你心里充满欢乐，怎么会对老大哥、三年计划、两分钟憎恨，还有其他那些破烂玩意儿感兴趣？"

他觉得她说得很对。守贞和政治服从之间有相当直接的密切关联，否则的话，党要怎么把恐惧、憎恨和愚蠢的信任，这三种党员最必备的特质维持在适当的程度？不就是要控管某种强烈的欲望，然后转化为驱动力吗？性冲动对党来说是危险的，而党就把这股力量变成对自己有利的武器。他们对党员为人父母的渴望也用了类似的小把戏，家庭组织不可能真的废止，而且他们也确实鼓励人们要喜爱自己的小孩，几乎就跟以前一样。但是另一方面，那些小孩却被有系统地教化成反抗自己的父母，教他们要监视父母，并且举发父母的偏差行为，所以家庭在实质上就变成了思想警察的延伸，变成一种工具，让每个人身边日日夜夜都围绕着他们最亲密的告密者。

温斯顿的心思突然回到凯瑟琳身上，要不是因为她实在太笨了，察觉不到他思想中的离经叛道，不然她一定会向思想警察举发他。但是他现在真正想起一件关于她的事情，那是发生在某个炙热的午后，想到这件事他便额头上冒出汗珠。他开始告诉茱莉亚发生了什么事、或者应该说是没有发生的事，那是在十一年前一个闷热的夏日午后。

那是温斯顿和凯瑟琳结婚后三四个月的事,他们参加到肯特郡的小区健行时迷了路。他们只是落在队伍后面几分钟而已,但拐错了弯,不久就发现前面已经没路,底下是一座老旧的白垩矿场。山路和矿场的垂直落差大概有十到二十米,底部布满圆石。他们找不到人问路。凯瑟琳一发现他们迷路之后,整个人变得很不安,离开闹哄哄的健行队伍,就算只一下子,她也觉得好像自己做错事了。她想要赶快沿着原路走回去,然后换个方向走,可是这时候温斯顿却注意到几丛千屈菜,从脚下山崖的裂缝里冒出来,一丛有紫红和砖红两种颜色,而且看来是从同一株根茎上长出来的。他以前从没看过这样的东西,就叫凯瑟琳过来看。

"凯瑟琳你看!看到那些花了吗?山底附近那一丛。看到了吗?有两种颜色。"

她本来已经转身要走了,不过还是面露焦色地回来看了一下,甚至还倾身俯瞰山崖去看他手指的地方。温斯顿就站在她身后不远,把手放在她的腰际让她保持平稳。这时候他突然想到,现在身边完全没有其他人,连个人影都没看见,没有树叶摇动,甚至连鸟儿都在休息。像这样的地方,不太需要担心哪里会藏着麦克风,就算真的有麦克风,也只是录到声音而已。炽热的下午,让人昏昏欲睡,热辣辣的阳光照射在他们身上,汗水让他脸上发痒。然后他兴起一个念头……

"你怎么不把她推下去?"茱莉亚说,"是我的话就会。"

"对,亲爱的,我相信。如果我那时候的个性是像现在这样,我就会推她下去,又或者我——我也不确定。"

"你后悔没推她下去吗?"

"对,总而言之,我很后悔没这么做。"

他们肩并肩坐在满是灰尘的地板上,他把她抱得更紧一点。她把头靠在他的肩膀上,头发的香气让人神清气爽,盖过了鸽粪的味道。他想,她还这么年轻，对人生还有寄望，不能了解其实把一个碍眼的人推下山崖是解决不了问题的。

"其实也没什么分别。"他说。

"那你为什么要后悔？"

"我只是喜欢往好处想。我们赢不了这场比赛，不过有些时候失败还比较好，就只是这样。"

他感觉她的肩膀因为不同意这番话而扭动了一下，他每次讲这种话的时候总是会招来她的反对，她不相信单打独斗一定会失败，也不觉得自然法则就是如此。在某个程度上，她知道她自己完蛋了，思想警察迟早会抓到她，杀了她，可是她心里某个部分又相信，或许有可能创造出一个秘密的世界，可以过自己想要的生活，她所需要的只是一点好运、机智和勇气。但她不知道的是，世界上并没有幸福这种东西，胜利的唯一机会只存在于遥远的未来，到那时候你已经死了很久很久，从你跟党宣战的那一刻起，你就等于是死了。

"我们死定了。"他说。

"我们还没死呢。"茱莉亚还看不清事实。

"只剩一副躯壳了，六个月、一年——我想最多五年吧。我很怕死，你还年轻，所以我想你应该比我更怕死。当然我们要尽量活久一点，可是也没什么差别了，只要人类还是人类，生与死都是一样的。"

"胡说！你是想跟我上床还是跟副骷髅上床？你不享受活着的感觉吗？难道你不喜欢吗？这是我，我的手、我的腿，我是真实的，活生生的，我还活着！你不喜欢这样吗？"

她转过身来，胸膛贴着他。他可以透过她的工作服感觉到她的胸部，柔软而又坚挺，她的身体好像传递了一些青春活力给他。

"我喜欢。"他说。

"那就不要再说死了。好了,亲爱的听着,我们得安排下一次见面的时间。我们不如就去树林里那个地方,那里也空得够久了,可是这次你得走另外一条路。我已经都计划好了,搭着火车——干脆这样,我把路线图画出来给你。"

她就是这样实事求是,她收集一小方灰尘,从鸽子的鸟巢里拿了根树枝,然后开始在地上画地图。

4

温斯顿在查灵顿先生店铺楼上的破旧小房间里四处张望。窗户旁边的大床已经铺好了,只是床单破破烂烂的,靠枕也没装枕头套。老式的大钟钟面是十二小时制的,在壁炉台上嘀嘀嗒嗒运行着。角落的折叠桌上放着他上回来时买的玻璃纸镇,在昏暗的房间里淡淡发光。

壁炉炉围里有一台老旧的锡制煤油炉、一个平底深锅,还有两个杯子,是查灵顿先生提供的。温斯顿开火烧了一锅水,他带了满满一袋胜利牌咖啡,还有一些糖片。时钟指针显示时间是七点二十分,其实就是十九点二十分,她十九点三十分的时候会来。

太蠢了,太蠢了,他心里不停说着,呆子才会这么做,这么做有什么好处?简直自寻死路。在所有党员可能犯下的罪行中,这一项是最难掩饰的。其实一开始会有这个想法,是因为他脑海里浮现了玻璃纸镇在折叠桌上投现倒影的样子。而正如他所料,查灵顿先生毫不犹豫就让出了这个房间,显然他也很高兴这个房间能为他多带来几块钱收入。而当他知道温斯顿打算在这个房间和情人相会时,他也没有露出惊讶或者警觉的样子,反而把眼神转到不远的前方,开始说些空泛的大道理,身边的氛围变得相当微妙,让人感觉他仿佛渐渐隐形了。他说,隐私很宝贵,大家都想要有个地方，偶尔可以独自一人待着，如果真有了这样的地方，就算知道的人想自己独享也不算过分。他甚至愈讲就愈让人感觉不到他的存在，然后又补充说这栋房子有两个出入口，其中一个是从后院出去，外面就是条小巷子。

窗户底下有人在唱歌，温斯顿藏在棉质窗帘后面探头去看。六月天，还是日照当空，底下阳光普照的庭院里，一个女人犹如庞然大物，好像诺曼建筑的支柱一样壮硕，肌肉发达的上臂红通通的，腰间系着麻布围裙，踩着乓乓乓的脚步在洗衣盆和晒衣绳间来来回回，绳上夹着一整排白色小方布，温斯顿认出那是婴儿的尿布。女人嘴巴咬着晒衣夹，拿下夹子之后就扯开女低音浑厚的嗓子唱歌：

只是无可救药爱上他，
就像四月天，一下就过去，
他看一眼，说一句，都能搅乱我的心！
我已经陷入他的情网里！

过去好几个礼拜，整个伦敦都传唱着这首歌，党为了无产阶级创作了无数首类似的歌，由音乐局里一个小部门负责。这些歌曲的歌词都不是真人填词，而是一台叫作作诗器的机器产生。但是这个女人的歌声非常悦耳，把这首糟糕的烂歌唱得几乎像天籁一般。温斯顿听着那个女人唱歌、她的鞋子踩着石板路的声响，听得见街上小孩的哭喊，而很远的某个地方还隐约传来车水马龙的嘈杂声，但奇妙的是，房间里却似乎一片寂静，多亏了这里没有电屏。

太蠢了，太蠢了，太蠢了！他又开始想着，他们根本不可能经常过来这里，不出几个礼拜就会遭到逮捕，但是他们实在太想拥有一个真正属于两人的藏身处，可以遮风避雨，又在附近。他们在教堂钟楼会面之后，有一段时间根本没办法安排见面。为了迎接憎恨周,工作时间大大拉长了,虽然还有一个多月的时间,可是随之而来的准备工作非常庞杂,让每个人都多了不少额外工作。最后两人终于挤出同一天下午的空闲时间,他们决定要回到树林里的空地。前一天晚上,他们先在街上短暂碰面,温斯顿一如往常几乎不看着茱莉亚,两人只是随着人群朝着彼此漫步前进。他很快看了她一眼,发现她的脸色似乎比平常还要苍白。

"取消了。"她一走到认为是安全距离的范围后就低声说,"我是说明天。"

"什么?"

"明天下午我不能去了。"

"为什么?"

"噢,还不就是那样,这次比较早开始。"

有一下子他真的气到抓狂,他认识她之后的这一个月里,他对她欲望的本质已经改变了。一开始他并不是真的沉溺享受,他们第一次做爱只是一种表达意志的行为。但是第二次以后就不一样了,她头发的香味、嘴唇的味道、肌肤的触感,好像已经烙印在他身体里,或者说充满在周围的空气里。她已经成为一种实质上的需求,他不只想要她,还觉得自己握着所有权。她说她不能去,他觉得她背着他偷人。但就在这个时候,人群把两人挤在一起,他们不经意碰到了对方的手,她很快捏了一下他的指尖,激起的似乎不是欲望而是情感。温斯顿惊觉,一个男人跟女人住在一起的时候,一定会经常遇到这种失望的情况,于是他突然对她燃起了无限柔情,这是他之前从来没有的感觉。他希望他们是一对结婚十年的夫妻,希望可以和她像这样一起走在街上,但是能够大大方方,不用害怕,聊些平凡的琐事,采买家庭用品。他最希望的是,他们可以有一个两人独处的地方,也不用每次见面就一定要做爱。不过其实不是在当下,而是隔天的某个时候,温斯顿才想起可以租下查灵顿先生的房间。他向茱莉亚提到这个主意时，她居然马上就同意了，他们两人都知道这么做简直是疯了，就好像是故意往坟墓里跳一样。温斯顿坐在床边等待的时候又想起仁爱部的地窖。人的认知真的很奇妙，明明知道最后有怎样恐怖的下场，还是抱着希望，其实结局就在眼前的未来，接下来就是死亡，就像九十九接下来就是一百是一样的真理。人都不免一死，但是或许可以想办法延长寿命，不过有时候就是有人因为一个刻意的任性行为，缩短了自己的人生，让死亡提前到来。

这时候，楼梯传来一阵急促的脚步声，然后茱莉亚走进房间里，她提着一个粗糙的褐色帆布工具袋，他有时候在部门里也会看到她带着这个袋子走来走去。他走向前去想把她抱进怀里，但是她快步躲开，可能也是因为她还提着袋子。

"等一下。"她说，"先看看我带了什么。你有带那些恶心的胜利牌咖啡吗？我就知道你有，可以把那些丢掉了，我们不需要。你看。"

她跪下来打开袋子，原本摆在袋子上层的几支扳手和螺丝起子滚了出来，底下是几个用纸张细心包装的包裹，她把第一包东西交到温斯顿手上。纸包有种很陌生但又有点熟悉的感觉，里头装满了某种像沙子一样的东西，沉甸甸的，手一碰到就凹陷一块。

"这不是糖吗？"他问。

"是真正的糖，不是糖精哦，是糖。这里还有一条面包，是真正的白面包，不是我们吃的那种烂东西，还有一小罐果酱，这里有一罐牛奶，不过好戏在后头！这个才是我真正骄傲的东西，我得在外面包一层麻布袋，因为——"她不用告诉他为什么要把东西包起来，因为那股味道已经弥漫在房间里，一种浓郁温暖的香味，好像是从他的幼年时光发散出来的，但是到了现在还是偶尔闻得到，像是某扇门关上之前会飘散到走廊间，走在拥挤的街道上时，这种味道也会神秘出现，才刚闻到，一下子又消失了。

"咖啡，"他喃喃说道，"是真的咖啡。"

"这是内党咖啡,这袋整整有一公斤。"她说。

"你怎么有办法拿到这些东西?"

"这些都是内党党员的东西,那些猪头什么没有啊,要什么有什么。不过当然啦,那些侍从和仆人什么都会偷拿,而且——你看,我还拿了一小包茶叶。"

温斯顿蹲在她身边,撕开包装的一角。"是真的茶叶,不是黑莓叶。"

"最近来了好多茶叶,大概他们占领了印度什么的吧。"她淡淡地说,"亲爱的听着,我要你转过去背对我三分钟,去坐在床的另一边,不要靠窗户太近,我没叫你的话先不要转过来。"

温斯顿心不在焉地望着棉质窗帘的外面,底下的庭院里,那个壮硕的女人还在洗衣盆和晒衣绳之间忙来忙去,她又从嘴里拿掉两枚晒衣夹,深情唱着:

> 人说时间能抚平一切,
> 人说记忆总会淡去,
> 但是这些年的欢乐和泪水,
> 依然拨动我心弦!

看来她把这整首番石榴歌都背下来了。她的歌声随着夏日甜腻的空气往上飘送,相当悦耳,带着一种愉快的愁思,让人觉得如果这个六月的午后永远不会结束,那些衣服永远晒不完,就算过了一千年,她还是会快乐得不得了,一直晒尿布、唱番石榴歌。温斯顿突然想到一件有趣的事,他从来没有听过党员会一个人自然而然就唱起歌来。这样做可能会有一点叛逆,太过古怪也很危险,就像自言自语也是一样。或许要那种快要饿死的人才会想要唱歌。

"你可以转过来了。"茱莉亚说。

他转过去看,有那么一秒,他几乎认不出她来,他本来以为转过来会看到她脱光衣服,但是她没有,她的转变比裸体更让人吃惊,她化了妆。她一定是溜进了无产阶级居住区域的某家店里,帮自己买了一整套化妆用品。她的嘴唇擦了大红色口红,脸颊也涂红了,鼻子上拍了粉,眼睛底甚至还擦了点东西,让双眼看起来更明亮。她的化妆技巧不是很好,但温斯顿对这种事的标准也不高,他从来没有看过或是想象过党内的女人脸上化妆的样子。茱莉亚的外貌有惊人的改变,只是在适当的地方擦上点颜色,她不只是变得漂亮多了,最重要的是她更有女人味了,短发和那身男孩子气的工作服只是让化妆的效果更突出。他把她抱进怀里的时候,吸进一股人工的紫罗兰香,他想起那座昏暗的地下室厨房,还有那个老女人凹陷的嘴唇,茱莉亚的香水跟她一模一样,但是这时候好像也不重要了。

"连香水都有!"他说。

"没错,亲爱的,还有香水。你知道我再来要做什么吗?我要去找一件真正给女人穿的洋装,穿上女人的衣服,而不是这些破烂工作服,套上丝袜穿高跟鞋!在这个房间里,我要当个女人,不当党同志!"

他们把衣服脱掉,爬上桃花心木大床。这是温斯顿第一次在茱莉亚面前赤身露体,以前他对自己苍白瘦弱的身体很自卑,尤其还有小腿上的静脉曲张性溃疡和脚踝上一块变色的斑。床上没有铺床单,但是他们躺在一张毯子上,毯子已经用了很久,触感很柔滑,两人都觉得很惊讶,这张床居然这么大又这么有弹性。"一定到处都是虫子,可是谁在乎呢?"茱莉亚说。现在的人都没看过双人床了,只有无产阶级的家里还能看见,温斯顿小时候还曾经睡过一两次,但茱莉亚的记忆中却从来没有出现过。

过了不久,他们睡了好一阵子,温斯顿醒来的时候,时钟的指针已经指着快九点了。他没有翻身,因为茱莉亚的头还枕在他的臂弯里,她的妆大部分都转移到他脸上或靠枕上，不过脸上还残留着一抹嫣红，衬托出她美丽的颧骨。太阳西下，投射出一道黄色的光芒，照映着床尾，照亮了壁炉，壁炉火上的那锅水正烧滚着。底下的庭院里，那个女人的歌声已经停歇了，倒是隐约还能听见街上传来孩子的叫喊声。温斯顿淡淡地想着，这样的情景在已荡然无存的过去是不是稀松平常？一对男女赤裸着身体躺在床上，享受夏日午后的清凉，想做爱的时候就做爱，想聊什么就聊什么，不用急着起床，只要躺着倾听外头平和的声响，这样的时光一定从来就不算平凡吧？茱莉亚醒来时揉揉眼睛，用手肘撑起身体看着煤油炉。

"水都烧干一半了。"她说，"我这就起来煮咖啡，我们有一个小时的时间。你住的公寓什么时候熄灯？"

"二十三点三十。"

"我的宿舍是二十三点，不过你得提早回去，因为——嘿！出去，肮脏的浑蛋！"

她突然一个翻身转过去从地板上抓起一只鞋，然后像个小男孩那样弯曲手臂猛一扔，把鞋子丢往角落，就像那天早上的两分钟憎恨时间，温斯顿看到她把字典丢向葛斯登一样。

"怎么了？"他惊讶地问。

"老鼠，我看到那畜生的鼻子从护墙板的洞伸出来。不过我想我也吓跑它了。"

"老鼠！"温斯顿低声说，"这房里有老鼠！"

"到处都是啊。"茱莉亚躺下的时候说，好像没什么大不了的。"甚至连我们宿舍里的厨房都有，它们占据了伦敦某些地区。你知道它们会攻击小孩吗？真的，在那些街上，女人绝对不敢放着小孩单独一个人超过两分钟，那些又大又肥的棕鼠都会对孩子下手，最恶心的是，那些浑蛋老是——"

"不要再说了！"温斯顿双眼紧闭。

"亲爱的！你脸色怎么这么苍白？怎么了？它们让你不舒服吗？"

"在这个世界上，我最怕的——就是老鼠！"

她紧紧靠在他身上，四肢环抱着他，似乎是想用自己的体温来安抚他。他没有马上就睁开眼睛，有好一会儿他觉得自己仿佛又回到那个梦魇里，他这一生中都时不时遭到这个梦魇惊扰。梦境内容差不多都一样，他站在一堵黑暗的墙面前，墙另一边的东西让人难以忍受，可怕到让人无法面对。在这个梦里，他内心深处总是有一种自欺欺人的感觉，因为他其实知道黑暗之墙的另一边是什么，只要他奋力一搏，就像要扯下自己一块大脑般，他甚至有办法把那个东西拽到亮处，可是他总是还没看到那东西的真面目就醒来了。不知道为什么，这好像和茱莉亚说话的内容有关联，这时他打断了她。

"对不起，"他说，"没什么，我只是不喜欢老鼠罢了。"

"不用担心，亲爱的，这些恶心的浑蛋以后不会再出现了。我们离开之前，我塞一些麻布堵住洞口，然后下次来这里的时候，我就带些灰泥来把这个洞完全填平。"

温斯顿内心恐慌的黑暗时刻已经消弭大半，他觉得有些困窘，起身靠着床头坐着。茱莉亚下了床，穿上连身工作服，然后煮了咖啡。从锅里冒出浓烈的香气，闻者都会为之激动不已，所以他们关上窗户，免得外面会有人注意到而起疑心。比咖啡味道还要更好的就是咖啡加糖之后，口感如丝绸般细滑。温斯顿吃了好几年糖精，几乎都快忘了这种滋味。茱莉亚一手插进口袋，一手拿着涂了果酱的面包，在房里走来走去，面无表情看着书柜，谈论最好怎么修理那张折叠桌，一屁股坐到那张老旧的扶手椅上，看看椅子舒不舒服，还赞赏起那个十二小时制的荒谬时钟，似乎还能接受这样的东西。她把玻璃纸镇拿到床这边，好在明亮的光线下欣赏。温斯顿从她手中接过纸镇，看着玻璃柔和如水般的外表，依然感觉目眩神迷。

"你觉得这是什么?"茱莉亚问。

"我不觉得这是什么,我是说,我想这东西从来没有发挥过作用,所以我才这么喜欢。他们忘了改变这一小段历史,这是百年前留下来的讯息,我们只需要知道该如何解读。"

"还有那边那张照片,"她朝着对面墙上的锡版照片点点头,"那张有一百年了吗?"

"更久,我敢说有两百年了,不过也很难说,现在已经不可能查证东西的历史了。"

她走过去看着照片,"那只肮脏的浑蛋就是从这里伸出鼻子,"她说着就往照片下方的护墙板踢了一脚,"这里是哪里?我好像在哪里看过。"

"是教堂,或者说以前是教堂,叫丹麦圣克莱蒙教堂。"他脑海中回想起查灵顿先生教他的一小段童诗,他就有点怀念地补充念出来:"钟声唱出柳橙和柠檬,就在圣克莱蒙!"

让他惊讶的是,茱莉亚居然接着念出:

你欠我四分之三便士,钟声回响圣马丁,
你何时才要还我钱,老贝利的钟声响连天——

"我不记得后面的词了,可是我记得最后两句:'蜡烛带着光亮,陪着你上床;屠夫带着斧头,砍下你的头!'"

这就好像是拆成两句的暗号,不过"老贝利的钟声响连天"后面肯定还有一句,或许如果好好引导查灵顿先生,他就会想起来。

"是谁教你的?"温斯顿问。

"我爷爷,我小时候他常念给我听,我八岁的时候他就人间蒸发了——总之他就是消失了。不晓得柠檬是什么东西?"她没头没脑加了一句,"我看过柳橙,就是那种黄黄圆圆的水果,皮很厚。"

"我还记得柠檬,"温斯顿说,"这种水果在五十年代的时候还很常见,尝起来很酸,酸到让人连闻一下都受不了。"

"我看那张照片背后一定也有虫。"茱莉亚说。"改天我拿下来好好清理一下。我想我们该走了,我得先把脸上的颜色洗掉,真没意思!我待会儿就把你脸上的口红擦掉。"

温斯顿又躺了好几分钟。房里渐渐暗了下来,他转身面对光线,躺着凝视那块玻璃纸镇,这玩意儿怎么看都看不腻。他真正感兴趣的不是那块珊瑚,而是玻璃本身的深度,珊瑚埋得那么深,玻璃看起来却几乎透明得像空气一样,玻璃表面形成像天空一样的弧度,包覆着一个小世界,塑造出完整的氛围。他感觉自己好像可以走进去,而其实他已经身处其中了,还有这张桃花心木大床、折叠桌、时钟以及锡版照片,包括这块纸镇都在里面,纸镇就是他所在的这个房间,那块珊瑚就是他和茱莉亚的生活,存放在水晶中心,幻化成永恒。

5

塞姆消失了。某天早上他没来上班,几个讲话不经大脑的人还在谈论他的缺席,隔天就没人提起塞姆了。到了第三天,温斯顿到记录局的大厅看讯息公告栏,其中有一张讯息上头用计算机打字列出西洋棋委员会的成员,塞姆曾经是委员会的一员。这张讯息看起来就和之前一样,没有删掉什么的痕迹,但却少了一个名字。这样就够了,塞姆不再存在,他从来就没存在过。

天气热到像在铁板上烧烤一样,真相部的建筑有如迷宫一般,房间都没有窗户,靠空调设备维持常温,但是到了外头的人行道却能烫伤人的脚,而气动管在尖峰时刻发出的臭味则叫人难以忍受。憎恨周的准备工作已经全面展开，政府各部门的员工都要加班工作，游行、会议、阅兵、演讲、蜡像、展览、电影、电屏节目，全都要组织好；还得建好基座来竖立肖像，创造出新的口号，写新歌，散播一些谣言，造假相片。茱莉亚在虚构局的工作单位也不制造小说了，而是赶工做出一系列丑陋的宣传手册。温斯顿除了平常的工作之外，每天还要花很长的时间检视库存的《时报》，修改美化几篇会在演讲中提到的新闻文章。到了晚上，无产阶级纷纷出笼，占领街头喧哗吵闹的时候，整座城镇似乎弥漫着一股奇异的热气。火箭炮的轰炸更频繁了，有时候会听见远方传来大规模爆炸的声响。没有人能解释原因，夸张的谣言也传了出来。

憎恨周的主题曲已经谱了新曲调，叫作《憎恨歌》，不断在电屏上重复播放。这首歌的节奏强烈，听起来很像狗吠，实在不能称之为音乐，反倒比较像在打鼓，如果有上百个人大声唱出这首歌，搭配踢正步的踩踏声，听起来会很吓人。无产阶级很喜欢这首歌，午夜的街头总会听见两派人马对唱，一边唱着《憎恨歌》，另一边则唱着仍然很受欢迎的《只是无可救药的爱恋》。帕森斯家的小孩一天到晚都在演奏这首歌，用一把梳子和一张卫生纸就开始演奏。温斯顿的晚上从来没这么忙过，帕森斯组织了一群志愿者，为了憎恨周在街道上做准备：缝制标语旗帜、绘制海报、在屋顶上竖立旗杆，还冒险在街道上横吊缆线好挂上横幅。帕森斯自夸说光是胜利大厦就要挂上总长四百米的旗帜。这些都是帕森斯的拿手本事，他开心得雀跃不已，而且炎热的天气和辛苦劳动，让他有理由在晚上换穿短裤和开襟衬衫，一个人做好几件事情，搬动东西又推又拉的、缝缝补补、敲敲打打、即兴表演、和大家打打闹闹，同时还会给大家身为党同志的劝诫，全身上下每一层皮肉似乎都不断散发出可怕的汗臭。

伦敦各地突然出现一张新的海报，上头没有标语，只画了一个好像怪兽一样的欧亚国士兵，身高有三到四米，带有蒙古种特色的脸上面无表情，穿着巨大的靴子迈开大步前进，腰上带着一把半自动步枪，枪口利用绘画透视技法放大了，不管从哪个角度看着海报，都像是直接对着你。这张海报贴在每面墙上所有空白的地方，数量甚至多过老大哥的肖像。无产阶级通常对战争比较无感，不过现在也被逼得陷入短暂的爱国狂热。仿佛是要迎合大众的情绪似的，火箭炮攻击的死伤人数比平常还要更多，有一枚就砸中史代普尼区拥挤的电影院，数百名死者葬身在瓦砾堆下，邻近地区所有的人都现身参加冗长的葬礼，仪式进行了好几个小时，这次集会彻底点燃众人的怒火。还有一次，炸弹击中的是一块荒地，这里是附近小孩的游乐场，十几个小孩被炸成碎片，于是引起更多人的怒火，众人上街游行示威，葛斯登的肖像遭到焚毁，几百张欧亚国士兵的海报也遭人撕下丢入火中。一片混乱之中有几家商店遇到抢劫，然后传出谣言说间谍是通过无线电波控制火箭炮。有对老夫妇被怀疑有外国血统，房屋遭人放火，在火场中窒息死亡。

茱莉亚和温斯顿只要能在查灵顿先生店面楼上的房间相会，就会肩并肩躺在没铺床单的床上，打开窗户，赤身露体让自己凉爽。那只老鼠没有再回来，但是热气却让虫子的数量激增到吓人的地步。不过好像也没关系，不管这房间是肮脏或干净，这里就是天堂。他们一进房间会先在每个地方洒上黑市买来的胡椒粉驱虫，然后脱掉衣服，两副汗水淋漓的身体交缠做爱，睡着醒来后才发现虫子又聚集起来，而且还集合起来准备反击。

四次、五次、六次——他们在六月间就见面了七次。温斯顿戒掉整天喝杜松子酒的习惯，似乎已经不需要酒精了；他变胖了，脚上的静脉曲张性溃疡也消掉了，只在脚踝上方的肌肤留下一块棕色的斑；清晨起床后的咳嗽也没再发作，生活中的一切不再那么难以忍受，他再也没有冲动想对着电屏扮鬼脸，或者声嘶力竭骂脏话。现在他们有一个安全的藏身处，几乎就像个家一样，就算他们不能常常见面，每次见面也只能待几个小时，但两人不觉得苦。重要的是这个二手商店楼上的房间存在着，只要知道房间还在，不会受人侵扰，感觉就像待在房间里一样自由。这个房间自成一个小世界，这一小块地方还停留在过去，已经绝种的动物也能漫步其中。温斯顿想，查灵顿先生就是绝种的动物，他通常会在上楼的时候停下来跟查灵顿先生聊几句，老人似乎是很少，或者说几乎不出门，而店里又可以算是没什么客人。他就像鬼魂一样游荡在这间阴暗的小店里，等到要准备餐点的时候又飘进后头空间更小的厨房，而厨房里不知道为什么居然摆了一架古老到让人难以相信的留声机，张着巨大的喇叭。老人似乎很高兴有讲话的机会，他会在那些毫无价值的商品间流连，伸着长鼻子，戴着厚厚的眼镜，弓着肩膀缩在天鹅绒外套里，他总是给人一种收藏家的感觉，而不像古董商。他会带着一种热忱不再的心情随意指着几件废物——瓷制的玻璃瓶塞、破烂鼻烟盒的彩绘盒盖，还有一个金黄铜的盒坠，里头放着一绺头发，属于某个死了很久的小婴儿。老人从来不要求温斯顿买东西，只是希望他能好好欣赏，跟老人说话就像听一个年久失修的八音盒发出叮铃声。温斯顿已经从老人记忆深处又挖出几句童谣，这些片段早就被人遗忘了，有一段唱着二十四只黑鸟，有一段是说一头牛的角被压扁了，还有一段唱的是有关可怜的公鸡罗宾之死。"我只是突然想到你可能会有兴趣。"老人每次想起一段新的童谣就会这样不经意笑着说，可是他每首歌都只想起一两句。

温斯顿和茱莉亚两人在某种程度上都知道，他们现在拥有的这一切不可能长久，他们时不时都会想起这件事。有时候觉得死期真的不远了，就如同躺在这张床上一样真实，这时他们会抱在一起，仿若没有明天那样尽情纵欲，就像受到诅咒的灵魂，而此刻不到五分钟，钟声就要响起，他们只能抓住最后一点点的欢愉。不过也有些时候他们以为这样的生活不但安全，而且还可以持续下去，只要他们真正踏进这间房间，两人都觉得什么也伤害不了他们。虽然来到这里的路上很艰辛又危险，但这房间就是他们的避难所，就好像温斯顿盯着玻璃纸镇的中心，感觉自己好像能走进那个透明的世界，只要进去了，时间就奈何不了他。两人经常沉溺在逃避现实的白日梦里，不知道自己的运气是好还是不好，但仍继续秘密策划着两人的事情，就像现在这样，希望他们的余生都能一起度过。或许凯瑟琳会死掉，只要巧妙安排一下，温斯顿和茱莉亚就能成功结婚；或者他们可以一起自杀；又或者他们可以搞失踪，改变身份让人认不出来，学着用无产阶级的腔调说话，在工厂找工作，栖身在偏僻的小巷子里过日子，不会让人发现。当然这些全都是空话，他们两个很清楚，事实是他们根本逃不了，只有一个计划看来是可行的，那就是自杀，但是他们两个也不想付诸实行。日复一日，周复一周，他们抱持着这些念头，编织出一个没有未来的现在，好像也抵挡不了，直觉就这样想了，就好像只要有空气的话，肺部就一定会吸进下一口。

　　偶尔他们也会谈到参加对抗党的积极行动，但是没有提到该怎么跨出第一步，就算神话般的兄弟会真的存在，还是很难找到加入的方法。温斯顿告诉茱莉亚自己和欧布莱恩之间有一种奇怪的亲近感，或者至少似乎有这种感觉，而且有时候他会涌起一股冲动，想要直接走到欧布莱恩面前，说他是党的敌人，要欧布莱恩帮他。说也奇怪，茱莉亚居然不觉得这么做简直鲁莽到不可思议。她也常常以貌取人，所以温斯顿光靠一个眼神就这么笃定欧布莱恩是值得信赖的，她好像觉得这样很自然；而且她还认定每个人，或至少大部分的人其实私底下都是讨厌党的，如果觉得是在安全的情况下，人人都会违反规定。但是她不相信这会发生，或者会发生有组织的大规模反抗行动，她说那些有关葛斯登和地下军队的故事都只是一大堆废话，党散播这些谣言别有居心，让人得假装相信这件事。不知道有多少次，她参加党的动员和自发性游行示威，都扯开嗓子大喊着要处决某些人，但是她从来没听过这些名字，也完全不相信他们真的犯了这些所谓的罪名。公开审判的时候，青年联盟会派出工作人员，她也是其中一人。这些年轻人从早到晚围在法庭四周，中间休息的时候就喊着："叛徒该死！"在两分钟憎恨时间里，大家对着葛斯登大声咒骂，她总是比别人更大声，可是她却不太清楚葛斯登是什么人，代表了什么意义。她是在革命后的时代长大，对于五十和六十年代期间发生的意识形态之争，她年纪还太小，根本什么都不记得，独立政治运动这种事情对她来说是完全无法想象。而且不管怎么说，党永远所向无敌，党会一直存在，而且永恒不变，你的反抗只限于偷偷不守规矩，最多就是违反暴力法条，像是杀人或者用炸弹害死人。

在某些方面，茱莉亚比温斯顿更敏锐，也比较不受党的宣传行动影响。有一次，他碰巧从某件事聊到和欧亚国的战争上，她居然漫不经心说她认为根本就没有这场战争，让他非常惊讶。她还说伦敦每天遭到火箭炮攻击，说不定根本是大洋国政府自己干的，"这样人民才会害怕。"这种想法温斯顿真的从来没有过。她还说自己在两分钟憎恨时间里，觉得最困难的就是要忍住不要爆笑出声，这真让温斯顿觉得有点嫉妒。不过她只对与自己生活有关的党教条有疑虑，通常她对官方版本的神话故事会照单全收，但只是因为她好像觉得这些事实和谎言之间的差别并不重要。例如说，她在学校里学到说飞机是党发明的，她就相信了。（温斯顿上学的时候是五十年代，他记得党只宣称发明了直升机；十多年后，等到茱莉亚上学时，党已经接收了飞机，再过一个世代，连蒸汽引擎也是党的了。）温斯顿告诉茱莉亚，他出生以前就已经有飞机，比革命的时代还要早得多，但这件事对她来说一点意义也没有，毕竟，谁发明了飞机很重要吗？让他更惊讶的是，他从她偶然几句评论中发现，她似乎也不记得大洋国在四年前还在跟东亚国打仗，而跟欧亚国和平相处，虽说她确实认为这整场战争都是骗局，但看来她甚至没有注意到敌人的名字已经换了。"我以为我们一直在跟欧亚国打仗。"她淡淡地说，这种反应有点吓到他了。飞机是在她出生很久以前就已经发明，但是战争对象的转换只不过是四年前的事，她已经长大成人。他就这点跟她争论了大概十五分钟，最后他终于挖出她的记忆，让她隐约想起曾经他们的敌人不是欧亚国，而是东亚国，但这件事对她来说并不重要。"谁在乎呢？"她不耐烦地说，"该死的战争老是一场接着一场，而且大家也知道啊，新闻都是谎话。"

有时候他会跟她聊到记录局的事，还有他在那里做过的那些无耻伪造，这些事好像没有吓到她，一想到把谎言变成真相，她也不觉得仿佛脚下的地面开始陷落，坠入深渊；他告诉她琼斯、亚伦森和路瑟福的故事，以及曾经握在他手中那张重要的纸片。她并不觉得这些有什么了不起，老实说，一开始她还不知道这个故事的重点在哪里。

"他们是你的朋友吗？"她问。

"不是，我从来不认识他们，他们曾经是内党成员，而且年纪都比我大太多了。他们是旧时代的人物，活跃于革命之前，我只认得他们的样子。"

"那你在担心什么？常常都有人被杀掉，不是吗？"

他努力想让她理解："这件事情很特殊，这不只是某人被杀掉的问题。你知道所谓的过去，从昨天之前的过去其实都遭到废除了吗？如果过去还留存在什么地方，就是少数不带文字的实体物品，就像那块玻璃。我们已经可以说几乎不了解革命，也不知道革命之前的事。所有记录都遭到销毁或者篡改，每一本书都重新写过，每张画作都重新画过，每座雕像、每条街道、每栋建筑都换了新名字，每个日期都被改了；而摧毁篡改的过程还在继续，每一天、每一秒都不间断，历史已经停摆了，除了永无止境的当下，没有其他东西存在，在这个当下，党永远是对的。当然我也知道过去已经经过篡改，不过就算篡改过去的人就是我，我却永远不可能提出证明，因为工作结束后就没有证据留下,唯一的证据就在我脑海里,我又无法确定会不会有其他人跟我有相同的记忆。我这一生当中,就只那么一次,在事件发生了那么多年之后,真的掌握具体的证据。"

"那有什么值得高兴的?"

"没什么好高兴的,因为我过几分钟就把东西丢掉了,但要是相同的事情发生在今天,我就会留下证据。"

"我可不会!"茱莉亚说,"我随时都愿意冒险,但是只为了值得的事情,而不是为了一张旧报纸。就算你那时候把证据留下来,又能怎样呢?"

"大概不能怎样,不过那是证据。如果我胆子大一点,到处拿给别人看的话,或许可以让某些人心生怀疑。我不敢想在我们有生之年可以改变什么,不过可以想象某些地方有小部分的人聚集起来,形成反抗的力量,一小群、一小群的人再集结起来,逐渐扩大,甚至还能留下一些记录,这样下个世代的人就可以继续我们未完的任务。"

"亲爱的,我对下个世代没兴趣,我只对我们有兴趣。"

"你真正叛逆的地方只有下半身而已。"他说。

她觉得这句话真是高明,开心地伸出双臂环抱着他。

对于复杂的党规教条,她一点兴趣也没有,只要他开始讲起英社党的党规、双重思想、容易篡改的过去、否认客观事实,还有他用新语说话的时候,她就表现出无聊和困惑的样子,说她从来没注意过这些事,大家都知道这些是废话,那又何必担心呢?她知道什么时候该欢呼、什么时候该喝倒彩,知道这些就够了。如果他一直要聊这个话题,她就习惯倒头大睡,让他讲不下去,她这种人任何时间、任何姿势都睡得着。

跟她谈话之后,温斯顿才了解,要表现出服从教条的样子,但其实一点都不懂教条的意义,这是多简单的事。就某方面来说,那些无法了解党世界观的人,反而最容易接受,这些人可以接受党明目张胆破坏事实真相。

因为他们从不曾真正了解党对他们的要求是多么可怕的罪行,也不会积极了解公共事务,所以不会注意到究竟发生了什么事。

因为他们不了解,所以还能保持理性,只是对每件事都囫囵吞枣,而他们吞下的东西对身体其实也没有害处。因为这些东西完全不会留下来,就像小鸟吞了一颗玉米粒,完全不会消化就排出来了。

6

这天终于来了,温斯顿终于等到那个讯息,他觉得自己一生似乎都在等待这件事。

他走在部门里长长的走道上,几乎快走到茱莉亚把纸条塞进他手里的那个地方,然后他注意到有个比他高壮的人就走在身后,虽然不知道那个人是谁,但他听见对方低声清了清喉咙,显然是准备要说话了。温斯顿停下脚步转过身去,是欧布莱恩。他们终于面对面了,但是温斯顿当下的念头只想逃跑,他的心脏剧烈跳动,都快说不出话来了。不过欧布莱恩还是维持原本的动作继续前进,友善地拍了拍温斯顿的手臂,让两人肩并肩走在一起,然后他开口说话,语气十分有礼,感觉很奇怪,不过这正是他和其他内党党员不一样的地方。

"我一直想找机会跟你说话。"他说,"我那天看到你在《时报》上写了那篇新语文章,我想你对新语研究很有兴趣吧?"

温斯顿恢复了一点沉着。"算不上研究,"他说,"我只是业余,那不是我的本业,我和这个语言实际的建构完全没有关系。"

"可是你写起新语来非常漂亮。"欧布莱恩说,"不只我这样想,我最近才跟你一个朋友聊过,他绝对是新语专家,我现在一时想不起他的名字。"

温斯顿的心又绞痛起来,这绝对是在说塞姆。错不了,但塞姆不只是死了,他整个人都被废除了,已经是非人了。要是让人发现在哪里提起他都会有生命危险。欧布莱恩这样说肯定是想当成信号,是通关密语,犯一个小小的思想罪,把他们两人变成共谋。他们继续慢慢走在走道上,不过欧布莱恩突然停下脚步,推了推鼻梁上的眼镜,不知道为什么,这个动作总让他看起来有种无害的友善,然后他继续说:"我真正想说的是,我在你的文章里注意到你用了两个已经废弃的字词,不过这也是最近才废掉的。你看过第十版的《新语辞典》吗?"

"没有,"温斯顿说,"我想应该还没发行,记录局还在用第九版。"

"我想第十版应该还要过几个月才会发行,不过已经有几本样本在流通了,我自己就有一本,也许你有兴趣看看?"

"非常有兴趣。"温斯顿说,他马上就知道事情要往哪个方向走。

"有些新的成果实在是太天才了,像是减少动词数量,我想这点你一定会有兴趣。我看看,我可以派个信差把辞典送给你,可是我担心我老是会忘记这些事情,或许你应该找时间来我家拿?等等,我把地址给你。"

他们就站在电屏前面,欧布莱恩有点心不在焉摸摸两边的口袋,然后掏出一本小小的皮革面笔记本,还有一只金色墨水笔。他就站在电屏下方,不管电屏的另一头有谁在监看,都能看到他这个位置在写什么东西,他写下一个地址,撕下纸交给温斯顿。

"我晚上通常都在家,"他说,"如果不在的话,我的仆人会把辞典给你。"

然后他就走了,留下拿着纸的温斯顿,但这次没必要藏起这张纸。尽管如此,他还是仔细把纸上的信息背起来,几小时之后就把那张纸跟着其他纸张送进记忆洞里。

他们以前的谈话最多不会超过几分钟,这次小插曲只可能代表了一件事,这是为了让温斯顿知道欧布莱恩的地址。这个讯息很重要,因为除非直接开口问,否则根本不可能知道其他人住在哪里,也没有什么电话簿可以查。"如果你有任何事要见我,就来这里找我。"这是欧布莱恩跟他说的话。也许辞典里某个地方藏了什么讯息,但不管怎样,可以确定的是确实有阴谋存在,不只是一个梦,而他已经接近阴谋的外围了。他知道自己迟早都会服从欧布莱恩的召唤,也许是明天,也许要等很长一段时间才行动。他无法知道,这次不过是几年前就已经开始的计划转化成行动。第一步是不由自主冒出秘密思想,第二步是开始写日记,他已经把思想转成文字,现在要把文字化为行动,最后一步就可能是在仁爱部发生的事情。他已经接受自己的命运,结局一开始就注定了,不过却很可怕,或者更清楚地说,仿佛已预见了死亡,就像少活了好几年。就连他在跟欧布莱恩说话的时候,当他想起那些话的意义,全身不禁蹿起一股凉意,让他忍不住发抖。他感觉自己好像一脚踏进潮湿的墓穴里,不过这样想也不会比较好,因为他一直都知道外面有多少危险在等着他。

7

温斯顿醒来的时候,眼眶充满泪水,茱莉亚慵懒地翻过身靠着他,咕哝着说话,好像在说:"怎么了?"

"我梦到……"他刚开口就猛然停住,讲起来实在太复杂了,先是他做了这个梦,醒来后没几秒他脑海中又浮现跟这个梦有关的记忆。

他闭上眼睛往后躺,沉浸在梦境的气氛里,那个梦感觉很宽广又清晰,他的一生似乎就在眼前展开。像是夏日夜晚下雨过后的景色,一切都发生在玻璃纸镇里,而玻璃表面就是太空,天空下的一切都充满了明晰又柔和的光线,让人可以一眼望出无限的距离。这个梦也包含温斯顿的母亲挪动手臂的一个姿势,其实就某种意义来说,这个梦本身就存在于这个手势里。而三十年后,温斯顿又在新闻影片中看到那个犹太女人做出这个手势,想要保护那个小男孩躲过子弹攻击，但后来直升机还是将他们都炸成碎片。

"你知道吗，"他说，"一直到现在，我都相信是我杀了我妈。"

"你为什么要杀她？"茱莉亚几乎已经快睡着了。

"我没有杀她，不是真的拿刀杀死她那种。"

在梦里，他还记得最后一次看着母亲，然后想起一连串相关的小事情，他的记忆短短几分钟都回来了。他这么多年来一直刻意要把这段记忆从意识中抹去，他不确定那是什么时候发生的事，不过他当时一定超过十岁，可能是十二岁。

他父亲在当时更早之前就失踪了，他也不记得是多早之前，比较记得的是当时那个喧闹而躁动的环境：时时空袭引起的恐慌，大家躲在地铁站的防空洞里，到处都是瓦砾堆，街角贴着不知所云的宣言，青年人成群结党穿着相同颜色的T恤，面包店外头排着长长的人龙，远处传来断断续续的机关枪炮火声响……最记得的就是那时候一直都吃不饱。他记得他和其他男孩子在漫漫长日的下午，在垃圾箱、垃圾堆里四处搜寻，找些圆白菜叶的硬梗、马铃薯皮，有时候甚至还能找到一点受潮的面包片，他们会仔细刮掉上头的煤渣；还有，他们也会在卡车行驶的特定路线上等卡车经过，因为他们知道卡车上载着牛饲料，经过修补低劣的路面会弹跳起来，有时候就会撒出一些油渣饼。

他父亲失踪的时候，母亲并没有表现出惊讶或深沉的哀悼，而是好像突然变了一个人，似乎完全失去了灵魂。就连温斯顿都看得出来，她在等着一件她知道一定会发生的事情到来，她做着分内的事：煮饭、洗衣、缝补、铺床、扫地、除炉灰，但动作总是慢吞吞的。奇怪的是，她也没做其他多余的事情，就像艺术家的人体模型突然按着自己的意识动起来，而原本丰满匀称的身材也似乎自然失去动感。她会坐在床上动也不动，一坐就好几个钟头，只在照顾温斯顿的小妹妹，妹妹才两三岁，是个娇小体弱的孩子，非常沉默，因为身材瘦小，一张脸看起来很像猴子；偶尔她会抱着温斯顿，紧紧抱着很长一段时间，一句话也不说。虽然当时温斯顿还很小，只会为自己想，但是他知道大家从来不提的那件事就快要发生了，而妹妹的动作似乎也跟那件事有关。

他记得他们住的那个房间，里头昏暗又密不通风，一张铺了白色床单的床占去几乎一半空间，壁炉炉围有一台煤气炉，还有一个柜子，食物都放在里面，炉围外则摆了一个棕色的陶制水槽，很多房间里都有这样的水槽。他记得母亲身材高挑匀称，在煤气炉前弯着腰拿勺子搅动平底深锅里的东西。他最记得的就是自己随时随地都在饥饿状态，吃饭时间就像一场使尽下流手段的战斗，他总是对着母亲大吼大叫发脾气。他甚至还记得自己的声音语调，因为提早开始变声，所以有时候听起来像奇怪的隆隆声，又或者他会装出引人同情的呜咽声，努力想多得到一点食物。温斯顿的母亲当然也认为他是"男孩子"，理应得到最大份，可是不管她给多少，温斯顿总是要更多。每次吃饭的时候母亲总是会哀求他不要这么自私，要记得他还有一个生病的妹妹也需要食物。但是都没用，只要母亲不再舀食物给他，他就愤怒大叫，试图把汤锅和勺子抢过来，从妹妹的盘子里拿食物。他知道自己这么做会让母亲和妹妹挨饿，可是却没办法停止。他甚至觉得自己有权利这么做，肚子里大声抗议的饥饿感好像让他的行为名正言顺。在两餐中间的时候，如果他母亲没有警觉的话，他常常就会去偷吃柜子里已经少得可怜的存粮。

有一天，政府发放了巧克力配给，已经有好几个礼拜或好几个月没有这种发放措施了，他们三人分到了两盎司巧克力块（那时候的单位还用盎司）。当然巧克力应该分成三等份，可是突然温斯顿开口了，他感觉这不像自己的声音，他用低沉的声音大声要求全部的巧克力应该都归他。他母亲叫他不要那么贪心，然后两人就陷入喋喋不休的漫长争辩，绕来绕去都讲同样的话，过程中掺杂了大叫、哀号、眼泪、抗议和讨价还价。他的小妹妹伸出双臂攀在母亲身上，看起来完全像只小猴子，张着悲伤的大眼睛转头看着身后的哥哥。最后他母亲把巧克力掰成三块，其中三分之一给了温斯顿，另外三分之一给他妹妹。小女孩拿着巧克力呆呆看着，大概不知道这是什么东西。温斯顿站在原地看了她好一会儿，然后突然往前一扑就从妹妹手上抢过那块巧克力，接着就逃出门外。

"温斯顿！温斯顿！"他母亲在他身后叫着，"回来！把妹妹的巧克力还给她！"

他停下脚步，但没有回去。他母亲焦急的双眼紧盯着他的脸，甚至到了现在他都还在想，究竟是什么原因让他做出那件事。他妹妹发现自己的东西被抢了，抽抽搭搭哭了起来。他母亲伸手抱着女儿，让女儿的脸紧贴着自己的胸脯，这个动作透露出某个讯息，温斯顿知道他妹妹快死了，他转身跑下楼梯，手里的巧克力渐渐融化。他再也没见到母亲。他抢走巧克力之后觉得很羞愧，在街头游荡了好几个小时，一直到肚子饿了才回家，等他回到家才发现母亲已经消失，那时候发生这种事情已经很正常了，房间里的物品都还在，但母亲和妹妹却不见了，她们没有带走一件衣服，甚至连母亲的外套都没带。直到今日，温斯顿还是不确定母亲是不是死了，非常有可能她只是被送到强迫劳动营。而至于他妹妹则可能像他一样，被带到某个流浪儿童之家（这些地方叫作感化中心），内战之后这种地方就愈来愈多；或许妹妹和母亲一起到了劳动营，也可能只是被丢到某个地方等死。

梦境在脑海中仍历历在目，特别是那个保护性的怀抱手势，似乎就说明了一切。温斯顿又想起两个月前的另一个梦，母亲就像是坐在那张铺着肮脏白色床单的床上。一样的坐姿，胸前一样抱着孩子，不过是坐在下沉的船上，离他的脚下好远，每分钟都不断往下沉，但还是抬头望着他，眼神穿透黑暗的水。

他告诉茱莉亚他母亲消失的故事，茱莉亚没有睁开眼睛就翻身过去，把自己调整到比较舒服的姿势。

"我想你当年一定是个野蛮的小猪头，"她不置可否地说，"小孩子都是猪头。"

"对，但这个故事真正的重点是——"

从她的呼吸声听来，显然她又睡着了，他本来还想继续聊他母亲的事情。从他对母亲仅存的记忆中来看，他不认为母亲是什么不平凡的女人，更不是什么聪明的人，但她却有一种高贵纯净的气质。就是因为她所遵行的准则是属于私人的，她主宰自己的感觉，不受外界影响改变，她并不认为行动如果没有效果就没有意义；如果你爱某个人，你就是会爱他，就算你已经无以奉献，还是能付出自己的爱。最后一块巧克力没有了，他的母亲就把孩子紧紧抱在臂弯里，这样其实并没有用，什么也改变不了，这样也生不出更多巧克力，没办法避免这孩子或她自己死亡，不过她似乎觉得这么做很自然。坐在船上的逃难女人也是这样用手怀抱着小男孩，这跟拿一张纸去挡子弹一样没用。糟糕的是，党迫使你相信光凭着冲动、光凭着感觉是成不了事的，甚至还会剥夺你掌控物质世界的力量。而一旦你落入党的手中，你感觉到或没感觉到什么、你做了什么或不想做什么，基本上都没有差别了，不管发生什么事，你都会消失，你和你所做的一切都不会再有人知道，你已经被人从历史的洪流中拔除得一干二净。但是对于两个世代以前的人来说，这些听起来好像不是那么重要，因为他们也不打算改变历史，他们对人的忠诚主宰自己的生活，而且毫无疑问，个人的关系联系才是最重要的，每个完全无关紧要的小动作，像是拥抱、流泪、对将死之人的低语，可能都有其价值。温斯顿突然想到，无产阶级似乎还维持着这样的状态，他们的忠诚不是对党、对国家或者对任何信念，他们对彼此忠诚。温斯顿生平第一次觉得他不讨厌无产阶级，或者觉得现在他们只是一股死气沉沉的力量，总有一天会突然苏醒，让世界改头换面。无产阶级依然保持着人性，没有变成铁石心肠，还保有人类原始的情绪，这是温斯顿自己必须有意识努力重新学习的。想到这里，他想起一件没什么直接关联的事，几个星期以前他才在人行道上看到一只断手，还把断手当作圆白菜菜梗一样踢到水沟里。

"无产阶级才是人类，"他大声说，"我们不是人。"

"怎么说？"茱莉亚又醒来了。

他想了一下，"你有没有想过，"他说，"我们现在最好趁还来得及之前离开这里，然后永远不要再见面？"

"有啊，亲爱的，想过好几次了，可是无论如何我都不想这么做。"

"我们是运气好，"他说，"可是再继续也不能维持多久了。你还年轻，看起来正常又无知，如果离我这种人远远的，或许还能多活五十年。"

"不要，我都想清楚了，你所做的事，还有我要做的事，都想过了。不要太灰心丧志，我挺懂得求生存的。"

"我们或许还能在一起六个月、一年，谁也不知道，不过最后我们一定要分开的。你知道我们应该要有多孤独吗？万一他们抓到我们，我们完全没办法帮彼此做什么，一点办法也没有，如果我认罪，他们就会杀了你；要是我不认罪，他们还是会杀了你，不管我做什么、说什么，或者我不肯说什么，顶多都只能让你多活五分钟。我们甚至不知道对方是死是活，真的是完全一点办法也没有。不过最重要的是，我们不能背叛对方，就算这么做也无法改变什么，我们还是要坚持。"

"如果你是说认罪的话，"她说，"我们应该会认罪，一定的，大家都会认罪，没办法，他们会折磨到你说为止。"

"我不是说认罪，认罪不代表背叛，你说什么或做什么都没关系，只有感觉才是最重要的,如果他们能让我不再爱你,那就是真正的背叛。"

她仔细想了想,"他们没办法这样,"她终于开口说,"这件事他们做不到,他们可以逼你说任何事——任何事——可是他们不能逼你相信,他们没办法侵入你的心。"

"没错,"他燃起了一丝希望,"没错,你说得很对,他们没办法侵入你的心,如果觉得保持人性还有价值的话,就算这么做不会有结果,但其实已经打败了他们。"

他想到电屏还有里面永不休眠的监听耳朵,他们可以日夜监视你,但只要保持头脑清醒,还是能够以智取胜。尽管他们聪明一世,但是却从来无法知道一个人心里在想什么,无法了解其中奥妙。或许等你真的落入他们手中就不是这么回事了,没有人知道仁爱部里发生了什么事,但还是猜得出来:酷刑、下药,还有利用精密仪器来记录你的神经活动,不让你睡觉、与外界隔离、不间断侦讯,让你慢慢筋疲力尽。在这样的情况下,不管是谁都没办法隐瞒真相,只要不断讯问就能抽丝剥茧找到真相,或者利用酷刑折磨逼你说出真相。可是,如果你的目标并非存活下去而是维持人性,最后会有什么不同?他们无法改变你的感觉,就这点来说,就算你想要也不能改变自己的感觉。他们可以把你做过、说过或者想过的每件事、每个小细节都摊在阳光下,但是你的内心深处,就算你自己也不知道内心运作的奥秘,他们是无法摧毁的。

8

他们来了,他们终于来了!

他们现在所在的房间是长形的,灯光柔和,电屏的声音转弱到只听得见喃喃低语,深蓝色的地毯颜色十分饱和,让人有种踩在丝绒上的感觉。

房间远远的另一头，欧布莱恩坐在桌前，头顶有一盏绿色灯罩的台灯，两旁都放了一大沓纸。仆人带着茱莉亚和温斯顿进来的时候，欧布莱恩连抬头看一眼都没有。

温斯顿的心脏狂跳着，他都怀疑自己有没有办法说话了。他们来了，他们终于来了！他只能想着这句话。光只是来这里就已经很轻率了，他们居然还一起来，这就实在是愚蠢了，不过他们是沿着不同路线来的，只是约在欧布莱恩家门口见面而已。但是单单要走进这样的地方就需要很大的勇气，一般人很少有机会进入内党成员的住家，就连进入他们的居住区域都很难。这一大片区域里的住宅都有一种特定的氛围，每一件东西都是那么豪华气派，上好的食物和烟草散发出陌生的味道，电梯安静地上上下下，移动速度奇快，穿着白色外套的仆人快步走来走去——所有的一切都让人却步。虽然他来这里有很好的借口，可是每走一步都在担心，害怕会突然从角落冲出一个黑衣警卫叫他拿证件出来，然后叫他滚。可是欧布莱恩的仆人没问第二句话就让他们两人进去。仆人是个矮小的男人，一头深色头发，穿着白色外套，菱形脸上完全没有表情，看起来可能是中国人。仆人带他们沿着走廊往前走，走廊上铺着柔软的地毯，墙上贴着奶油色的壁纸，还嵌了白色的护墙板，看起来非常干净，这也是很让人却步，温斯顿已经不记得有看过哪条走廊不是因为经常有人走动而变得脏兮兮。

欧布莱恩手上捏着一张纸，好像很认真在研究纸上的内容。他垂着严峻的面容，让人清楚看到他鼻子的线条，看起来既可怕又充满智慧。他坐着动也不动，大概过了二十秒，然后他把说写器拉到面前，念出一串部门里混用的术语讯息：

完全批准项目一点五点七句点取消项目六内含建议荒谬至极

几近思想犯罪句点停止建设预先全面评估机械管理支出句点讯息结束。

欧布莱恩谨慎地从椅子上站起来，踩着柔软的地毯走向他们，没发出一点声音。他讲新语时散发出官员的气息，不过现在好像渐渐消失了，只是他的表情看起来比平常还阴郁，好像不喜欢受人打扰。温斯顿本来就觉得害怕，而现在这样的情况通常会让他很尴尬，但此时他的恐惧突然爆发到极点，他很可能犯了一个愚蠢的错误，他有什么实际的证据证明欧布莱恩在策划什么政治阴谋？不就是一个眼神，还有一句暧昧不明的话吗？除此之外，只剩下他私自的想象，只存在于梦境之中。他甚至没办法继续假装他是来借辞典的，因为这样的话就没办法解释茱莉亚为什么也在这里。欧布莱恩经过电屏面前的时候，好像突然想到什么，于是停下脚步，转身去按下墙上一个按钮。突然，传出一个噼啪声，然后电屏的声音就停了。

茱莉亚发出微弱的声音，像是惊讶的尖叫。即使温斯顿正处于恐慌状态，他还是觉得很惊讶，所以不得不说出口。"你可以关掉电屏！"他说。

"对，"欧布莱恩说，"我们可以关掉，是特权。"

欧布莱恩现在站在他们面前，壮硕的身形光气势就压倒他们两人，而他脸上的表情依旧让人猜不透。他在等，不晓得为什么，他很坚决要温斯顿先开口，可是要说什么呢？就算是现在，他还是很有可能只是一个大忙人，觉得很烦，不知道为什么他们要来打扰他。没有人说话，电屏关闭之后，整个房间似乎是一片死寂，时间一分一秒匆匆过去。温斯顿很努力才能一直保持和欧布莱恩眼神交会，然后欧布莱恩脸上阴郁的表情突然变了，似乎扬起一丝微笑，他使出他的招牌动作，推了推鼻梁上的眼镜。

"让我说，还是你说？"他问。

"我说，"温斯顿马上回答，"那东西真的关掉了吗？"

"对,全部都关掉了,现在只有我们。"

"我们来这里是因为——"温斯顿停了下来,因为他突然发现自己的动机实在很模糊,他其实不知道自己希望从欧布莱恩身上得到什么帮助,所以也很难解释为什么要来这里。他继续说,同时也意识到他说的话听起来一定毫无根据又自以为是。"我们认为有某种阴谋、某种秘密组织在对抗党,而你是其中一分子,我们想要加入为其效命,我们都是党的敌人,不相信英社党的规章。我们都是思想罪犯,而且我们两人还犯了通奸罪。我会告诉你,是因为我们把自己的命运交到你手中,如果你想要我们去犯什么其他罪行,我们都准备好了。"

温斯顿停下来,感觉身后的门打开了,于是转头去看,果然,那个黄脸的矮小仆人没敲门就走了进来。温斯顿看到仆人拿着一个托盘,上面摆了玻璃瓶和几个玻璃杯。

"马丁是我们的人。"欧布莱恩冷冷地说。"马丁,把饮料拿过来放在圆桌上,椅子够吗?好,那我们就坐下来好好聊一聊吧。马丁,拉张椅子过来坐,我们要谈正事,接下来十分钟你就不用当仆人了。"

矮小的男人坐下来,看来一派轻松,但感觉还是像仆人,就像个享受特权的仆人。温斯顿用眼角余光打量他,突然想到这个男人的一生都在演戏,他可能觉得放下伪装的性格是很危险的事,就算只有一下子都不行。欧布莱恩握住玻璃瓶的瓶颈,在每个杯子都倒满了暗红色的液体。这唤醒了温斯顿模糊的记忆,好像很久以前他曾经在墙上或是广告板上看过的画面——电灯灯管组出了一只很大的瓶子,看起来好像在上下活动,把内容物倒进杯子里。从杯子上面看,液体几乎是黑色的,可是在玻璃瓶里却闪耀着红宝石般的光芒,闻起来酸酸甜甜的。他看到茱莉亚拿起杯子闻了闻,好奇全写在脸上。

"这叫红葡萄酒。"欧布莱恩淡淡地笑了笑,"当然你们一定都在书里读到过，不过恐怕外党成员很难喝到吧。"他的脸色又严肃起来，然后举起杯子："我想我们现在应该先为健康干杯，敬我们的领袖，敬艾曼纽·葛斯登。"

温斯顿带着某种渴望拿起杯子，他曾经读到关于红葡萄酒的事情，也梦想过，就像玻璃纸镇或者查灵顿先生那首记不完整的童谣一样，都是属于已经消失、浪漫的过往，在他私自的想象中喜欢称之为昔日。不知道什么缘故，他一直都觉得红葡萄酒的味道应该是甜得不得了，就像黑莓果酱，会让人一尝就上瘾。但他吞下第一口酒的时候，这东西却让他非常失望，事实是他已经喝了这么多年的杜松子酒，已经根本尝不出味道了。他把空杯子放下。

"那么真的有葛斯登这个人？"温斯顿问。

"没错，真有这个人，而且他还活着，只是我不知道他在哪里。"

"那阴谋呢？组织呢？都是真的吗？这不会只是思想警察编出来的吧？"

"不，是真的，我们称之为兄弟会，你不会知道太多，只要知道兄弟会真的存在，而你是其中一分子，这就够了。我待会儿再谈这个。"他看看手表，"就算是内党党员，也最好不要关掉电屏超过半小时，这样并非明智之举。你们不应该一起来的，你们得分开走。你，同志，"他向茱莉亚点点头，"待会儿你先走。我们大概还有二十分钟可用。你们应该可以理解，我得开始问一些问题，大致上说来，你们准备做什么？"

"只要我们能做的都做。"温斯顿说。

欧布莱恩坐在椅子上稍微转了个角度面对温斯顿，他几乎完全忽略茱莉亚，好像认为温斯顿理所当然可以代她发言。欧布莱恩垂下眼睑等了一会儿才开始问问题。他的声音低沉又不带感情，似乎把这个当成例行公事，就像天主教的教义问答一样，其实他早就知道大部分的答案了。

"你准备好牺牲生命了吗？"

"是。"

"你准备好杀人了吗？"

"是。"

"你愿意进行破坏行动，即使害死上百条无辜人命也可以吗？"

"是。"

"愿意背叛国家，臣服外国强权吗？"

"是。"

"你准备好欺骗、伪造、敲诈、腐化孩童心智、贩卖毒品、鼓励性交易、散播性病……你愿意做一切可能导致道德沦丧的行为，削弱党的力量吗？"

"是。"

"假设说，对着孩童的脸泼硫酸，这样会对我们有帮助，你也愿意做吗？"

"是。"

"你准备好放弃自己的身份，终其一生都当个服务生或跑船的吗？"

"是。"

"如果我们命令你自杀，时候一到，你能准备好吗？"

"是。"

"你们两人准备好分开，永远不再相见了吗？"

"不！"茱莉亚突然插进来。

感觉好像过了好长一段时间，温斯顿才回答。有那么一会儿，他好像甚至连说话的能力都消失了，舌头无声蠕动着，先是移动到第一个字第一个音节的位置，然后是下一个，一次又一次反复移动，最后他说出口了，但是并不知道他想说哪个字。"不。"他终于说。

"很好，你说出口了。"欧布莱恩说，"我们必须知道一切。"

他转身面对茱莉亚，这次说话的口气好像比较有感情了："你知不知道，就算他最后存活下来，也可能会变成不一样的人？我们可能得给他一个新身份，他的脸、动作、手的形状、头发颜色——甚至连他的声音都会不一样，而你自己可能也会变得不一样。我们的整形医师可以把人整到认不出来，有时候这是必要手段，有时候甚至还得截肢。"

温斯顿忍不住偷瞄身边的马丁，看着他蒙古种的脸，脸上看不到疤痕。茱莉亚的脸刷白了一点，雀斑变得更明显，但她仍大胆面对欧布莱恩喃喃说了一句，似乎是表示同意。

"很好，那么就决定了。"

桌上放了一个银色烟盒，欧布莱恩好像是有意无意把烟盒推到他们面前，自己拿了一根，然后站起来开始慢慢来回踱步，好像站着比较容易思考。香烟的质量非常好，味道浓厚，卷得又扎实，卷烟纸摸起来有一种陌生的丝滑感。欧布莱恩又看看手表。

"马丁，你该回去厨房了。"他说。"我最好再十五分钟就打开电屏，离开之前好好看看两位同志的脸，你会再看到他们的，我可能就不会了。"

矮小男人深色的眼睛掠过他们的脸，完全就像在前门时那样，他的态度没有一丝友善，只是想记住他们的长相，对他们没有兴趣，或至少是看起来没有兴趣。温斯顿想着，或许人工制造的脸没办法变换表情。马丁没说一句话也没表示致意就离开了，顺手关上门，没发出一点声音。欧布莱恩还在来回踱步，一只手插在黑色工作服的口袋里，另一手则拿着香烟。

"你们应该清楚，"他说，"抗争活动都在暗处进行，你们会一直待在暗处。有人会下达命令，你们就照做，不用问为什么，之后我会寄本书给你们，你们可以从中学到我们生活的这个社会真正的本质是什么，我们要用什么方法摧毁这个社会。等你们读完书，就是兄弟会的正式成员了。但是除了我们抗争的大目标以及当下立即性的任务之外，你们什么都不会知道。我可以告诉你们兄弟会的存在，但是不能告诉你们成员是有几百万人或几千万人，你们个人知道的成员绝对不会超过十五个。你们会有三四个联络人,如果有人消失了就会不时更换,因为这次是你们第一次接触,所以这个联络人会保留。如果有命令要给你们就会通过我,如果我们觉得有必要跟你们联络,那就会通过马丁。等到你们最后被抓到的时候,当然免不了会认罪,但是你们除了自己的行动之外也没办法多说,你们能出卖的也不过就是几个不太重要的成员,你们可能连想出卖我都没办法,因为到那时候我可能已经死了,或者换了一张脸变成另外一个人。"

他继续在柔软的地毯上走来走去,虽然身材很壮硕,但他的动作却很优雅,让人印象深刻,甚至连他把手插进口袋或者夹着香烟,动作都很优雅。他给人的印象与其说是强壮,应该说是自信,还有一种带着嘲讽的领悟,不管他有多真诚,却完全没有表现出狂热者那种忠贞不贰的信念。他讲起谋杀、自杀、性病、截肢、变脸这些事情,都带着一点点戏谑的感觉。"免不了的,"他的声音仿佛这样说着,"我们一定要毫不畏缩去做,但是等到活在世上变得像以前那样有价值,我们就不用这么做了。"温斯顿心里对欧布莱恩涌出一股倾慕之情,几乎可以说是崇拜。有那么一下子,他忘记了葛斯登如影子般的形象。看着欧布莱恩有力的肩膀和他脸庞僵硬的线条,看似丑陋却又富有文化深度,实在很难想象有人可以打倒他,没有什么阴谋诡计能骗得倒他,没有什么危险是他不能预知。就连茱莉亚似乎都很钦佩他,她放任手上的香烟烧尽,专心听他说话。欧布莱恩继续说:"你们会听到关于兄弟会存在的谣言,当然也会有自己的想象,你们可能以为这是一个谋反者组成的庞大地下组织,在地窖里秘密集会,在墙壁上刻讯息,用密语或特定手势来认出同伴。不过这些都不是真的,兄弟会里的成员没办法认出彼此,成员很可能只会认识其中几个,就连葛斯登自己也是,如果他落入思想警察手里,他也没办法招出完整名单,或者透露出什么讯息,让警察得到完整名单,因为根本就没有这种名单。兄弟会无法遭到歼灭就是因为这不是按照常理聚集的组织,而将我们聚在一起的不过只是一个无法摧毁的信念,除了这个信念,没有什么东西会支持你,没有同志也没有鼓励。等到最后你遭到逮捕,也没有人会帮你,我们从来都不帮助自己的成员,最多是如果真的有必要灭口的话,我们偶尔可以偷渡一把刮胡刀进牢房。你得习惯没有结果也没有希望的日子,你会为组织工作一阵子,然后被抓,你会认罪,然后就会死亡,这就是你唯一能够知道的结果。在我们有生之年不可能看到什么明显的改变,我们已经死了,真正的人生就在未来,不过到那时候我们都已经尘归尘、土归土。那样的未来还有多久,没有人也不知道,可能要等一千年也不一定,而现在我们能做的就是一步步让愈来愈多人恢复理智。我们不能集体行动,只能以个人对个人的方式把我们所知道的传出去,一代传过一代,毕竟在思想警察监控之下,也只能这样做了。"

他停下脚步,第三次看着手表。"同志,时间差不多了,你该走了。"他对茱莉亚说。"等等,瓶子里还有半瓶酒呢。"

他把杯子斟满,拿着杯颈举杯。"这次该敬什么?"他说,仍然带着一点嘲讽的口气,"敬扰乱思想警察?敬老大哥之死?敬人性?敬未来?"

"敬过去。"温斯顿说。

"过去比较重要。"欧布莱恩也非常同意。

他们喝光杯子里的酒,过了一下子,茱莉亚就起身准备离开。欧布莱恩从一个柜子顶端拿出一个小盒子,交给她一片扁扁的白色药片,叫她放在舌尖。他说这很重要,出去的时候别让人闻到酒味,电梯里的服务员观察很敏锐。茱莉亚走出门外。门一关上之后欧布莱恩就好像忘记她这个人一样,他又来回走了一两步,然后停下来。

"我们要安排一些细节,"他说,"我想你应该有藏身处之类的地方吧?"

温斯顿说出查灵顿先生店面楼上的房间。

"那应该能挡一阵子,之后我们会再帮你另外安排,经常更换藏身处很重要,同时我也会把书寄给你。"温斯顿注意到,即使是欧布莱恩,提到某些字词的时候也会特别强调,好像那个字有特别标示一样。"就是葛斯登的书,你知道吧,愈快愈好。我还要等几天才会拿到,你应该可以了解,现在没有多少本了,思想警察只要一追查到就会立即销毁,速度几乎跟我们制造书的速度一样快。不过也没关系,这本书是无法毁灭的,就算最后一本书也没了,我们还是可以几乎一字不漏重新制作出来。你上班会带公文包吗?"他又问。

"按照规定都要。"

"长什么样子?"

"黑色的,很破旧了,有两条带子。"

"黑色,两条带子,很破旧——很好。之后很快会有一天,我不能告诉你哪一天,你早上工作时会收到很多讯息,其中一则会有一个拼错的字,你必须要求重复讯息,然后隔天你上班的时候不要带公文包,那天的某个时候,你走在街上会有人搭你的手说:'我想你的公文包掉了。'他交给你的那个公文包里就会有葛斯登的书,十四天之后要把书归还。"

两人沉默了一会儿。"你走之前我们还有几分钟,"欧布莱恩说,"我们会再见面的——如果真的见面的话——"

温斯顿抬头看着他。"就在没有黑暗的地方见面?"他有点犹豫地说。

欧布莱恩似乎并不是很惊讶,只是点点头。"在没有黑暗的地方见面。"他好像也知道这个暗示。"在你离开之前还有什么话想跟我说吗?什么讯息?还是问题?"

温斯顿想了一下,他好像已经没有进一步的问题想问,更不想冲动说出什么空泛的言论,自以为了不起。他心里没有想着和欧布莱恩或兄弟会直接相关的事,而是一些画面组合而成的影像,像是他母亲度过人生最后一段日子的阴暗房间、查灵顿先生店面楼上的小房间、玻璃纸镇,还有嵌在紫檀木相框里的那幅锡版雕刻。他几乎想都没想就随口问了一句:"你该不会刚好听过一首古老的童谣,开头是这样唱的:'钟声唱出柳橙和柠檬,就在圣克莱蒙'?"欧布莱恩又点点头,然后带着慎重有礼的态度把这一段歌词唱完:

钟声唱出柳橙和柠檬,就在圣克莱蒙,
你欠我四分之三便士,钟声回响圣马丁,
你何时才要还我钱,老贝利的钟声响连天,
等我有钱再说,修迪奇的大钟说。

"你知道最后一句!"温斯顿说。

"对,我知道最后一句。好了,你该离开了,但先等一下,我把药片给你。"温斯顿站起来的时候,欧布莱恩伸出手拉他一把,欧布莱恩强而有力的手快把温斯顿的手掌捏碎了。温斯顿走到门口又回头看,但欧布莱恩好像已经在把他的影像赶出脑海,手放在控制电屏的开关上等着。温斯顿可以看见欧布莱恩前方的办公桌,绿色灯罩的台灯、说写器,还能看到铁丝篮里堆满了纸。这件事已经落幕了,温斯顿想着,不到三十秒,欧布莱恩就会回去继续方才被中断的工作,那是他为党服务的重要工作。

9

温斯顿累得像块果冻,没错,就是像果冻,这个词自然而然就出现在他脑海里。他的身体似乎不只像果冻一样脆弱,甚至还一样呈现半透明,如果他举起手,仿佛就能看到穿透而过的光线。大量工作的疲劳轰炸把他体内的血液和淋巴液都榨干了,只剩下神经、骨头和皮肤组成的一副虚弱的躯壳。所有感官知觉好像变得更强烈，连身工作服磨痛了他的肩膀，人行道让他脚底发痒，就连握紧拳头再放开这样的动作都会让他的关节吱吱作响。

温斯顿这五天以来已经工作超过九十个小时，部门里其他人也一样。现在工作都完成了，到明天早上以前，他也真的没事情可做了，党没有再下任何工作指令，他可以在藏身处躲上六小时，然后在自己的床上躺九小时。午后阳光和煦，他慢慢走在破败的街道上，往查灵顿先生的店铺前进，一直注意着巡警的踪影，可是却不顾理智地安慰自己今天下午不用担心会有人来打扰他。他每走一步，手上沉重的公文包就撞膝盖一下，仿佛一股奇妙的电流在腿上流窜。公文包里放着那本书，他拿到这本书已经六天却还没打开，甚至连看也没看一眼。

到了憎恨周的第六天，游行、演讲、呐喊、歌唱、旗帜、海报、影片、蜡像一应俱全，锣鼓喧天再加上喇叭高亢的声响，配合着行进的脚步重重的踩踏声，坦克履带挤压着地面，无数飞机发出震耳欲聋的引擎声，还有枪炮的隆隆声。经过六天，众人高涨的情绪已经巍巍颤颤逼近了高潮，众人对欧亚国的憎恨已经烧成了狂乱。憎恨周的最后一天将会举行公开处决，吊死两千名欧亚国战犯。如果群众能亲手抓住这些战犯，肯定会将他们撕成碎片。然而就在这个时候却宣布说大洋国其实不是在和欧亚国打仗，大洋国的对手是东亚国，而欧亚国则是同盟。

当然，没有人承认现况有任何改变，大家只是知道了这件事，一夜之间街头巷尾都知道了，东亚国才是敌人，欧亚国不是。这件事发生的时候，温斯顿正在某个伦敦中部广场参加游行示威。那时候天色已晚，在泛光灯照耀之下，苍白的脸庞更惨白，猩红色的旗帜也更火红，广场上聚集了几千人，其中大约还有一千名学童，都穿着间谍组织的制服。一个内党的发言人站在挂满红色布条的讲台上，他是一个瘦小的男人，手臂长到不成比例，还有一颗大光头，只留下几撮直发，他正对着群众高谈阔论。这个矮小的家伙因为憎恨而五官扭曲，一只手紧紧抓着麦克风，另一只手则带着威吓狂乱抓着头上的空气。他的手臂很细，因此显得手掌特别巨大。他的声音通过扩大机听起来如金属摩擦般刺耳，大声念出一长串敌人的恶行恶状，包括残酷暴力、大屠杀、驱逐异己、强取豪夺、性侵、折磨囚犯、轰炸平民、宣传谎言、不当侵略、违反和约等等。听着他说话，实在很难不在第一时间相信他，然后跟着他发怒。群众的怒火时不时会爆发出来，上千人无法控制自己的喉咙，迸出野兽般的怒吼，掩盖过演讲者的声音。其中最野蛮的叫喊都是来自学童。演讲进行了大概二十分钟，一名信差匆匆忙忙跑上讲台，塞了一张小纸条给演讲者，演讲者打开纸条，一边读着内容一边还在继续演讲，他的声音和姿态都没有变化，演讲内容也没有更改，只是突然间名字都不一样，无须言语表明，在场的人一个个都明白，大洋国和东亚国开战了！下一秒就引起一场极大的骚动，因为广场上挂着的装饰的旗帜和海报全都做错了！大概有一半的宣传品都印着错误的脸孔，有人在搞破坏！这是葛斯登那群人的杰作！演讲中途突然插进一段暴动，众人将海报从墙上撕下，把旗帜撕成碎片还丢到地上用脚踩，间谍组织成员的行动更是让人叹为观止，他们居然爬上屋顶把烟囱上飘扬的横幅剪下来，这场暴动不到两三分钟就结束了。演讲者依然抓着麦克风，肩膀向前倾，没拿东西的那只手在空中挥舞，他直接继续方才的演说，再过一分钟，仿佛野生动物般的怒吼又从群众里爆发出来，憎恨一如往常持续着，只是目标已经变了。

回想起来，真正让温斯顿感到佩服的是演讲者变换立场其实就在同一句话里完成，不但没有停下来，甚至连语法都没有出错。但那个时候有其他事情需要他注意，就在人们纷纷撕下海报的骚动时刻，有个男人拍了拍温斯顿的肩膀，温斯顿没看到他的样子，男人说："不好意思，我想你的公文包掉了。"温斯顿心不在焉接过公文包,一句话也没说,他知道自己还要好几天才能有机会看里面的东西。示威一结束他直接赶到真相部,虽然那时已经快要晚上十一点,但部里所有员工都赶回来了,无须等到电屏发出指令要他们回到工作岗位,他们都自动回来了。

大洋国和东亚国开战了,大洋国一直都在跟东亚国打仗,这五年来大部分的政治文章现在全都过时了,各种报告、记录、报纸、书籍、宣传小册子、影片、录音带、照片等等,全都必须火速更正。虽然还没有接收到任何指令,但大家都明白真相部高层主管打算用一周的时间,消除所有和欧亚国打仗或是和东亚国联盟的相关文章。工作量非常大,雪上加霜的是因为整个进行过程需要用到什么数据的时候,都不能用数据真正的名称来取得。记录局里每个人一天都得工作十八个小时,剩下的六小时睡眠还得均分成两次,他们从地下室拿出睡袋铺满整条走廊,他们的餐点是三明治和胜利牌咖啡,由餐厅的服务生推着推车送过来。每次温斯顿结束一段工作要去睡觉的时候,都尽量把桌面的工作清空,醒来时眼睛还睁不太开又腰酸背痛,才发现工作纸卷又如雪片般飞来堆满桌面,把说写器埋去了一半,还多到掉到地上,所以温斯顿总是得先把纸卷好好整理成堆,这样才有空间工作。最惨的是这些工作绝不仅是机械式的工作,平常只要用一个名字取代另一个名字就行了,但只要是详细的事件报道文章就必须谨慎处理,还得用点想象力,就连地理知识也很重要,因为需要把战争从地球上某个地方转移到另一个地方。

到了第三天,他的双眼已经酸痛到无法忍受,每隔几分钟就要把眼镜擦一擦,像是接到一项会把人累垮的工作而天人交战,其实可以不要做这件工作,可是仍然会为了完成工作搞到精神焦虑。在他有限的时间里还能记得的一点就是,他并不觉得苦恼,虽然他对着说写器低声说的每一个字、拿着墨水笔画下的每一撇都是蓄意撒谎,但是他和记录局里其他人都一样焦虑，希望伪造的数据可以完美无瑕。第六天早上，纸卷从气动管掉出来的速度减缓了，至少有半个小时没有东西跑出来，偶尔送出一卷，然后又没东西了，大概在同一时间所有人的工作都轻松起来，记录局里每个人都深深叹了一口气，以为没有人会发现，他们完成了一项伟大的工作，只是要绝口不提，现在已经不可能有人可以拿出文件证明大洋国曾经跟欧亚国打过仗。中午十二点整，突然宣布部内所有员工都可下班休息，明天早上再回来。温斯顿还带着那只装着书的公文包，他工作的时候一直把公文包放在脚边，睡觉的时候就压在身体底下。他回到家之后刮了胡子，洗澡的时候虽然水勉强只能算温热，但他还是差点睡着。

他爬上查灵顿先生店铺里的阶梯，每爬一阶关节都嘎吱作响，有种奇妙的快感。虽然他很累，但已经不再想睡了。他打开窗户，点燃肮脏的小煤油炉，煮一壶水好泡咖啡，茱莉亚等一下就到了，在等她的时候可以先看这本书。他坐在破烂的扶手椅上，解开捆着公文包的皮带。书本非常厚重，黑色封皮，装帧手法看来很生疏，封面上没有名字或书名，印刷看起来也有些不太寻常，书页的边缘都磨损了，很容易就会散开，好像已经转了好几手，书名页上的题词写着：

寡头集体主义的理论与实践
艾曼纽·葛斯登

温斯顿开始读：

第一章　无知即力量

自从有文字记录以来，或许从新石器时代结束以后，世界上就分成三种人：高等、中等以及低等。这三种人又可以细分成很多种类，他们有过很多种不同的称呼，三种人之间的数量比例以及对待彼此的态度也随着时代更迭而改变。但是社会的基本结构从来没有更改过，即使经过无数次动乱以及似乎是无法逆转的变动，同样的模式总是一再出现。就像一架回转仪，不管怎么用力推动，推到哪个方向，仪器最终还是会回归平衡。

这三种人的目标是完全互相对立的……

温斯顿停了下来，主要是想享受一下自己现在正处在舒服安全的环境中阅读，只有他一个人：没有电屏，不用担心有人透过钥匙孔偷听，不必紧张得时时转头看背后有没有人，也不用伸手挡住书页。夏天甜腻的空气吹拂着他的脸颊，遥远的某处隐约传来孩童的叫喊声，房间里则是一片寂静，只听得见时钟如昆虫鸣叫的声音。他在扶手椅里坐陷得更深，把脚摆在炉围上，这真是享受，这就是永恒。突然他把书翻到不同的章节，就像有时候一个人看书时，如果知道自己一定会逐字逐句拜读，还会一再重读这本书的时候就会这么做，温斯顿发现自己翻到了第三章，然后开始阅读：

第三章　战争即和平

世界最后会分裂成三大强国，这件事其实在二十世纪中叶就可看出迹象。俄国吞并了欧洲之后，美国也接收了大英帝国，现存的三大强权中有两个，也就是欧亚国及大洋国，已然成形，第三股势力是东亚国，经过十多年混乱的战争之后才形成明显的个体。这三大强国的边界在某些地方是划定的，其他地方则会因战争结果输赢而经常变动，不过大致上说来都是照着地理界线划分。欧亚国包含整个欧亚大陆北部，从葡萄牙到白令海峡；大洋国则有南北美洲、大西洋上的小岛,包括不列颠群岛、澳大拉西亚①以及非洲南部;东亚国比其他两国都小,西方的国土界线也比较不明显,但基本上包括中国及中国以南国家领土、日本群岛以及大部分的满洲、蒙古和西藏,但比例时有更动。

这三大强国在过去二十五年来一直在打仗,敌国与友国经常有不同组合,但是战争已经不像二十世纪早期那样极力想彻底歼灭敌人的行动。现在参与战争的士兵并不想达成什么伟大的目标,他们没办法摧毁敌人,开战也没有物质上的因素,更不是真的有什么意识形态的歧异才会分裂彼此,不过这并不表示战争中的行为或是大多数人对战争的态度就变得没那么嗜血,或者比较有骑士风度。战争引起的歇斯底里反而在所有国家中持续蔓延,依然有听说发生了强暴、强取豪夺、屠杀孩童、大批人民遭到俘虏,对战犯的报复行为,甚至极端到把他们丢进大锅里煮或者活埋,然而这些行为都被视为正常,而且如果做这些事的是自己国家的人,而不是敌方,那就是值得敬佩的功绩。不过就实质上来说,真正参战的人很少。大部分都是经过高度训练的专业人士,所以相对来说伤亡也很少,如果真的发生了打斗,也都是在前线某处,一般人只能大概猜测在什么位置,或者发生在保卫海上航线战略位置的海上堡垒。在国民的心中,战争不过是代表消费物资持续短缺,偶尔会掉下一颗火箭炮杀死几十个人。战争的本质其实已经变了,更确切地说,战争发生的原因变了,过去重视的和现在重视的已经不一样。有些动机在二十世纪早期的大规模战争中虽然也多少有影响,但是现在已经变成战争的主因,而且当权者会清楚意识到这个原因,然后据此行动。

① 澳大拉西亚是指澳洲、新西兰,以及邻近的南太平洋诸岛。

现在这场战争虽然每过几年敌友组合就会更动，但还是同一场战争，而要了解这场战争的本质就要先知道，这场战争不可能有什么结果。三大强国中不管是哪一个，就算另外两国联合起来也不可能真正征服第三国，他们太势均力敌了，而国界的天然屏障又难以克服。欧亚国幅员辽阔，大洋国则有大西洋及太平洋保护，而东亚国的居民又非常勤劳，生产力惊人；再说，就物质上来说，也已经没有什么好争的了，三国都已经各自建立起自给自足的经济，生产及消费都牢牢扣在一起。过去战争的主因都是为了争夺市场，但那样的年代已经结束了，因为抢夺原材料已经不再是攸关存亡的关键。无论如何，三大强国的领土都非常辽阔，所需要的原材料几乎都可以在自家国内取得，如果这场战争有什么直接的经济因素的话，应该是为了争夺劳力。在三大强国的边界，有些区域并非一直由某一国掌管，例如北非摩洛哥的丹吉尔、西非刚果的布拉萨维尔、澳大利亚北部的达尔文、中国南部的香港，这四个点所围起的区域内居住了地球上大约五分之一的人口，三大强国一直在争夺的就是为了拥有这些人口密集的区域以及北极冰帽。实际上并没有哪个强国曾经真正控制住这一整个争议地区，部分区域的控制权经常易主，而三强之间的敌友关系之所以老是变来变去，也是为了要有机会拿下这块或那块地方，才会一夜之间就背叛了同盟国。

这些争议区域都蕴藏了价值连城的矿产，有些还能种植出重要的作物，像是橡胶，在比较寒冷的气候带就必须用相对昂贵的方法才能合成。不过最重要的还是因为这里有取之不尽、用之不竭的廉价劳力，只要拿下赤道非洲、中东各国、印度南部或者印度洋群岛，就能随意取用数量可达上百万、上千万工资低廉又工作勤奋的亚洲劳工。大家几乎都把住在这个地区的居民降格成奴隶阶级，不断转手给一个又一个征服者，在强权的互相较劲下，就像使用煤炭或石油般，强权挥霍人力以制造更多军备，获得更多领土，就这样不断重复循环。应该注意的是，强权的争斗范围一直没有超出争议区域的界线。欧亚国的边界在刚果盆地区域与地中海北岸进进退退，大洋国和东亚国则一直在争抢印度洋及太平洋上的小岛，而在蒙古地区，欧亚国和东亚国的界线是从来没有划清过，在北极圈，三大强权则宣称自己拥有广大土地，但其实那里大部分都无人居住也未经探索；不过三强国之间一直都大致势均力敌，各国的核心领土也一直都未受侵犯。更甚之，赤道地区那些遭到剥削的劳动人口其实对世界经济不是那么重要，他们不会让世界更富裕，因为不管他们制造什么都是为了战争，而开战的目标永远都是为了取得更有利的地位，好引起另一场战争。因为有这些劳力，奴隶人口让持续不断的战争步调愈来愈快，但如果没有他们，全球社会的结构以及生产供给的流程并不会有什么根本的不同。

现代战争的主要目的是什么？（就好像双重思想的原则，内党成员自然而然都知道了，可是大脑主观认知又不会意识到。）目的就是要用尽机器制造的产品，但是又不能提升大众的生活水平。打从十九世纪末起，工业社会就一直潜藏着如何处理消费物资过量的问题，但如今大多数人甚至连吃饱都有问题，显然物资过量并不是迫切的危机，就算没有人为毁坏物资，物资过量或许也不会是紧急问题。今日的世界跟一九一四年之前的世界比起来，已变得贫瘠荒芜，就快分崩离析；若是和一九一四年人们当时心目中对未来的期盼比起来，那就更悲惨。二十世纪初，人们对未来社会的愿景是每个人都富裕到无法想象，生活闲适，社会安定，办事有效率，用玻璃、钢筋和雪白的水泥打造出闪闪发亮、整洁无比的世界，几乎每个受过教育的人多少都有这种期盼。科学与科技发展速度惊人，所以众人自然而然认为这样的发展能继续下去，但结果并非如此。一部分原因是连年的战争与革命造成贫穷问题，一部分则是科学与科技的进展要凭靠经验思考，但是一个严格控管思想的社会扼杀了这样的可能性。整体来说，现在的社会比五十年前还要原始，某些落后的区块有些进展，像是许多和战争或警察谍报多少有相关的仪器，但是大部分的实验和发明都停滞下来，而一九五○年代原子战争造成的破坏又一直没有完全复原。话虽如此，机器潜藏的危机依然存在，打从机器第一次出现在世人眼前，知识分子便理解到以后再也不需要人类来做苦力，人与人之间不平等的鸿沟也将消失。如果能谨慎使用机器达到这样的目标，不出几个世代，饥饿、超时工作、脏污、文盲以及疾病都会消失。事实上，就算不是为了这些目的使用机器，机器所创造出来的财富有时是不可能不分配出去的，因此自然确实能提升一般大众的生活水平，而且在十九世纪末到二十世纪初，这五十年间有很大幅的进步。

不过全民财富提升确实也带来毁坏的风险，没错，就某种程度上而言确实是毁坏，毁坏了阶级化的社会。如果这个世界上大家的工时都很短，食物充足，住在有厕所有冰箱的房子里，买得起车子，甚至还能买飞机，那么最明显、或许也是最重要的不平等现象就消失无踪了，一旦大家都有钱，财富也就失去了意义。当然，我们可以想象得到在某个社会里，个人拥有的财产与奢侈品可以平均分配，而权力仍然掌握在少数权贵阶级手里，但实际上这样的社会不可能维持长久稳定。因为在过去绝大多数人都因为贫苦而变得无知，一旦所有人都过着闲适安逸的生活，这些人就会受教育，会学到为自己着想，到了那个时候，他们迟早会知道这些少数拥有特权的人一点作用也没有，马上会推翻统治。到头来，阶级社会只可能建筑在贫穷与无知的基础上。二十世纪初，一些有想法的人梦想着要回到过去的农业社会，但这个解决方法并不实际，因为这和机器化的浪潮背道而驰。全世界几乎每个国家都把机器化当成发展目标，仿佛生存本能一样。再说，工业比较落后的国家在军事方面也孤立无援，比较先进的敌国就会直接或间接控制该国。

如果用限制物品产出量来让大众维持在贫穷状态，这个解决方法也让人不尽满意。这个情况大约在一九二〇至四〇年间曾大规模发生过。当时正值资本主义的最终阶段，许多国家都允许停滞经济活动，暂停耕作土地，不再增加资本设备，禁止大量人民工作，仅靠国家福利勉强糊口。但这么做也导致军力不振，国家饱受贫困所苦，这样的结果显然毫无必要，因此难免造成反抗。问题是要如何维持工业之轮运转，同时又不增加实际财富。必须生产物资，但物资不能平均分配，所以在实务上唯一的解决方法就是不断发动战争。

战争本质的行动就是破坏，并不一定要杀人，但必须毁掉人力生产的物品，这些物资可能会让人民的生活过得太舒适，因此长久下来也会让人民变得太聪明。而战争就是一个解决方法，能够把这些物资摧毁殆尽，跟着飞弹发射到高空的同温层里，或者沉进深海里。就算战争中使用的武器并没有真的遭到破坏，还是能够利用制造武器的过程来投入更多人力，但又不会生产出太多消费物资。例如要建造一座海上堡垒就需要非常多人力，这些人力足以建造出几百艘货轮，可是到最后这座堡垒会遭到废弃而拆毁，完全不会制造出任何对人有益的物资；而要建造一座新堡垒，又需要更多大量人力。原则上来说，人民只会拿到勉强能够维生的物资，所有剩下来的过剩物资就会用战争消耗掉。不过实际上政府总是低估人民的需求，结果让国内有一半的生活必需品长期短缺，但政府也将之视为好处，政策刻意让所有人都处在生活艰苦的边缘，就连特权阶级也不例外。因为当物资短缺的问题愈来愈严重，少数特权的重要性就会愈来愈大，而阶级间的差距就愈来愈远。从二十世纪初期的标准来看，就连内党成员都是过着俭朴又辛劳的生活，但内党成员所能拥有的几样奢侈品，像是设备齐全的大房子，质量较优的衣物、食物、饮料、烟草，有两三个仆人伺候，还有私人的汽车或直升机，这已让这些人生活在一个与外党成员不同的世界。而外党成员跟那些贫苦的大众比起来，也就是我们所称的"无产阶级"，生活也有类似的优势。社会的气氛是我们坐困愁城，只要拥有一块马肉就能看出是富裕或贫穷。而同时，因为知道正在打仗，也就有了危机意识，所以会认为把所有权力交给一小群人似乎是很自然的事，为了生存也没办法。

战争最后一定会造成必要的破坏，不过人民在心理上是能够接受的。原则上，如果只是要消耗世界上过剩的劳力其实很简单，只要建造庙宇和金字塔、一直挖洞又填平，或者甚至是制造大量物品，然后一把火烧了。不过这样的阶级社会只是经济上不平等，而非情感的不平等，这里要考虑到的不是要鼓舞一般大众，只要人民一直不断工作，他们的态度根本就不重要，战争要鼓舞的是党内部的士气。就算是党内最卑微的党员也必须要有能力、勤劳，甚至要有一定程度的聪明才智，不过党员也应该要当一个容易受骗、无知的狂热分子，主导的情绪都是恐惧、憎恨、谄媚，或者疯狂庆祝胜利。也就是说，党员必须维持适合战争时期的心理状态，战争是不是真的开打并不重要，而且既然不可能出现决定性的胜利，战争传来的是捷报还是败北的消息并不重要，党只需要战争存在就够了。党要求党员抛开自己的理智，若是在战争的气氛中就更容易达成目的，而现在几乎人人皆是如此。但是一个人在党内的阶级愈高，情况就愈严重，尤其对内党党员来说，他们对战争的狂热及对敌人的憎恨应该是最强的。如果一个内党党员担任了管理职务，他的工作就经常需要了解哪一则战争消息不是真实的，或许他也常常会意识到这整场战争都是假的，要么根本没开战，要么开战的目的根本和宣称的不一样。不过这样的认知很轻松就可以用双重思想的技巧扭转过来，而且内党党员的信念从来就没有动摇过，不知道为什么他就是相信战争是真实的，而且最后一定会获得胜利，大洋国将会成为全世界不可动摇的主宰。

内党所有成员都深深相信大洋国能征服世界，并奉为真理，而要达成目标的方法有两种：一是一步步扩大领土，借此让国力拥有压倒性优势；二是发明新型武器，让敌人无法招架。寻找新型武器的需求一直没有中断过，对那些富有创造力或思考力的人来说，这也是他们难得还能有发挥空间的活动之一。在今日的大洋国，过去所认知的"科学"已不复存在，在新语中也没有对应的语汇，以前所有的科学成就都是建立在思想的经验法则上，不过这和英社党的基本党规背道而驰。而且只有产品在某方面对扼杀人类自由有贡献时，才可能看到科技进步。世界上所有实用性学问要么是停滞不前，要么是退步，田地用马来拉犁，而书却用机器在写。不过若是会影响到生存的重要学问，其实也就是指战争和情报，政府还是鼓励运用经验法则，或至少是容忍这种方法。党的两个目标是要征服地球上每一个角落，以及一举消灭所有独立思想的可能性，所以党最关心的就是两个亟待解决的大问题，一是要如何不顾他人的反对，获知别人的想法，另一个就是如何在几秒钟之内出其不意杀掉几千万人，以目前仍在进行的科学研究来看，这是主要议题。今日的科学家有两种：一种是身兼心理学家和讯问专家，巨细靡遗研究脸部表情、手势和声调所代表的意义，试验药品、休克疗法、催眠以及身体凌虐等方法是否对逼问真相有用；另一种是化学家、物理学家或者生物学家，这些人只会关心自己的专长领域，通常都和剥夺生命有关。和平部里有许多实验室，还有一些实验基地藏身在巴西丛林、澳洲沙漠，或是南极圈不知名的岛屿上，专家团队的工作从没有间断过。有些科学家关心的只是计划未来战争中的后勤补给；有些负责设计更大的火箭炮、爆炸威力更强，和更坚不可摧的盔甲；有些研究更致命的新型毒气，或是能够大量生产的可溶性毒药，足以摧毁一整块大陆的所有植物，或者繁殖对一切可能抗体都免疫的病菌；有些则努力制造出新型交通工具，例如像潜水艇一样能钻进土里的车辆，或是像轮船那样能够不仰赖基地长期航行的飞机；还有一些在探索更渺茫的可能性，例如在距离地面几千公里的高空架设透镜，用来集中太阳光能量，或是扰动地心的热能，制造人工地震和海啸。

不过这些计划从来就跟实现沾不上边，三大强国从来没有哪一方真的明显胜过其他两国，更重要的是这三强国都已经拥有原子弹，这项武器比他们目前研究可能发明的武器都来得更强大。

虽然英社党按照惯例宣称原子弹是他们发明的，不过原子弹的问世应该最早可追溯至一九四〇年代，大概十年后就开始有大规模应用。当时大约有几百枚炸弹轰炸各国的工业中心，主要集中在俄国的欧陆部分、西欧以及北美，造成莫大影响，各国的统治阶级这才醒悟，要是再多丢几枚原子弹，将会瓦解整个社会秩序，他们的权力也将会终结。从此以后，虽然没有正式签署协议或者有迹象显示有这样的协议，但是再也没有轰炸发生，三大强国只是继续制造原子弹，然后存放起来，以应付他们相信迟早会到来的决定性时刻；同时各国的战略几乎有三十至四十年都维持不变，直升机的使用频率愈来愈高，轰炸机也大部分改成自动推进抛射器，可移动的战舰容易遭到击沉，因此兴建几乎不会沉没的海上堡垒来取代，但除此之外就没什么进展，坦克车、潜水艇、鱼雷、机关枪，甚至连来复枪和手榴弹这些旧型武器都还在使用。虽然报纸上和电屏上经常报道屠杀新闻，但是像旧时战争那种极端的作战方式，在几个礼拜内杀死十几万甚至几百万人，这种战役再也没出现过了。

三大强国从来都没有尝试过任何可能会一败涂地的战略。如果有大规模的行动，通常都是针对同盟国突袭，三大强国遵行的策略，或者说他们自以为遵行的策略都一样。他们打的算盘就是借由不断争斗、协商，还有抓准时机翻脸不认人，混合运用这三种手段，好在其他两国国界外围取得基地，完全围住敌国；然后和敌国签署友好协议，双方维持和平关系多年，直到对方疑虑平息为止。在这段期间，载满原子弹的火箭炮会集结在所有战略地点，最后同时发射，对敌国造成毁灭性影响，让对方连想报复都没办法，这时就该和另外一国签署友好协议以准备应付下一波攻击。不消说，这样的策略只是在做白日梦，根本不可能实现。再说，除了所有权有争议的赤道邻近地区以及极圈以外，其他地方并没有发生战役，从来也没有发生入侵敌国领土的行动。这就能解释为什么三大强国之间有些地区的疆界很模糊，例如欧亚国可以轻松占领不列颠群岛，因为这里就地理上来说属于欧洲；而另一方面，大洋国也可能把疆界推进到莱茵河，或甚至到波兰的维斯瓦。但这样就违反文化融合原则，虽然三大强国没有正式行文规定，但大家都会遵守这样的原则。如果大洋国想拿下旧称法国和德国的这块地方，就必须消灭这里所有居民，这项任务在实际执行上相当困难，否则就得接收大约一亿的人口，这些人在技术发展层面来说，大约和大洋国不相上下。三大强国都会面临同样问题，为了维持组织安定，必须完全禁止与外国人接触，除了战犯和有色奴隶以外。但接触程度都有限，就算是自己国家目前的同盟国，也要时时刻刻对其怀着最深的疑虑。除了战犯以外，大洋国一般公民从不曾看过欧亚国或东亚国的公民，也不准学习外语，就算能获准和外国人接触，也会发现这些外国人和自己很相似，而对外国人的知识也全是谎言。人们生活在一个封闭的世界里，他们现在之所以趾高气昂，其实是奠基于恐惧、憎恨和自以为是，一旦和外国人接触，世界将会瓦解，这些基础也会消失无踪。所以三大强国都非常清楚，即使波斯、埃及、爪哇或者斯里兰卡这几个地方的统治者经常换来换去，三国之间的主要疆界绝不能跨越，除了炮弹以外。

在这个表象之下隐藏了一个真相，从来没有人大声谈论，但大家都心照不宣据此行动，也就是说，三大强国的国内生活条件基本上都一样。大洋国的思想领袖叫作英社党；欧亚国的叫作新布尔什维克主义;而东亚国内则是一个中文名称,通常翻译成"死亡崇拜",但或许叫"去我主义"更贴切。大洋国人民不准知道任何有关其他两国主流思想的事情,不过政府却教导人民要憎恨这两种思想,因为这两种思想都野蛮地侵害了道德与常识。事实上,这三种思想根本分不太清楚,其他两国也有相同的金字塔建筑,同样崇拜一个半人半神的领袖,也一样为了不断战争而建立起相同的经济制度,经济也依靠战争而存在。因为如此,三大强国不但没有办法征服另外两国,就算真的征服了也没有好处;反过来说,只要这三个国家维持冲突不断的状况,就能像三捆玉米一样互相扶持站稳。而且可想而知,这三大强国的统治阶级知道他们在做什么,却又不知道他们在做什么,他们一生都致力于征服世界,但是他们也知道战争必须永远持续下去,永远得不到胜利。同时,既然没有战败的危险,就可能否认现实,这点很符合英社党与其对立思想体制的特性。在此必须重申前面说过的观念,永远也打不完的战争在本质上已经改变了。

在过去的年代,战争这玩意儿迟早都会结束,通常一定会分出胜负,这几乎已经成定义了,而且在过去,战争也是一种让人类社会和物质现实保持联结的手段。每个时代的每个统治者都努力要在追随者的脑海中植入一个假造的世界观,但如果让人民产生了什么幻觉,进而削弱军事实力,统治者也无法承担这个后果。如果说战败就代表失去独立自主,或者其他通常让人不想接受的后果,那么就必须认真抵御以防战败。另外,不能忽略实质上的情况,如果是哲学、宗教、伦理或者政治,二加二可能等于五,但若是在设计枪炮或者飞机,二加二就必须等于四,没有效率的国家一定迟早会遭到征服,而想努力增进效率就会阻挠幻觉形成。

更甚者，若想要有效率，就必须从过去的经验中学习，也就是要对过去发生的事情有相当正确的概念，报纸和历史书籍当然一定会经过润饰，立场也有偏颇，但像现在这种伪造篡改就不可能存在。战争能够确保人民保持清醒，而且对统治阶级来说，战争可能是最重要的保障，既然战争总是有输有赢，就必须要有统治阶级来负起责任。

不过要是战争真的一直打下去，危险程度也会降低；如果战争永不止息，就没有所谓的军需品，科技不用进步，就连最具体的真相也可以否认或忽略。正如同我们所见，目前可称之为科学的研究仍然是为了战争而进行的，不过其实本质上是一种白日梦，所以这些研究无法得到成果一点也不重要。这个国家已经不需要效率了，就连军事效率都不必要，大洋国内唯一有效率的只有思想警察。既然这三大强国都无法征服对方，每个国家其实都自成一个小宇宙，不管如何颠覆人民的思想，大概都不用担心后果。现实世界只有面对每日生活所需才会形成压力，例如人民必须吃饱喝足、有遮风避雨的地方、有衣服可穿、避免吞下毒药，或者从高楼层的窗户掉下去之类的，人民还是知道生与死的不同，分辨得出肉体是欢愉或痛苦，不过也仅止于此。大洋国的人民无法与外界联系，也不知道过去的面貌，就像生活在外层空间一样，分不清哪边是上、哪边是下。在这样的国家里，统治者是至高无上的，就连埃及法老和西泽大帝都无法比拟。统治者不能让人民饿死，至少数量不能大到让人不安，而且必须和对手一样，保持军事科技水平低落，不过只要做到最低限度，他们想怎么样扭曲事实都可以随心所欲。

因此，如果我们拿以前的战争当作标准，现在这场战争就只是扮家家酒,就好像某种反刍动物互相争斗,可是它们头上的角都正好对着特定的角度,所以没办法伤害对方。然而,虽然战争不真实,却不是没有意义,战争能够消耗掉过剩的消耗性物资,也有助于维持阶级社会所需的特殊心理氛围,可以说现在的战争完全是内政事务。过去所有国家的统治者当然也会挑起战争,不过他们知道彼此可能有共同利益,因此战争的破坏程度有限,而且战胜的国家一定会并吞战败国。而在我们这个时代,统治者根本就不是互相开战,统治者宣战的目标是自己的人民,战争的目的也不是为了占领土地或者不让土地遭人占领,而是要维持社会结构不受破坏。所以,"战争"这个词的意义就变得暧昧不明,或许可以这么说,因为一直都处在战争状态,战争也就不再是战争了。从新石器时代一直到二十世纪初叶,战争总带给人类一种奇特的压迫感,现在这种压力已经消失,取而代之的是另一种很不一样的感觉。假如三大强国不是这样一直互相征战,而是同意维持永久和平,互不侵犯领土,大概会有一样的效果,因为这样一来,各个国家依然是自给自足的小宇宙,再也不用担心外在的危险会带来什么严重的影响。"战争即和平",绝大部分党员对于党的口号都只有粗浅的了解,不过这就是党口号的内在意涵:真正永久的和平就跟永久的战争一样。

温斯顿暂时放下书本,很远的某个地方传来火箭炮爆炸的隆隆声响,不过他还是觉得心情愉快,因为他自己一个人拿着这本禁书,待在没有电屏的房间里。他能真实感觉到孤独和安全,似乎还掺杂着一点身体的疲惫感,他感觉到椅子的柔软,还有窗外的淡淡微风,调皮地轻拂过他的脸颊。这本书让他着迷,或者说这本书证实了他的想法会更贴切,其实这本书里说的他都知道,不过这正是吸引他的地方。这本书说出了他想要说的,如果他有办法将自己凌乱的思绪整理清楚,大概就会像书里写的这样。这本书的作者和他有相近的想法,但是作者的脑力比他强太多了,思绪也更有系统,不像他那么容易害怕。温斯顿知道,其实最好的书所告诉你的都是你已经知道的事情。他刚回头去读第一章就听到茱莉亚走上楼梯的脚步声,于是从椅子上站起来迎接她。她把棕色的工作袋丢在地板上,飞奔进温斯顿的怀抱。他们已经超过一个礼拜没见面了。

"我拿到书了。"两人放开彼此的双臂之后,温斯顿就说。

"噢,拿到啦?很好。"她的语气听起来不太有兴趣,几乎是马上就蹲到煤油炉旁边去煮咖啡。

他们先到床上温存半小时之后又继续聊这件事。晚上很凉,凉到他们必须盖被单。楼下传来熟悉的歌声,还有靴子踩在石板路上的声音。温斯顿第一次来这里时遇到的那位魁梧女人,几乎已经固定在院子里了,只要是白天,她一定都会在脸盆和晒衣绳之间走来走去,嘴里要么就是含着晒衣夹,不然就是唱着露骨的情歌。茱莉亚躺在她那一边床上,好像快睡着了,温斯顿伸手去拿躺在地板上的书,然后起身靠着床头坐着。

"我们一定要读,"他说,"你也要读,兄弟会的所有成员都要读。"

"你读就好了。"她闭着眼睛说。"大声念出来,这样最好,然后你一边念还可以一边解释给我听。"

时钟的指针指向六,表示现在十八点了,他们还剩三四个钟头。温斯顿把书摊在膝盖上,然后开始念:

第一章　无知即力量

自从有文字记录以来,或许从新石器时代结束以后,世界上就分成三种人:高等、中等以及低等。这三种人又可以细分成很多种类,他们有过很多种不同的称呼,三种人之间的数量比例以及对待彼此的态度也随着时代更迭而改变。但是社会的基本结构从来没有更改过,即使经过无数次动乱以及似乎是无法逆转的变动,同样的模式总是一再出现。就像一架回转仪,不管怎么用力推动,推到哪个方向,仪器最终还是会回归平衡。

"茱莉亚,你还醒着吗?"温斯顿问。
"对,亲爱的,我在听,继续念,讲得太棒了。"
他继续念:

  这三种人的目标是完全互相对立的,高等人想要维持自己的地位;中等人想和高等人互换位置;而至于低等人的目标,因为低等人身上背着奴役的重担,压力实在太过沉重,所以这群人一直以来的特性,就是很少注意到日常生活之外的事情,不过如果他们会有目标,那就是希望废除所有群体的差异,创造出人人平等的社会。因此综观历史,斗争总是一次又一次不断发生,而且斗争的目的都差不多。高等人似乎可以安心坐拥权力很长一段时间,不过迟早会有一天,一是他们不再相信自己,二是他们无法继续有效统治,或者两者皆是,届时中等人便会推翻他们。中等人会假装自己是为了自由和正义而战,笼络低等人加入他们的阵营,等到他们达成目的,中等人就会把低等人踢回原地,继续服务他们,而中等人就成了高等人。这个时候会有一群新的中等人从其他两群之一当中分裂出来,或者两边都有,然后同样的斗争又会重新开始。在这三种人当中,只有低等人从来没有短暂成功达成目标过。不过如果说在历史上,低等人的生活完全没有实质的进步，那是太夸张了；即使在现在这样衰退的时期，人类平均的生活水平实际上还是比几个世纪以前好多了，但是财富没有增加，人民也没有变得比较和蔼可亲，从来就没有发生过一场改革或革命可以让人类平等有一厘米的进展。就低等人看来，这些历史性的变革对他们来说只是换了主人的名字而已。

到了十九世纪末，许多观察家都注意到这个重复出现的模式，于是就出现一群学者，他们解释历史就是一个循环的过程，并且宣称历史显示了不平等是人类生活中无法改变的法则。当然这个论述一直都有人支持，不过学者现在提出这个论述的方式却有重大的改变。在过去，高等人尤其相信这个社会需要阶级制度，不管是王公贵族、牧师，还是律师，因为这些人都依附着阶级社会而生存，所以大力鼓吹这种制度，通常会捏造出一个想象中死后的世界，保证人民在这里会得到补偿，借此抚慰人心。至于拼了命想得到权力的中等人，一定都会利用像是自由、正义和友爱这类的词当作口号，不过到了现在，有些人还没坐上权力宝座，还是只想着要快点掌权，他们就开始质疑人类友爱的概念。在过去，中等人扛着平等的旗帜掀起革命，等到踢走旧势力之后便马上建立起新的专制政权，而新的中等人其实在这之前就已经认同新的专制政权了。社会主义是在十九世纪初出现的理论，是思想链中的最后一环，往前回溯就是古代的奴隶反抗，这个理论仍然深受过去世代的乌托邦主义荼毒。不过从一九〇〇年起出现许多不同形式的社会主义，但却一种比一种更直接舍弃自由平等。新一波运动在二十世纪中展开，大洋国的英社党、欧亚国的新布尔什维克主义，还有东亚国通称的死亡崇拜，都刻意试图维持不自由、不平等的状态。当然，这些新运动都是从旧东西发展出来的，主事者想借用过往的荣景来帮他们的意识形态背书。不过这三大强权的目的都是要遏止发展，将历史冻结在他们所选择的时刻，当然就和以前一样，中等人推翻了高等人，然后自己变成了高等人，不过这次，他们刻意运用策略，让高等人得以永远维持自己的地位。

这套新法则之所以能够崛起，部分也是因为历史知识的累积，以及人民对所谓的史实更有判断力，这是在十九世纪以前几乎不存在的。人民比较了解历史的循环，或至少看起来是比较了解，而如果人民可以了解，那么循环就可以改变。但是其背后的主要原因是早在二十世纪初期，这个社会有办法变得人人平等，虽然说还是有些人天生就比别人更有才能，也一定有特别设计的社会机能，让某些人就是比别人更有机会。但是社会上已经不再真正需要阶级分别，或是明显的财富差距。在早先的社会，阶级分别不但无可避免，甚至还是众人希望的结果，不平等就是文明的代价。但是自从发展出机器来制造物品，情况就改变了，就算社会还是需要各人各司其职，但是他们的生活已经不再需要因社会或经济阶层不同而不同。因此对于准备夺下政权的新兴团体来说，人类平等已经不再是值得追寻的理想，反而是必须避开的危险。在比较古老的时代，社会不可能拥有公义与和平，所以很容易就认同平等的诉求。一个理想中的人间天堂，人类可以互相友爱生活在一起，没有法律约束，也没有残酷的劳役，这个理想已经盘踞在人类想象中好几千年，而每次历史性变革都会让某些人得利，这样的愿景即使对这些人来说都是某种束缚。法国革命、英国革命以及美国革命让后来的人享受到成功的果实，这些人心里一部分也相信自己喊出的口号，像是人权、言论自由、法律之前人人平等之类，他们的行为在某种程度上甚至受到这些口号的影响。但到了一九四〇年代，所有政治思想的主流都是权力至上，就在人间天堂变成可以实现的理想时，人们开始背弃这个理想，每种新的政治理论，不管叫什么名堂，都回到阶级社会和团体生活的概念。大概在一九三〇年代就开始形成的某种观念，也在这时候逐渐根深蒂固，例如未审先囚、将战犯当作奴隶、公开处刑、刑求逼供、利用人质，以及将某地全数人口一并驱逐。这些事情已经很长一段时间没有实行过，有的甚至好几百年没人做过，但是到了这时候，人民却可以容忍，甚至会为这些事情辩护，只因他们认为自己的思想既开明又进步。

有十年的时间，世界各地交战、内战、革命和反革命没有间断过，然后英社党和其他对立政权才逐渐浮上台面，成为可完全运作的政治理论。不过在本世纪初已经出现许多政治体系预告了新政权的未来，这些体系通常称为极权主义，而这个世界在度过眼前的一片混乱之后又会变成什么样子，其实早就显现出大致的轮廓。新一代的特权阶级大部分都是官僚、科学家、技师、工会干部、宣传专家、社会学家、教师、记者以及职业政客。这些人原本都是领薪水的中产阶级，是比较高级的工人，因为政府独占产业的中央集权统治让世界变得贫瘠，于是这些人就聚在一起。和过去与他们对立的群体比较起来，这些人没有那么贪婪，比较不受荣华富贵引诱，而比较渴求完全的权力，最重要的是他们更清楚意识到自己在做什么，更加努力消灭异己。最后这一项是最主要的不同之处。和现今的情况比较起来，过去所有的暴政看来都不太用心维持，效果也不好，统治阶级或多或少一定会受到自由思想影响，因此在各个方面也不吝于留点空间，只会特别注意明显的行动，对于他们的子民在想什么也不感兴趣，以现代的标准来看，就连中古世纪的天主教廷都算是宽容的了。这有部分是因为过去的政府都没有能力不间断监视人民，但是印刷术发明之后，比较容易操控公共意见，而电影和广播让这个过程更是大跃进。随着电视的发展，技术已经进步到能够在同一台机器上同步接收与传送讯号，隐私生活宣告终结。每一位公民，或至少是那些重要到值得监视的公民，一天二十四小时都会生活在警察的眼皮底下，随时听见官方的宣传，而其他沟通管道则全面关闭。终于，国家第一次有可能逼迫人民完全服从国家意志，更有可能让所有人民的意见完全一致。

经过了五十及六十年代的革命时期，社会一如往常重组成了高等人、中等人以及低等人，但是新的高等人并不像前人那样是依照直觉行事。他们知道自己该做什么来保护自己的地位，他们早就知道，寡头政治只有唯一一个安全的基础，那就是集体主义，如果众人共同拥有财富与特权，那就很容易保护这些东西。本世纪中期发生了所谓的"废除私有财产"，其实这代表了财产比以前集中在更少人手上，但是因为有这样的差别，国家的新主人就不再是一群个体，而是一个团体。就个人来说，党员除了一些微不足道的个人物品之外什么也没有，但就全体来说，党拥有大洋国内的一切，因为党掌控了一切，党会依照自认为合适的方法处置物资。革命之后那几年，党可以轻易站上这样至高无上的位置，因为他们将整个过程宣称为集体主义行动。一般都认为如果资产阶级的一切都遭到征收，国家一定是实行社会主义，而显然资产阶级的财产已经遭到征收，工厂、矿场、土地、房屋、交通工具，他们所有的一切都遭人夺取，既然这些物品已经不再是私有财产，那当然就是公有财产。英社党是先前社会主义运动下的产物，也沿用社会主义的解释，其实就是实行了社会主义纲领中的主要思想，而这样的结果也早在预料之中，甚至是刻意引导出这样的结果，人民的经济状况永远不会平等。

但是如果想永远维持一个阶级社会，问题还要更深入，要让领导阶级下台只有四个方法：一是国家遭到外力占领；二是政府实在领导无方，人民便会群起叛变；三是政府放纵心有不满的中产阶级日渐强大；四是政府对自己的领导失去自信，也不想再领导下去。这四种因素不会单独存在，通常在某种程度上都有，只要领导阶级能全面应付这四种因素，就能永远掌握权力，到最后决定性因素还是在于领导阶级自己内心的态度。

本世纪中期之后，第一项危险因素实际上已经消失了，如今三大强权瓜分了世界，其实已经无法征服彼此，只能通过慢慢蚕食地理版图来吞并敌国，但是武力强大的政府很轻易就能避免这种事情发生。而第二项危险也同样只是一个理论，人民不会自己叛变，也绝对不会只是因为遭受压迫就叛变。确实如此，只要人民感受不到比较的标准，就绝对不会发现自己遭受压迫。过去不断发生的经济危机完全不重要，现在也不能再发生，但是其他一样严重的混乱情形却可以发生，而且出事了也不会对政局造成影响，因为人民不可能爆发出什么不满。至于生产过剩的问题，自从机器技术的发展以来，这个问题就一直潜藏在我们的社会中，不过这可以借着不停发动战争来解决（见第三章），这个做法也有助于激起人民的士气，将斗志维持在有效的程度。因此，对目前的统治者来说，唯一真正的危险就是社会中分裂出一个新团体。这些人有能力、没有全职工作，又渴望权力，而他们这群人又逐渐滋长自由主义思想和怀疑的态度。也就是说，这个问题在于教育，必须不断替领导团队以及底下比较大的执行团队灌输意念，然后对于一般大众的意识教育则只需要消极影响就好。

　　有了这样的背景知识，就算本来不知道的人现在也可以推论出大洋国社会大概的结构，金字塔的顶端就是老大哥，老大哥绝对可靠，无所不能，每一次成功、每一项成就、每一次胜利、每一项科学发现、所有知识、所有智能、所有幸福、所有优点，都是多亏了有他的领导和启发。从来没有人亲眼见过老大哥，他是布告栏上的一张脸，是电屏里传出的声音，甚至可以合理推测他永远不会死，大概也已经无从得知他是何时出生的。党选择用老大哥当作伪装，作为面对世界的代表形象，他的功用就是一个聚焦的目标，让人民投射爱慕、畏惧和崇敬，人民比较容易针对一个人感受到这些情绪，对一个组织就相对无感。在老大哥之下就是内党，人数限制在六百万人，或者大概还不到大洋国人口的百分之二。内党底下还有外党，如果把内党形容成是国家的大脑，那么外党就像是双手。再更底层的就是愚笨的大众，通常称之为"无产阶级"，人数大约是全国人口的百分之八十五。依照我们早先的用词，无产阶级就是低等人，他们是住在赤道地区的奴隶，侍奉过一个又一个征服者，他们不是社会结构中固有的或必要的组成。

　　原则上，这三种阶级的身份并不是世袭，内党父母的小孩理论上并不是生下来就是内党成员，不管要进入党的哪个组织，都必须在十六岁的时候接受测试，不分种族，也没有哪个地区特别受到眷顾，无论是犹太人、黑人，或是南美纯种印第安人都有可能进入党的最高层。每个地区首长也 定都是从该地区出身的居民，大洋国里的每一个角落，居民不会觉得自己是住在殖民区，他们不是听从遥远首都的命令。大洋国没有首都，国家领袖也只是一个没人知道从哪里来的人，大家只知道英语是主要共通语言，新语是官方语言，除此之外中央没有其他严格规定。统治阶级之间并没有血缘关系，他们是因为拥有共同的信念才会聚在一起。虽然我们的社会确实有分阶级，而且阶级间泾渭分明，一开始看起来确实很像世袭制度，不同阶级之间的往来活动也远比实行资本主义时少得多，甚至在前工业时代，各个阶级间还比较热络。但是唯有如此才能确保弱者不会进入内党，同时又能允许外党成员中的野心分子崛起，但不会对党造成伤害。实际上，无产阶级不能进入党内，他们当中最优秀的人或许会变成引发不满的核心人物，此时只需要派出思想警察把他们揪出来之后消灭。不过情况不一定是永远如此，这也无关原则，党的阶级和旧时代所认为的阶级不同，他们的目标不是把权力传给自己的儿女，如果他们没办法让最有能力的人进入高层，那么也随时准备从无产阶级里招募一代全新的成员。在艰困的年月里，正是因为党权力并非世袭才得以有效平息反对声浪。老一辈的社会主义者所接受的训练都是要打击所谓的"阶级特权"，他们认为不是世袭的东西就不会长久，却不知道寡头政治的延续不一定是血脉上的延续，他们也没有停下来想一想，其实世袭的贵族制度总是短命，但是能够延揽新人的组织，像是天主教廷，却能延续长达几百年或几千年。寡头政治的本质并非父传子的继承，而是坚持某种特定的世界观与生活方式，由死人传给活人而延续。统治阶级只要能够提名继任人选就永远都是统治阶级，党不在乎自己的血脉能否延续，只想延续这个党，谁在发号施令并不重要，重要的是这个阶级制度永远不会改变。

所有的信念、习惯、品味、情绪、心态，这些形塑这个时代的特质其实都是为了维持党的神秘感，不让人发现如今这个社会的真正本质。若是想发动实际的叛变，或者只是采取叛变的初步行动，到目前都是不可能的。党无须惧怕无产阶级，让他们自生自灭，他们就会一代接着一代，一个世纪又一个世纪，工作、生育、死亡，不但不会有想反抗的冲动，甚至也不会知道这个世界其实不一定要像现在这样。除非工业技术的进展让他们必须接受更高的教育，这时他们才会变得危险。可是既然现在已经不用担心军事和商业竞争，一般大众的教育程度其实是不断下滑，不管大众有什么想法或者没有什么想法，政府都认为无关紧要，他们享有思维自由，因为他们没有思维能力。不过对于党员来说，就连最微不足道的议题也不容许他们有一丝想法的偏差。

党员从出生到死亡都活在思想警察的监视之下，就连独处的时候都不能完全确定自己是独自一人，不管身在何处，是熟睡或清醒，工作或休息，在洗澡或在睡觉，都可能无预警遭到盘查，或甚至根本不知道自己正在接受调查；他所做的每一件事都很重要，交什么朋友、做什么休闲娱乐，怎么和老婆孩子互动，甚至身体的习惯动作，都有人巨细靡遗地一一调查。不只是真正违反纪律的时候，而是所有古怪的地方，不管有多细微，可能是习惯改变，或是出现紧张时的特定动作，都有可能表示此人内心正在挣扎，而思想警察一定会察觉到。党员不能自由选择要往哪个方向走，不过所作所为却不受法律或任何明确规范的行为方式限制。大洋国内没有法律，有些思想和行为一旦让人察觉就只有死路一条，但却没有正式规定究竟哪些是禁止的。看似没完没了的净化行动、逮捕、酷刑、囚禁，以及人间蒸发，这些都不是因为真的犯了什么罪而受惩罚，只是为了除掉在未来某个时间点有可能犯罪的人。身为一个党员不只必须要有正确的思想，连直觉也必须正确，党所要求的许多信念和态度从来就没有明白说出来，而且也不能说出来，因为如此一来就一定会暴露出英社党内部的矛盾。如果一个人天生就服从党规（以新语来说就是好思想者），那么不管在什么情况之下，他想都不用想就能知道什么才是真正的信念，保持什么样的情绪才能让人满意。不过无论如何他还是必须从小就接受一套周详的心智训练，用新语灌输思想，像是阻罪、黑即白，以及双重思想等等，让他不想、也不能对任何议题有太深入的想法。

党员应该没有私人情绪，他的热忱也不应有一丝懈怠，他应该生活在不间断的狂热之中，不停憎恨国外的敌人和国内的叛徒，因为胜利而感到无比欢欣，而面对党的力量与智慧时则应该感觉到自身的渺小。生活的贫瘠和空虚会引发他的不满，不过可以通过像是两分钟憎恨这种方式巧妙地发泄出来，让不满的情绪消失；如果他开始思考，可能会有怀疑或想反叛的心态，但是因为他老早就接受党规内化的灌输，所以可以早一步消灭这样的心态。党规中的第一阶段是最简单的，就连小小孩也能学会，在新语中叫作阻罪。阻罪的意思是能够在危险思想刚冒出来时就马上阻断，仿佛是本能一样，包括无法拥有类推的能力、无法发现逻辑错误、无法理解对英社党有害的简单论点，或者是听到有异端理论倾向的思想就会觉得无聊或反感，简单来说，阻罪就是加了防护罩的愚蠢。但光是愚蠢还不够,其实正好相反，一个人若要真正完全服从党规，必须能够完全控制自己的心智运作，就好像懂软骨功的人可以随意控制自己的身体一样。大洋国的社会最终都是依靠着一个信念：老大哥无所不能，英社党绝对可靠。不过既然事实上老大哥并非无所不能，英社党也不可靠，处理事实的时候就必须要有一定的弹性，时时刻刻都不能懈怠，这里的关键词是黑即白。这个词就和新语中众多词汇一样有两个基本上互相矛盾的语意，如果用在敌人身上，表示敌人的嚣张无耻，居然说黑色就是白色，也不管这和眼前的事实完全相反；但要是用在党员身上，则表示党员忠心不贰的意旨，只要党规说黑色就是白色，他就说黑色就是白色，不过这个词也是指能够相信黑色就是白色，还有知道黑色就是白色，甚至忘记自己以前的信念其实完全相反。要这么做，必须不断篡改过去，而国家的整个思想系统其实已经纳入了所有思想，所以也不无可能，在新语中这就叫作双重思想。

之所以必须要篡改过去有两个原因，其中一个比较次要，可以说是预防措施，次要的原因就是党员和无产阶级一样，他们之所以能够忍受现况，部分是因为无从比较。所以必须将他们和过去切割开来，就像不能和外国接触一样，党员必须相信自己比前人过得还要好，物质享受的平均水平不断在提升。不过目前要重整过去更重要的原因是必须确保党的可靠性，不仅仅是要经常更新每一篇讲稿、每一项数据和每一种记录，好让党对所有事务的预测都能准确无误，而且绝对不能承认党规或政治联盟有任何改变，因为改变心意或甚至是改变政策都等于承认了自己的无能。例如说今天的敌国是欧亚国或东亚国（不管是哪一国），这个国家一定一直都是大洋国的敌人，如果事实并非如此，那这些事实就必须更动。所以历史不断重写，由真相部负责每天伪造历史。

为了稳住政权，这项工作和仁爱部所负责的镇压及谍报活动都一样必须存在。

历史的易变性是英社党的中心信念，他们认为过去的事件并没有实体存在，只能靠着书面记录和人类的记忆留存下来，只要记录和记忆一致就是历史。然而党掌握了所有记录，也能完全控制党员的心智，所以党也就能够任意编造历史，这也表示虽然过去可以改变，但却举不出什么确切的例子证明。因为只要历史依照目前的需求而改编，那么这个新版本就代表了过去，也绝对不能存在不同版本的过去．就算有时候，其实是经常发生，相同的事件在一年间会经过好几次修改，改到都认不出原貌了，最新的版本依然代表过去。无论何时，党都掌握了绝对的真相，当然绝对的真相不可能和现在的样貌不一样。若要掌控过去，最重要的就是要依赖训练记忆；若是要确定所有书写记录符合目前的党规，这只需要一点人力就能办到，不过还是必须要让党员记得党就是希望这些事件这样发生，如果必须重组人的记忆，或者要篡改书面记录，也必须让党员忘记曾经发生过这样的事。记得与遗忘的窍门都可以学习，就像其他控制心智的技巧一样，大部分党员都学会了，所有聪明又顺从党规的人当然也学会了。在旧语中说得很直接，称之为"真相控管"，在新语中则叫作双重思想，不过双重思想还包含了很多其他意义。

双重思想是指一个人心里可以同时抱持着两种互相矛盾的信念，且两者都接受。党内的知识分子知道自己的记忆一定会如何遭到修改，所以就知道自己其实在操弄现实，可是经过了双重思想之后，他也会安慰自己这样并不会扰乱现实。党员必须清楚意识到这个过程，否则思考后的结论就会不够准确；但是他又不能意识到这个过程，否则党员会觉得自己在造假，就会有罪恶感。双重思想是英社党最核心的原则，因为党最重要的行动就是刻意欺瞒，同时不断坚持他们的目的是为了完全诚信。蓄意说谎的同时还要真心相信谎言；遗忘所有对行事不利的事实，然后等到需要的时候再把这件事从遗忘的深渊挖出来，需要存在多久就留多久，用来否定客观事实的存在，同时又必须仔细评估遭到否定的事实——这些都是不可或缺的必须行动。就连使用双重思想这个词都必须双重思想，因为一个人使用这个词的时候，表示他承认自己在操弄事实，然后赶快双重思想之后就抹灭掉这项认知。但接着又要再一次，就这样不断双重思想，谎言永远赶在事实前面一步，到最后，正是因为有双重思想，党才得以掌控历史的轨迹，而且我们都知道的，或许还能继续掌控几千年。过去的寡头政权之所以跌下龙椅，要么是因为太过僵化，要么是因为太过心软。一个可能是他们变得愚蠢又傲慢，无法适应变动的环境，于是就遭到推翻；另一个可能是他们的态度变得开放又懦弱，在应该采取武力的时候让步了，于是同样遭到推翻，也就是说他们失败的原因可能是因为觉察到什么，又或者可能因为没有觉察到什么。所以党能够产生一套思想系统，让这两种情况得以同时存在，这实在是一大成就，也因为没有其他知识基础让党的统治能够长久不断，如果想要统治，而且要一直统治下去，就必须能够扰乱人民的现实感。因为统治哲学的秘诀就是要让人民相信这个政党绝对可靠，另外加上从过去的错误记取教训的能力。

不消说，最精通双重思想技巧的人就是那些发明了双重思想的人，他们知道这套欺瞒心智的系统非常庞大繁杂。在我们的社会里，最了解发生了什么事的人都是那些最不了解这整个世界的人,一般说来,愈了解一件事就愈容易受到误导,愈聪明的人愈不理智。最明显的例子就是一个人的社会阶层愈高,对战争歇斯底里的狂热就愈激烈;那些争议地区的居民对于战争的态度却大多数都极为冷静,对这些人来说,战争不过就是连绵不绝的苦难,好像潮汐一样来来回回打在他们身上,哪一方赢了对他们来说一点差别也没有,他们知道就算换了一个最高统治者,他们还是做像以前一样的工作,只是换了一个新主人,但新主人对待他们的方式和旧主人一样。待遇稍微好一点的工人,我们称之为"无产阶级",也是偶尔才会感觉到战争的存在,必要的时候,战争可以引起他们疯狂陷入恐惧和憎恨,但如果置之不理,他们可以很长一段时间完全忘记现在正在打仗。只有党员,尤其是在内党党员的身上,才能看到对战争的狂热。这样相反特质串联在一起的奇妙组合——知识与无知、嘲讽与狂热,正是大洋国社会区分阶级的主要依据。官方的意识形态充满了自相矛盾,但却让人摸不清楚为什么会变成这样,党舍弃、诋毁社会主义运动原本坚持的原则,但却说这是为了社会主义而行。党大力鼓吹贬低劳动阶级的思想,这在过去几世纪以来从来没有人这样做过,但是又让党员都穿上制服,因为以前只有劳工才会这样,而正是因为如此,党才会采取这种做法;党也一步一步磨蚀家庭团结的特性,但是又称呼领袖为老大哥,这个名字正是为了直接唤起党员对家庭忠诚的情感。就连统治着我们的四个政府部门也刻意扭转事实,让人多少感觉到政府的傲慢,于是和平部掌管战争、真相部处理谎言、仁爱部实行酷刑、丰隆部对付饥荒,这样的矛盾并非无意形成,也不是普通的伪善才演变成这样的结果,而是刻意运用双重思想的技巧。因为只有让矛盾走向一致,才能永远留住权力。除此之外,没有其他方法可以打破古老传统的循环,如果要永远消弭人类平等,也就是说我们口中的高等人想要永远留在他们的位子上,那么大多数人的心理状态都必须处在受控的疯狂下。

不过我们到目前为止,几乎都没有谈到一个问题,那就是:为什么要消弭人类平等?假设我们所形容的汰换机制,这个过程是正确的,为什么要花这么大的力气,精准策划每一个步骤,好让历史冻结在一个特定的时间点呢?

说到这,我们就说到了最核心的秘密,正如我们所见,党权力的奥秘,尤其是内党的权力,都奠基于双重思想。但深埋在其中的是最原始的动机,从来无人质疑过的本能,就是因为这个本能才让人开始争权夺利,进而产生了双重思想、思想警察、永无止境的战事,以及其他所有必要的资源物品,这个动机其实就是……

温斯顿突然感觉四周一片寂静,就像突然冒出一个新声音,也会让人警觉起来。茱莉亚好像已经很长一段时间没有动作了,她躺在床的另一边,腰部以上赤裸着,脸颊枕在手心里,一绺深色的头发垂挂在她眼前,胸部起伏的动作缓慢而规律。

"茱莉亚。"

没有回答。

"茱莉亚,你还醒着吗?"

没回答,她睡着了。温斯顿把书合上,小心放在地板上,然后躺下来,把被单拉起来盖住他们两人。他心想,他还是不知道终极的秘密是什么,他知道身边的世界是怎么回事,但不知道为什么,第一章就跟第三章一样,没有告诉他什么他不知道的事情,只是把他已经知道的事情整理出条理而已。不过读完之后，他比以前更加清楚自己并没有发疯，就算自己只是少数，甚至少到只有他一个，也不代表他是疯子。世界上有真相也有非真相，如果坚持相信真相，就算全世界都不相信你，你也不是疯子。太阳西沉，一道黄色的光芒从窗外照射进来，落在枕头上。他闭上眼睛，脸上的阳光，还有女孩滑腻的身体碰触着他，让他燃起一股强烈、疲倦又自信的感觉，他安全了，一切都很顺利。他睡着时口中喃喃念着："理智不是数据比较出来的。"他觉得这句评论中蕴含着深刻的智慧。

10

他醒来的时候觉得自己睡了好长一段时间，可是他看了那个旧式时钟一眼，发现现在才二十点三十，他又躺着打了一会儿盹，然后楼下的院子里又响起那个熟悉的洪亮歌声。

只是无可救药爱上他，
就像四月天，一下就过去，
他看一眼，说一句，都能搅乱我的心！
我已经陷入他的情网里！

这首胡说八道的歌看来仍然很受欢迎，这个地方还是到处都有人在唱，甚至比《憎恨歌》更长寿。听到这个声音，茱莉亚也醒了，伸了个慵懒的懒腰之后翻身下床。

"我饿了，"她说，"再煮点咖啡吧。靠！炉子的火熄了，水都冷了。"她把煤油炉提起来摇一摇，"里面没油了。"

"我想可以去跟查灵顿先生要一点吧。"

"好奇怪,我明明确定是满的。我先把衣服穿上。"她又说,"好像变冷了。"

温斯顿也起身穿衣服,歌声还继续唱着,一点也不嫌累:

　　人说时间能抚平一切,
　　人说记忆总会淡去,
　　但是这些年的欢乐和泪水,
　　依然拨动我心弦!

温斯顿一边系上工作服的皮带,一边走向房间另一头的窗户,日落的方位一定是房子后方,现在庭院里已经看不到阳光闪耀了。石板路湿湿的,好像刚洗过,他感觉好像就连天空也是刚洗过一样,烟囱顶帽间露出来的天空是淡淡的蓝色,看起来如此清新。那个女人来来回回走着,一点也不嫌累,嘴里的晒衣夹塞了又拿、塞了又拿,一下唱歌一下安静,不停把尿布夹到晒衣绳上,一件、一件又一件,他想,不知道这个女人是靠洗衣服维生呢,还是只是得像个奴隶一样照顾二三十个孙子?茱莉亚也走过来倚在他身边,两人一起带着某种迷恋看着楼下那个健壮的身形。他看着那个女人,女人有种独特的姿态,粗壮的手臂往上够着晒衣绳,有力的屁股像只母马一样翘着,温斯顿突然第一次觉得她好美。他从来没有想过,一个五十岁的女人,身材已经因为生孩子而臃肿到可怕的地步,皮肤也因为劳动而变得僵硬粗糙,就像一颗熟过头的芜菁那样皱巴巴的,这样的女人也会美吗?但确实如此,他想,谁说不可能呢?这副稳重、毫无曲线的身体就像一块花岗岩,她一身红润的皮肤,粗糙到摩擦时会发出声音,这样的身体之于少女的身体,就好比玫瑰果实之于玫瑰花,为什么果实会不如花朵呢?

"她好美。"他喃喃自语。

"她光是屁股就有一米宽了吧。"茱莉亚说。

"那就是她独特的美。"温斯顿说。

他伸出手环抱着茱莉亚柔软的腰,她的侧身从臀部到膝盖都靠在他身上。他们两人绝不可能生出小孩的,这件事他们永远也不能做,不过他们只能靠口耳相传,我告诉你,你告诉他,如此才能将这个秘密传递下去。楼下的那个女人没有脑袋,只有一双强壮的手臂、温暖的心和一个能够生育的子宫,他盘算着不知道她生了多少小孩,很可能有十五个。她这朵鲜花曾经短暂盛开过,或许只有一年,绽放出野玫瑰的美丽,然后突然她就像颗授了精的果实,变得坚硬、红润又粗糙;接着她的生活就只有洗衣、刷地、缝补、煮饭、扫地、清洁、修补、刷地、洗衣,刚开始是为了孩子,后来是为了孙子,就这样一直过了三十多年,直到最后她都还在唱歌。他不知为何对她扬起了一股仰慕之情,这份感情似乎跟他对天空景色的赞叹混合在一起了,那一片淡蓝无云的天空,在烟囱顶帽后头无限伸展,永无止境。想起来也很有趣,其实每个人看到的天空都是同一片,不管身在欧亚国、东亚国,还是大洋国都一样,而所有生活在这片天空下的人其实也差不多一样,不管在哪个地方,全球几十亿人口都是这样,不知道别人的存在,人与人之间隔着一道憎恨和谎言筑成的墙。但每个人几乎是一模一样,从来没有学习如何思考,但是在心里、身体里、每一寸肌肉里都蕴藏着力量,总有一天会让世界天翻地覆。如果我们还有希望,就在无产阶级身上!温斯顿不用读完那本书也知道,这一定就是葛斯登最后想说的话,未来属于无产阶级,等到无产阶级的时刻来临,他们会创建出一个新世界,而他,温斯顿·史密斯,能够确定这个世界不会跟党创建的世界一样,让他觉得格格不入吗?确定,因为至少那会是一个理性的世界,只要有平等,就会有理性。迟早都会发生的,力量会变成意识,无产阶级并非凡人之躯,你只要看一眼庭院里那个英勇的身影就不会怀疑，他们终究会觉醒，虽然要等到那天来临，可能要等上千年，但是届时他们会熬过风风雨雨依然存活下来，就像鸟儿一样，将体内的活力注入到一副又一副躯体内。党没有这样的生命力，也扼杀不了这样的生命力。

"你还记得吗？"他说，"我们第一次在树林边见面的时候，有只歌鸫对着我们唱歌？"

"它才不是对着我们唱呢，"茱莉亚说，"它是唱给自己高兴的，搞不好连这都不是，它只是在唱歌而已。"

鸟儿在唱歌，无产阶级在唱歌，但党没有唱歌。世界各地，伦敦、纽约、非洲、巴西、在疆界之外那些神秘的禁地，在巴黎和柏林街头，还有一望无际的俄罗斯平原上有些小村落、在中国和日本的市场里——每个地方都有一个相同打不倒的稳重身形，劳动和生育让她体型壮硕，从出生到死亡都辛苦劳累，但仍然唱着歌；在她伟大的双腿之间，总有一天一定能孕育出一群认知清晰的族群，你是死人一个，而他们是未来。但是如果你让自己的脑存活下去，正如同他们维持躯体的生命力一样，你就能参与那个未来，然后将秘密的法则传承下去，告诉他们二加二等于四。

"我们死定了。"他说。

"我们死定了。"茱莉亚乖乖地回应着。

"你们死定了。"他们身后传来一个冷冰冰的声音。

他们弹跳开来。温斯顿的五脏六腑好像都结成冰了，他可以看见茱莉亚眼睛里虹膜周围的眼白，她的脸变成苍白的黄色，她的双颊依旧泛着酡红，看来分外显眼，那抹红看起来几乎快和底下的肌肤分开了。

"你们死定了。"冰冷的声音又说了一次。

"在照片后面。"茱莉亚轻轻地说。

"是在照片后面。"那声音说，"留在原地别动，没听到命令前不准动作。"

开始了，终于开始了！他们什么也不能做，只能看着彼此的眼睛。逃命吧，趁还来得及之前，逃出这栋房子——但是他们都没想过这么做，他们根本没想到要违背墙里那个冰冷声音的命令。墙壁发出一声爆裂声，就像某个卡栓弹回原位一样，玻璃应声碎裂，照片掉到地上，露出背后的电屏。

"现在他们看得到我们了。"茱莉亚说。

"现在我们看得到你们了。"那声音说，"站到房间中央，背靠背站着，双手放在脑后，不准碰触对方。"

他们没有碰触对方，可是温斯顿好像能感觉到茱莉亚全身发抖，或者可能只是他自己在发抖，他可以勉强不让牙齿打战，可是却无法控制双膝。楼下传来靴子踩踏的声响，走进房子又走出去，庭院里似乎满满都是人，好像有人拖着什么东西走过石板路，女人的歌声突然停止，接着传来好长一阵金属滚动的铿锵声响，好像是那个洗衣盆让人丢到庭院另一头去了，然后好多生气的叫喊声此起彼落，一阵混乱之后就听见一声痛苦的大叫，结束了。

"房子被包围了。"温斯顿说。

"房子已经被包围了。"那声音说。

他听见茱莉亚狠狠咬紧牙关。"我想我们最好说再见了。"她说。

"你们最好说再见了。"那声音说，然后另一个很不一样的声音开口了，尖细的声音听起来是受过良好教养的人，温斯顿有印象，以前好像听过。新声音说："对了，既然都谈到这里，'蜡烛带着光亮，陪着你上床；屠夫带着斧头，砍下你的头'。"

某个东西突然掉到温斯顿背后的床上，一把梯子的顶端打破窗户伸进来，有人从窗户爬了上来，无数双靴子踩着混乱的步伐从楼梯跑上来，顿时房间里站满了穿着黑色制服的壮汉，脚上穿着镶着铁片的靴子，手里拿着警棍。

温斯顿不再发抖了，就连他的眼睛也几乎不动了，现在只有一件事情是重要的：保持静止，要保持静止，不要让他们有打你的理由！有个男人站在温斯顿对面，下巴像是拳击手那样光滑无须，嘴巴抿成了一条线，默默将棍子放在拇指和食指之间找平衡点。温斯顿和他四目交接，他觉得自己全身赤裸，而且双手抱在脑后，脸和身体都完全暴露出来，这种感觉让人实在难以忍受。男人伸出惨白的舌尖舔了舔原来该是嘴唇的地方，然后又继续原来的动作。又传来一声碎裂，有人拿起桌上的玻璃纸镇，砸向壁炉的石头上，碎成一片片。里头的珊瑚碎片，那一道小小的粉红皱褶就像蛋糕上的糖霜玫瑰花蕾，滚落到地毯上。温斯顿心想，还真小，这东西一直都这么小！他身后的人倒抽了一口气，然后传来一声闷哼，接着有人往他脚踝上重重踢了一脚，让他整个人几乎要倒了下去。一个男人挥拳打向茱莉亚的心脏下方，让她整个人像把折尺一样弯下腰，在地板上扭动，努力想恢复呼吸。温斯顿连把头转个一厘米都不敢，可是有时候茱莉亚涨得青紫、大口喘气的脸会出现在他视线范围内。虽然他现在十分害怕，但他还是觉得自己仿佛能感受到那种痛苦，不过要命的疼痛恐怕还比不上努力恢复呼吸来得要紧，他知道那是什么感觉，可怕的疼痛不停折磨着身体。这还不是最紧张的，最重要的是必须能够继续呼吸。然后有两个男人，一个抓着膝盖，一个抓着肩膀，把茱莉亚抬起来，像扛沙包一样把她抬出房间。温斯顿瞥了一眼她的脸，她的头往下垂，蜡黄的脸扭曲成一团，双眼紧闭，不过双颊还是泛着血色。那是他最后一次见到她。

他完全静止不动，还没有人开始打他。不知道打哪来的念头掠过他心头，但是好像一点也不有趣，他想着不知道他们有没有抓住查灵顿先生，不知道他们对庭院里的女人怎么样了。他发现自己好想尿尿，也觉得有点惊讶，因为自己两三个小时前刚尿过；他注意到壁炉架上的时钟正指着九，表示现在二十一点了，可是这个光线似乎太强了，八月的晚上，二十一点的时候太阳光应该要消失了，不是吗？他想，会不会是他和茱莉亚搞错时间了？睡到时钟都走了一圈，以为现在是二十一点，其实已经是隔天早上八点半了。可是他也没再继续想下去，想了也没用。

走道上又传来一阵轻轻的脚步声，查灵顿先生走进房里。穿着黑制服的男人突然都变得顺从起来。查灵顿先生的外表也有点改变了，他的眼神落到地上的玻璃纸镇碎片。

"把碎片捡起来。"他突然开口。

一个男人听了话就弯下腰去捡。查灵顿先生原本土气的腔调不见了，温斯顿突然明白刚刚他从电屏里听见的是谁的声音。查灵顿先生依然穿着那件老旧的天鹅绒外套，但是原本几乎全白的头发现在全变黑了，他也没戴眼镜了。他只朝着温斯顿射来一道锐利的眼神，好像是要确认他的身份，然后就不再理会他了。虽然温斯顿还认得出他来，可是他已经不再是同一个人了。他的身体挺直了，好像块头也变大了，他的脸只有一点点小改变，可是看起来还是完全不同了，黑色眉毛没有那么浓密，皱纹不见了，脸庞的整个轮廓好像都改变了，就连鼻子似乎也变短了。这个男人看起来只有三十五岁，脸上透露出警觉和冷漠。温斯顿突然发现，这是他自己一生中第一次知道自己正看着一个思想警察。

第 三 部

1

温斯顿不知道自己在哪里，他想应该是在仁爱部，但是也没办法确定。他身在一间牢房里，天花板很高，没有窗户，墙面是亮晶晶的白色瓷砖。隐藏式的灯光让室内充满冰冷的光线，还有一种低沉的嗡嗡声持续传来，他想可能跟空气供给有关。墙上钉着一圈板凳，或说是架子，宽度正好足够让人坐下，只有牢房门以及门对面有两个缺口。门对面是一个便盆，没有木头盖子，四面墙上都分别有一台电屏。

他的腹部隐隐作痛，那些人把他捆起来塞进密闭的厢型车内，然后开车把他载走，从那时候起他的腹部就一直在痛。但话说回来，他也很饿，饿到肚子会痛，会饿坏身体的那种饿，他大概已经二十四小时没吃东西了，也可能是三十六小时。他还是不知道，或许他永远也不会知道，自己遭到逮捕的时候究竟是早上还是晚上，自从他们抓了他后就没给他东西吃。他坐在窄板凳上，尽量静止不动，双手交叉放在膝盖上，他已经学会要安静坐好，如果突然做了什么动作，他们会从电屏里对你大叫。但是他愈来愈想要吃东西，他最想要的就是一块面包，他想或许他的工作服口袋里还有一点面包屑，甚至有可能有一块比较大的碎屑，他会这样想是因为偶尔会觉得有什么东西在搔他的脚。最后他实在太想知道到底找不找得到,终于克服他的恐惧,将手伸进他的口袋。

"史密斯!"电屏里传出声音,"编号六〇七九,史密斯·温!在牢房里不准把手伸进口袋!"

他又安静坐好,双手交叉放在膝盖上。在他们带他来这里之前,先带他到了另一个地方,应该是普通的监狱或者是巡警临时拘留所。他不知道自己在那里待了多久,总之有几个小时吧,没有时钟也没有日光,很难判断时间。那里很嘈杂,还有一股可怕的味道,他们把他关在一间牢房里,跟现在这间很像,但是脏得不得了,里面随时都挤了十到十五个人。他们大部分都是常见的罪犯,不过其中也有几个政治犯。他安静靠墙坐着,跟肮脏的身体挤来挤去。不过他实在太害怕,腹部又持续疼痛,让他没办法太注意身边的环境,不过他还是发现党的犯人和一般犯人的行为举止居然差这么多。党的犯人一定都会保持安静,看来很惊恐,但是一般的犯人好像什么也不管,也不想理任何人,他们对着警卫大声辱骂,如果有人没收他们的随身物品就会激烈反击,在地板上写下不堪入目的字眼,从衣服里神秘的藏物处拿出偷渡进来的食物大吃,甚至连电屏想要维持秩序的时候都会大声反骂回去。不过也有人不一样,有些人好像跟警卫关系就不错,会叫他们的绰号,希望能哄骗他们从门上的监视孔里偷塞香烟进来。警卫对一般罪犯的态度也是一样,虽然他们得粗暴对待罪犯,但是其实还满宽容。牢房里有很多人在聊强迫劳动营的事,大部分罪犯都会送到那里去。他听了之后发现,那里其实"还可以",只要你关系打好了,知道该去找谁就没问题,有人靠贿赂、上头偏袒、敲诈勒索等等,有人靠同性恋和卖淫,甚至还有用马铃薯酿出的私酒。只有一般罪犯才值得信赖,特别是那些帮派分子和杀人犯,他们组成一个特殊的"贵族"阶级。所有肮脏事都是那些政治犯做的。

形形色色的犯人来来去去，毒贩、小偷、土匪、走私的、酗酒的、卖淫的都有，有些家伙喝得烂醉就频频闹事，其他犯人还得联合起来压制他们。有一个大块头的女人，年约六十岁，胸前垂着雄伟的乳房，四名警卫一人各抓一边手脚，把她扛进来。她拼命挣扎，厚重的白色卷发披散飞舞，又叫又踢，警卫硬扯下她的靴子，不让她踢中，然后把她丢下，正好落在温斯顿大腿上，差点压断了他的大腿骨。女人自己坐起身来，看着警卫出去，大吼着："操你们这些浑蛋！"然后她注意到自己屁股底下凹凸不平的，这才从温斯顿膝盖上滑下来，坐到旁边的板凳上。

"不好意思啦，小帅哥，"她说，"不是我故意要坐在你身上，是那些王八蛋把我丢上去的，他们真的很不懂怜香惜玉对不对？"她停顿了一下，拍拍胸口打了个饱嗝。"对不起，"她说，"我感觉不太对劲，真的。"

她弯腰往前倾，然后稀里哗啦往地板上吐了一大堆东西。

"好'兜'了，"她闭上眼睛往后躺，"想吐就不要忍，我就是这样，趁东西还没消化完的时候赶快吐一吐。"

她恢复精神之后，转头又看了温斯顿一眼，好像马上就喜欢上他了，她伸出粗壮的手臂揽住他的肩膀，把他拉近。温斯顿可以闻到她呼吸中有啤酒和呕吐物的味道。

"小帅哥，你叫啥名啊？"她问。

"史密斯。"温斯顿回答。

"史密斯？"女人说，"好巧啊，我也叫史密斯哦，哎呀，"她讲话变得深情款款，"说不定我是你妈哦！"

温斯顿想，说不定她真的是他的妈妈，她的年纪和体态都差不多，而且人在强迫劳动营里待了二十年之后，多少也是会改变的。

没有其他人跟他说话，一般罪犯都不理会党的犯人，冷漠的程度让人吃惊，他们称呼党的犯人是"搞政治的"，口气带着某种爱理不理的轻蔑。

党犯似乎也很怕跟别人说话，更不敢彼此交谈。只有一次，两个党员，都是女的，让人在板凳上挤在一起，在一片嘈杂声中，他偷听到几句快速交谈的低语，其中特别听到某个叫作"一〇一室"的东西，他不知道那是什么。

他们带他来这里已经过了大概两三个钟头，他的肚子始终隐隐作痛，时好时坏，也影响了他的思绪，一下天马行空，一下又龟缩回去。肚子愈来愈痛的时候，他只能想着疼痛和食物；比较不痛的时候，他整个人又会陷入恐慌。有时候他会预先看到即将发生在自己身上的事，影像清晰到让他的心脏狂跳，差点停止呼吸。他感觉到警棍打在他的手肘上，镶了铁片的靴子踢在他胫骨上；他看见自己匍匐在地板上，嘴里掉了几颗牙，尖叫着求他们手下留情。他几乎没想到茱莉亚，他没办法专心想着她，他爱她，也不会背叛她，不过知道这些又有何用？他也知道算数规则啊，有什么用呢？他感觉不到对她的爱，几乎没想过她现在怎么样了，反而比较常想到欧布莱恩，每次都带着忽隐忽现的希望。欧布莱恩可能知道他遭到逮捕了，他说过兄弟会绝对不会试图拯救组织成员。不过还有刮胡刀，如果可以的话他们会送一把刮胡刀给他，警卫冲进牢房阻止之前大概有五秒钟时间，冰冷的刀锋就像把火一样烧入他的皮肉里，就连握着刀刃的手指都会划出一道深可见骨的口子。一切感觉又慢慢回到他虚弱的身体里，就连一点点小疼痛都能让他缩起身子颤抖。就算他真的有机会拿到那把刮胡刀，也不确定自己会不会用，让自己继续存在这个世界上，好像比较自然，虽然明知最后要饱受折磨，也宁可多活十分钟。

有时候他想要计算牢房墙上有多少块瓷砖，这应该很容易，可是他总是数到一半就忘记算到哪里了。更多时候他会想着自己在哪里、现在是什么时候。有一次他很确定外头一定是大白天，还有一次他也很确定外头是一片漆黑。他直觉知道在这个地方，灯光永远不会熄灭，这个地方没有黑暗，他现在了解为什么欧布莱恩好像能够理解这个隐喻。仁爱部里没有窗户，他的牢房可能处在建筑中心或者是靠着外墙，可能在地下十层楼或者地上三十层楼。他的思绪在各个地方游荡，想要用身体的感觉来决定自己到底是高高在上，还是深埋地底。

外头传来靴子踏步前进的声音，铁门铿锵铿锵打开了，一个年轻官员穿着整洁的黑制服出现了，身上的皮革上光之后让他整个人似乎闪闪发亮，他苍白的脸庞线条僵直，就像戴了蜡做的面具。他踩着利落的步伐走了进来，示意外头的警卫将他们带过来的囚犯带进来。诗人艾波佛一个踉跄跌进牢房里，铁门又铿锵铿锵关上了。艾波佛在牢房两侧试探了一番，好像以为可以找到别的门逃出去，然后又开始在牢房里走来走去。他还没注意到温斯顿在这里，他的眼神充满困惑，盯着温斯顿头上大概一米的墙壁。艾波佛没穿鞋子，袜子还破了洞，露出又大又脏的脚指头，看起来也好几天没刮胡子了，脸上冒出刺刺的胡楂，都长到颧骨上了，让他一脸凶恶样，可是配上他虚弱的庞大身躯和紧张的动作，看起来很古怪。

温斯顿勉强打起精神，他一定要跟艾波佛说话，就算电屏那头会有人大声呵斥也一样，甚至很有可能艾波佛就是带刮胡刀进来的人。

"艾波佛。"他说。

电屏没有传出大吼声，艾波佛停顿了一下，有点吓到，眼睛慢慢聚焦在温斯顿身上。

"啊，史密斯！"他说，"你也在这里！"

"你怎么进来了？"

"老实说……"他坐到温斯顿对面的板凳上，动作有点迟钝，"罪名只有一条，不是吗？"他说。

"你犯了那条罪吗？"

"当然啦。"他一只手放到额头上，在太阳穴上按了按，好像是努力想想起什么。"发生了一些事，"他没头没脑就开始说，"我可以想到一个例子——可能的例子,绝对是不智之举,我们打算要做吉卜林诗集的定本,我把'神'这个字留在一行诗的最后一个字,没有删掉,没办法嘛!"他的语气几乎接近愤怒,抬起头来看着温斯顿。"没办法改动那行诗啊,要跟'绳'押韵,你知道整个语言系统里只有十二个字跟'绳'有押韵吗?我绞尽脑汁想了好几天,就是没有其他字可以押韵了嘛。"

他脸上的表情变了,恼怒的情绪退去了。有一下子,他看起来几乎是神情愉悦,好像是灵光一闪让他心头暖了起来,一个老学究发现了某个毫无用处的真相,心中无比欢欣,肮脏的脸和杂乱的头发也遮掩不住他闪闪发亮的神采。"你有没有想过,"他说,"英文诗词的发展历史之所以是现在这个样子,其实是因为英文很难押韵?"

没有,温斯顿从来没有特别想过这点,在这种情况下,他也不觉得这有什么重要,也没有兴趣知道。"你知道现在几点了吗?"他问。

艾波佛又是一脸惊讶。"我想都没想过呀,他们抓了我,大概是两天前了,可能有三天了。"他的眼睛在墙壁上逡巡,好像还抱着点希望,看可以在哪里找到窗户。"这个地方不管白天黑夜都一样,我想没有人可以算出时间吧。"

两人断断续续又交谈了几分钟,然后也不知道为什么,电屏突然大吼一声叫他们安静。温斯顿静静坐着,双臂交叉在胸前,艾波佛因为身体比较庞大,坐在窄窄的板凳上不舒服,一直动来动去的,他瘦弱的双手先是环抱着一边膝盖,然后又换到另一边,电屏大吼着叫他坐好。时间逐渐流逝,二十分钟、一个小时,实在很难判断,然后外面又传来靴子踩踏的声音。温斯顿感觉五脏六腑纠结在一起。很快,马上,或许再过五分钟,或许就是现在,这阵靴子的踩踏声就表示轮到他了。

门开了,面若冰霜的年轻官员走进牢房,手迅速一挥,指向艾波佛。"一〇一室。"

两个警卫夹着脚步不稳的艾波佛走出去，他脸上看来有点不安，但却一头雾水。

好像又过了好长一段时间，温斯顿的肚子又开始疼痛，他的思绪就这样一路不断往下沉，就像一颗球一次又一次从同样的狭缝里掉下去。他只想着六件事：肚子痛、一块面包、流血尖叫、欧布莱恩、茱莉亚、刮胡刀。他的身体里又是一阵痉挛，因为他听到重重的脚步声又接近了。门打开的时候，制造出一股气流，带来一种强烈的冷汗味道。帕森斯走进牢房，穿着卡其短裤和运动衫。

这一次，温斯顿惊讶到忘记旁人的存在。"你来了！"他说。

帕森斯看了温斯顿一眼，眼神不感兴趣也不感惊讶，只有痛苦，他开始在牢房里走走停停，显然是没办法静下来。每一次他想伸直自己粗短的膝盖，膝盖就抖得很明显。他的眼睛睁得大大的，瞪着某个地方，好像没办法克制自己就是得盯着不远处的某个东西。

"你为什么进来了？"温斯顿问。

"思想罪！"帕森斯几乎是哽咽着回答。温斯顿马上就从他声音的语调听出，他完全承认自己的罪，还带着某种难以置信的惊恐，大概无法想象这样的字眼会加在自己身上。他在温斯顿面前停下来，开始急切寻求他的认同："老朋友，你想他们不会杀了我吧，对吧？如果真的啥都没做，他们就不会杀你，只是想想，你又忍不住，对吧？我知道他们会给你一场公平的听证会，噢，我相信他们！他们知道我的记录，对吧？你知道我这人是怎样的，我想我应该还不错吧，当然是不太聪明，可是我很热心哪，我努力为党做到最好，对吧？我只要关个五年就能出去了，你觉得呢？还是十年？像我这样的家伙到了劳动营会很有用的，他们不会只因为我脱轨那么一次就杀我吧？"

"你有罪吗？"温斯顿问。

"我当然有罪!"帕森斯叫喊着,像个仆人般看了电屏一眼,"你想党不会抓一个无辜的人吧,对不对?"他那张像青蛙一样的脸稍稍冷静了下来,甚至还装出了一点自命清高的样子。"老朋友,思想罪糟糕透啰,"他像是在说警世格言一样,"思想罪狡诈险恶,控制住你,甚至你自己都不知道哪。你知道思想罪怎样控制我的吗?趁我睡觉的时候!对啊,事实就是如此,我还是一样过日子,努力工作尽责任,完全不知道脑子里有什么坏东西,然后我睡觉的时候就开始讲话,你知道他们听到我说啥吗?"

他压低声音,就好像某个人因为医学上的需要,不得不说出下流的字眼。

"'老大哥下台!'真的,我真的说了!看来还说了不只一次哪。老朋友,这件事你知我知,我很高兴他们先抓到我了,才不会让情况恶化下去,你知道我站到法官面前的时候要说啥吗?我要说:'谢谢,谢谢你们救了我,否则就来不及了。'"

"是谁告发你的?"温斯顿问。

"我的小女儿。"帕森斯说话的时候还带着某种悲伤的骄傲,"她贴在钥匙孔上偷听,听到我说的话,隔天就跟巡警说了。她才七岁哪,这孩子真聪明,对吧?我一点也不埋怨她,老实说我还觉得很骄傲呢,至少这表示我养她的方法用对了。"

他又来来回回走动了好几次,对着小便盆看了好几眼,看了好久,然后他突然脱下短裤,"不好意思,老朋友,"他说,"忍不住了,我等太久了。"

他把自己的大屁股塞进小便盆里,温斯顿双手遮住脸。

"史密斯!"电屏里的声音大叫着,"编号六〇七九,史密斯·温,不准遮脸,牢房里不准遮脸。"温斯顿放下双手。帕森斯还在上厕所,发出很大的声响,量还很多,结果发现水箱的塞子居然坏掉了,牢房里顿时充满恶臭,持续了好几个钟头。

警卫来把帕森斯带了出去,更多犯人来来去去,都不知道是干什么的。

有个女人一听说要把她送去"一〇一室",温斯顿注意到她好像开始发抖,而且一听到这几个字,脸色就变了。还有一次,如果当初他是早上进来这里的话,那时间就是下午;如果他是下午进来的,那时间就是午夜时分。这次有六个犯人进来,男男女女都有,都挺直身子坐着。坐在温斯顿对面的是一个脸胖到看不见下巴的龅牙男子,看起来就像一只超大的无害啮齿类动物,圆滚滚的脸颊上长着斑点,底部看起来鼓鼓的,让人忍不住要怀疑里面是不是藏了一点食物。他的眼珠是淡灰色的,惊恐的眼神飘来飘去,看着牢房里每一张脸,一旦跟某个人的眼睛对上了,又迅速移开。

门开了,警卫又带了一个犯人进来。温斯顿一看到这个犯人的样子,忍不住打了一个冷战。这个男人相貌平淡无奇,看起来好像是工程师或技师那一类的人,可是他的脸庞却异常憔悴,看了让人吃惊,就好像骷髅一样,脸颊瘦到让他的嘴巴和双眼大到不符比例,而他的眼神里似乎对某人或某事充满了无法平息的怨恨,恨到想置人于死地。

男人在板凳上坐下来,离温斯顿不远。温斯顿没有再看着他,可是那张饱受折磨的骷髅脸已经在他脑海里活灵活现,就好像跟他面对面互相注视着一样。突然,温斯顿知道是怎么回事了,这男人就快饿死了,牢房里每个人好像都同时想通了这一点,板凳上的每一个人都微微骚动起来。没有下巴的男人不断偷看着那个骷髅脸,然后又像做错事的小孩马上挪开眼神,可是又忍不住回头瞄几眼。这时候他开始在座位上摸索,最后站起来走到对面,走起路来笨手笨脚的,然后手伸进工作服的口袋里,在一片尴尬气氛之中,掏出一块脏脏的面包递给骷髅脸。

电屏发出一声愤怒的吼叫,震耳欲聋,没有下巴的男人吓得弹跳起来。骷髅脸马上把手缩到背后,好像是要向全世界宣示他不接受这份礼物。

"邦斯德!"电屏喊着,"编号二七一三,邦斯德·杰!放下那块面包!"

没有下巴的男人把面包扔到地上。

"站在原地,"声音说,"面向门口不准动。"

没有下巴的男人乖乖听话,鼓鼓的大脸颊忍不住一直颤动。牢房的门咔嘟一声开了,年轻官员走了进来站到一旁,身后出现一个矮胖的警卫,双臂粗壮,还有一副宽阔的肩膀。警卫站到没有下巴的男人面前,然后官员一个指令,警卫就挥出骇人的重重一击,他用尽全身的力气,完全命中男人的嘴巴,这一击好像几乎让他飞了起来,将他抛到牢房的另一边,靠在小便盆的底座。没有下巴的男人好像遭到电击一样躺在那里好一阵子,暗红色的血从嘴里和鼻子里冒出来,发出非常微弱的啜泣声或像是尖叫声,好像是不由自主发出的声音,然后他翻过身,靠着手脚巍巍颤颤撑起身,一排假牙碎成了两半,跟着一道鲜血和口水从他嘴里掉出来。所有犯人都保持静止坐着,手交叠在膝盖上,没有下巴的男人爬回他的位子,一边脸颊底部已经开始浮现淤青,嘴巴肿成一大块,看起来像是樱桃颜色的东西中间有一个黑色的洞。偶尔有一点血会滴到他胸口的工作服,他的灰色眼珠依然四处飘动,看着每一张脸,罪恶感比之前更严重,看起来似乎想知道有多少人因为自己刚刚遭受的羞辱而瞧不起他。

门开了,年轻官员做了个小手势,指向那个骷髅脸。

"一○一室。"

温斯顿身边传来一声吸气声和骚动。骷髅脸居然双膝跪倒趴在地上,双手合十。

"同志!长官!"他哭喊着,"不必再带我去那个地方了!我不是什么都说了吗?您还想知道什么?我什么都招了,什么都招!只要告诉我要说什么,我马上说,您写我就画押,怎么样都行!别带我去一○一室!"

"一○一室。"官员说。

那男人的脸原本就十分苍白,此时更变了一个颜色。温斯顿不敢相信人的脸居然可以显现出这种颜色。他的脸真的变成一种绿色,错不了。"您想怎么样都行！"他叫喊着。"您已经饿了我好几个礼拜了，就给我个痛快让我死吧，开枪打我、吊死我、判我关二十五年。您还想要我说出谁的名字吗？只要告诉我是谁，我什么都说，我不管那是谁，也不管您想对他怎么样。我有老婆，还有三个孩子，最大的还不满六岁，您想全部抓走都可以，在我眼前割断他们的喉咙也可以，我愿意站在旁边看，就是别带我去一〇一室！"

"一〇一室。"官员说。

男人疯狂的眼神扫视着其他犯人，好像是打算抓一个人来顶替他的位置，他的眼睛落在没有下巴的男人那张肿脸上，他伸出瘦弱的手臂。

"你们应该抓的人是他，不是我！"他大叫。"你们没听见他说什么了吗？你们打了他的脸之后，他说了什么，给我个机会，我就一字一句告诉你们，他才是想对付党的人，不是我！"警卫往前站了一步，男人的声音高了八度，变成尖叫，"你们没听见吗？"他又说了一次，"电屏一定有什么问题，他才是你们要抓的人，抓他！不是我！"

两个健壮的警卫弯下腰，抓着他的手臂把他提起来。就在这个时候，他一个翻身就飞向牢房地板另一边，抓住板凳底下一根铁制支柱，像动物一样发出一阵咆哮。警卫抓着他想让他放手，可是他抓着支柱的手却异常有力，他们大概拉着他有二十秒，所有犯人都静静坐着，双手交叠在膝盖上，直直看着前方。咆哮声停了，男人已经用尽所有气力，只能紧抓着支柱；然后又传来另一种叫喊声，警卫大脚一踢，踢断了他一只手的指关节；警卫拖着他，让他站起来。

"一〇一室。"官员说。

警卫带着男人出去，男人步伐踉跄，低垂着头，抚着自己关节断碎的手，身上已经看不见一丝斗志。

过了很长一段时间，如果他们把骷髅脸带走的时候是午夜，那现在就是早上；假如那时候是早上，现在就是下午。坐在窄板凳上实在很痛苦，温斯顿经常得站起来走动走动，不过也没听见电屏责骂。那块面包还躺在没有下巴的男人扔掉的地方。一开始温斯顿必须很努力克制才能逼自己不要看着面包，不过现在口渴的感觉更胜饥饿，他的嘴里感觉黏黏的，有种恶心的味道。牢房里嗡嗡的声响和永不变换的白光，让他有点头昏脑涨，脑袋里充满一种空洞感，他站起来是因为骨头里实在痛到受不了了，可是几乎又会马上坐下，因为他的头实在很晕，根本没办法稳稳站好。只要他身体的感官稍稍能够控制下来，恐惧感又会反扑，虽然已经渐渐失去希望，但偶尔他想起欧布莱恩还有刮胡刀，如果他可以吃东西的话，或许刮胡刀还可以藏在食物里交给他。他也会想到茱莉亚，只是思绪更模糊了，她应该在某个地方遭受折磨，可能比他更惨，此时此刻，或许她正痛苦尖叫着。他想："如果我承受两倍的痛苦就可以救茱莉亚，我愿意吗？愿意。"但这样的决定只是空想，因为他知道自己应该这么做，所以才做这样的决定。但他一点感觉也没有，在这个地方，什么也感觉不到，只有痛苦，还有预想接下来会遭受的痛苦。再说，如果你已经受痛苦折磨，还可能会为了某种缘故，希望增加自己的疼痛吗？只是这个问题还得不到解答。

门外又传来脚步声，门打开了，欧布莱恩走了进来。温斯顿站起身来，眼前的景象实在太过令人震惊，让他完全忘记所有警戒，这么多年来，他第一次忘记电屏的存在。

"他们也抓到你了！"他大叫。

"他们很早以前就抓到我了。"欧布莱恩的语气听来有点讽刺，几乎还带着遗憾。他站到一旁，身后出现一个胸肌壮硕的警卫，手里拿着一根长长的黑色警棍。

"温斯顿，你知道他吧，"欧布莱恩说，"别自欺欺人了，你一定知道……其实你一直都知道。"

没错，他现在懂了，他一直都知道，可是他没时间想那些了，只能看着警卫手里拿着的警棍，警棍可能打在任何地方：头顶、耳朵、上臂、手肘——

是手肘！他膝盖一软跪了下去，整个人几乎瘫痪了，另一只手盖着受伤的手肘，所有事物一瞬间爆炸了，发出一道黄光。不敢相信，他真是不敢相信只是一次打击居然能痛成这样！黄光褪去之后，他看到欧布莱恩和警卫低头看着他，警卫看见他痛苦扭曲的样子哈哈大笑。至少他现在可以回答一个问题了，不管是什么理由，你绝对绝对不会想要增加疼痛，对于疼痛，你只会想着一件事：赶快结束。世界上没有什么东西比疼痛更难受，只要遇到疼痛，谁也当不了英雄，根本就没有英雄。这个念头在他心里翻来覆去；他也在地上翻来滚去，抓着自己废掉的左手，只是无济于事。

2

温斯顿感觉自己好像躺在行军床上，只是跟地面离得很远，而且好像还有什么东西固定住他，限制他的行动，异常强烈的光线打在他脸上。欧布莱恩就站在他身旁，低头专注看着他，他另一边站着一个穿白袍的男人，手里拿着皮下注射器。

即使他睁开眼睛，也只能慢慢看清楚自己身处的环境，他感觉自己像是从一个很不一样的世界往上游进这个房间里，类似一个极深处的水下世界，他不知道自己在那里已经待了多久。自从他们抓了他，他就没有看过黑夜或白天。再说，他的记忆也是断断续续的，有时候就算他的意识只是处在睡眠中那样的状态，也会突然中断，然后空白一段时间之后又恢复，不管这段空白是几天、几星期，或者只有几秒，他也无从得知。

从他手肘承受的第一击起，噩梦就开始了。后来他才明白，当时所发生的一切不过只是初步例行的讯问，几乎所有犯人都要面对，罪名的范围很广——间谍、破坏等等,每个人都理所当然要承认,认罪只是一个形式,但刑求可是真的。他已经记不清楚自己挨了多少顿打,殴打又持续了多久,每次一定有五六个穿着黑色制服的男人同时对付他,有时候是用拳头,有时候用警棍,有时候用钢条,有时候用靴子。有好几次他在地板上翻滚,像畜生一样不知廉耻,不断扭动身体改变姿势,只是想一次又一次在绝望中努力闪躲他们的靴子,但只是让他们愈踢愈狠、愈踢愈来劲,踢中他的肋骨、肚子、手肘、胫骨、腹股沟、睾丸,还有脊椎尾骨。有时候他们不断殴打,似乎永远不会停,这时候对他最残忍邪恶、让他无法原谅的事情好像已经不是警卫一直揍他,而是他没办法逼自己失去知觉。有好几次,他的神经已经绷到遮掩不住紧张,甚至他们还没开始揍他,他就先喊着饶命,只要看到一颗拳头往后拉、准备挥出一击,就足以让他劈头说出一长串认罪自白,也不管罪名是真是假;还有几次,他一开始是下定决心什么罪也不认,警卫得逼着他一边痛喊着一边吐出认罪的字句;也有几次,他已经气力全失,打算要低头妥协了,他就会对自己说:"我会认罪的,但还不是时候,我一定要撑到忍不住疼痛的时候,再踢三下、再两下,然后我就告诉他们想听的。"有时候他们打他打到他连站都站不稳,像袋马铃薯一样跌到牢房的石头地板上,他们就把他放在那儿休息个几小时,然后再带他出来继续打。也有比较长的恢复期,不过他几乎也没印象,因为大部分时间他都在睡觉,不然就是不省人事。他记得自己在一间牢房里,有一张木板床,墙上钉着像是架子的东西,还有一个锡制的洗脸盆,有热汤和面包可以吃,有时候还有咖啡。他记得来了一个粗鲁的理发师,帮他刮胡子、剪头发,还有几个穿着白袍的男人,神情认真又不带同情,来检查他的脉搏,测试反射动作,翻开眼皮看瞳孔,粗糙的手指在他身上四处按压,看看有没有骨头断了,然后拿着针头在他上臂注射,让他睡着。

挨打的次数渐渐减少,主要只是当成威胁,让他担心万一他们不满意自己的答案，随时会送他回去挨打。现在来讯问他的人不是穿着黑色制服的暴徒，而是党内的知识分子。这些男人个子小小的，又矮又胖，动作敏捷，戴着闪闪发亮的眼镜，他们轮番上阵讯问他，一次持续大概十到十二个钟头，他想应该有这么久，不过也不太确定。这些讯问者确保他还是不断会受点皮肉之苦，但是他们靠的主要不是疼痛，他们会甩巴掌、拧耳朵、拉头发、逼他单脚站立、不准他离开座位去小便、把强光打在他脸上，直到他眼眶充满泪水为止。不过他们做这些都只是为了羞辱他，让他无法辩解说理，他们真正的武器是毫不留情的连续讯问，问了一个钟头又一个钟头，让他露出破绽，挖洞给他跳，扭曲他说的每一句话，证明他说的字字句句都是谎言，完全自相矛盾。最后他只能开始啜泣，不仅是因为羞愧，也是因为他的精神已经极度疲劳，有时候他在一段讯问里就会哭个好几次。大部分时间，那些讯问者会对他尖声叫骂，只要他稍有迟疑就开始威胁要再把他交给警卫；不过有时候他们会突然改变语调，称呼他为同志，用英社党和老大哥的名义向他温情喊话，询问的语气中带着遗憾，难道都到了这个时候，他对党还是不够忠诚？难道他不希望修正自己所做的恶事吗？经过好几个钟头的讯问，温斯顿的神经已经变成凌乱的碎片，就连这样的温情喊话也会让他哭得抽抽搭搭的，到最后，这样絮絮叨叨的声音让他整个人完全崩溃，比警卫的靴子和拳头还有用，他们要温斯顿说什么他就说，要他签什么他就签，他唯一关心的就是想知道他们想要他招认什么，然后赶快全盘托出，免得他们又开始折磨他。他承认暗杀优秀党员、散发煽动性的传单、侵吞公共基金、兜售军事机密以及搞各种破坏活动，他还承认自己打从一九六八年起就收了东亚国政府的钱当间谍；他承认自己有宗教信仰、崇拜资本主义，还是个性变态；他承认自己谋杀了他的妻子，不过他知道，而且这些讯问者也绝对知道，他的妻子根本还活着；他承认自己和葛斯登本人有来往，而且已经好几年了，也是某个地下组织的一员，这个地下组织几乎包括了所有他曾经认识的人。其实这样比较轻松，干脆承认一切罪名，连累所有人，再说就某个方面来说，这些事情也都是真的，他真的是党的敌人，在党的眼中，思想和行为并没有什么分别。

还有另外一种记忆，在他脑海里特别突出，但却东一块、西一块的，就好像很多张照片，周围一片黑暗。他在一间牢房里，里面可能是暗的也可能是亮的，因为他除了一双眼睛，其他什么也看不见。手边感觉放了某种仪器，发出缓慢而规则的嘀嗒声，那双眼睛变得愈来愈大、愈来愈明亮。突然他从椅子上飘起来了，潜进那双眼睛里，眼睛将他吞没了。他被绑在一张椅子上，身边都是刻度盘，头顶上的灯光灿烂夺目。一个穿白袍的男人正在读刻度盘上的数据，外头传来靴子重重踩踏的声音，门咔啷一声开了，蜡像脸官员走了进来，身后跟着两名警卫。

"一〇一室。"官员说。

穿白袍的男人没有转身，也没有看着温斯顿，只看着刻度盘。

温斯顿快步走在一条宽广的走廊上，宽就有一公里，耀眼夺目的金黄色灯光照亮了整个走廊。温斯顿放声大笑，用尽力气喊出认罪自白，他什么都认了，就连刑求时成功忍住不说的事情也全招了。他巨细靡遗叙述他全部的人生，只是他的听众早就什么都知道了，跟着他的还有那些警卫、讯问者、穿白袍的男人、欧布莱恩、茱莉亚、查灵顿先生，他们都一起快步走在这条走廊上，一起放声大笑。未来好像注定要发生什么糟糕的事情，但不知道为什么他似乎跳过了这一段，而糟糕的事情也没有发生，一切都很好，再也没有痛苦，他人生中最鸡毛蒜皮的小事情也都摊在阳光底下，他们都懂了，也原谅他了。

他从木板床上坐起身来，有点不太确定自己是不是听见了欧布莱恩的声音，在整个讯问过程中，虽然温斯顿一直没有看见欧布莱恩，但总有一种感觉，仿佛他就在自己伸手可及之处，只是看不见他而已。所有一切都是欧布莱恩主导,他叫警卫来对付温斯顿,也不让警卫杀了温斯顿,由他决定温斯顿什么时候该痛苦尖叫、什么时候可以喘口气、什么时候可以吃东西、什么时候该睡觉、什么时候该把药注射进他的手臂里,所有问题都是欧布莱恩问的,也由他决定答案。他既是行刑者,也是保护者;他是讯问者,也是朋友。有一次,温斯顿不记得那时候他会睡着是因为药物还是自然睡着,或者甚至那时候他是醒着的,总之他听见一个声音在他耳边低语:"别担心,温斯顿,我会保护你,我已经看着你七年了,现在转折点来了,我会救你,我会让你变得完美。"他不确定那是不是欧布莱恩的声音,不过这个声音也曾经对他说:"我们将在没有黑暗的地方见面。"那是他七年前的另一个梦境。

他不记得针对他的讯问有没有停止过,总是有一段时间是一片黑暗,接着他才会渐渐看清楚身处的牢房或者房间。他整个人几乎完全平躺着,动弹不得,每个重要关节部位都遭到压制,就连后脑勺好像也有东西固定着。欧布莱恩一脸严肃低头看着他,看起来还有点悲伤。温斯顿由下往上看着欧布莱恩的脸,他的皮肤粗糙又没光泽,双眼底下挂着眼袋,疲累从他鼻子到下巴刻了深深的法令纹。他的年纪比温斯顿以为的还要大,可能有四十八或五十岁了,他手里压着一个刻度盘,上面有一支操纵杆,刻度盘上刻了一圈数字。

"我跟你说过了,"欧布莱恩说,"如果我们能再见面,就会是在这里。"

"对。"温斯顿回答。

没有预先警告,欧布莱恩的手只是轻轻动了一下,一波疼痛就席卷温斯顿全身。这样的疼痛很可怕,因为温斯顿根本不知道到底发生了什么事。他感觉自己好像受了什么致命的伤害,他不知道是不是真的有什么在伤害他,还是电流造成的影响,但是他的身体完全扭曲变形,关节慢慢要散开来了。虽然这样的疼痛让他额头冒汗,但最可怕的还是他担心自己的脊柱快折断了,他咬紧牙关,用鼻子用力呼吸,想要尽量保持静默,愈久愈好。

"你很害怕,"欧布莱恩看着他的脸说,"害怕有什么地方随时都会断掉,你尤其害怕断掉的是你的脊柱,你心里想象的画面很逼真,脊椎骨断成两截,脑脊髓液不断滴下来。温斯顿,你在想这个,对吧?"

温斯顿没有回答。欧布莱恩把刻度盘上的操纵杆拉回来,那波疼痛马上就消失了,来得快,去得也快。

"刚刚那样是四十。"欧布莱恩说,"你也看到了,这个刻度盘上的数字最高到一百。我们两人讲话的时候,请你一定要记住,我有能力随时让你痛苦不堪,要多痛有多痛,懂吗?如果你敢骗我,或是想撒谎掩饰,甚至故意表现得不符合你平常的知识水平,你马上就会痛苦大叫,懂吗?"

"懂。"温斯顿说。

欧布莱恩的态度变得比较和善了,推了推眼镜,一副若有所思的样子,然后来回踱了几步。他说话的时候声音温和、有耐心,感觉像是个医生、老师,甚至是牧师,一心只想解释道理说服温斯顿,而不是想惩罚他。

"温斯顿,对付你比较麻烦,"他说,"因为你值得,你非常清楚自己有什么问题,这么多年来你一直很清楚,只是你不想承认罢了。你的精神错乱了,你的记忆有残缺,记不清楚真正发生过的事情,还逼自己记得其他根本没发生的事情。幸好这个问题可以解决,你一直都没有治好自己,是因为你不想要,你得先付出一点意志力,但你还没准备好。即使事到如今,我也很明白,你抓着自己的病症不放,以为这样人生才有意义。现在我们先示范一次,目前大洋国在跟哪一强国打仗?"

"你们抓我来的时候,大洋国在跟东亚国打仗。"

"东亚国,很好。大洋国一直都在跟东亚国打仗,对吗?"

温斯顿深深吸了一口气,他开口要讲话却没声音,眼睛没办法离开那个刻度盘。

"温斯顿,请说实话,你的真心话,告诉我你觉得你记得什么。"

"我记得在我遭到逮捕的前一个礼拜,我们根本不是跟东亚国打仗,他们是我们的同盟,欧亚国才是敌人,我们两国打仗打了四年,在更之前……"

欧布莱恩大手一挥,阻止他继续说下去。

"再举个例子,"他说,"几年前你发现了一件事,其实这是严重的幻觉,有三个曾经是党员的男人,他们的名字是琼斯、亚伦森和路瑟福。这三个人犯了叛国罪和破坏罪,他们完全承认自己的每一项罪名,最后遭到处决,但是你却认为他们其实是无辜的,他们并没有犯下那些罪名,你相信自己看到了一份证据文件,足以证明他们的认罪自白是假的,绝对错不了;你幻想自己看到了某张照片,还相信自己确实把这张照片握在手里,那张照片有点像这张——"欧布莱恩手指间夹着一张剪报,在温斯顿的视线范围里停留了大约五秒钟,那是一张照片。温斯顿一眼就认出照片中的人物,绝对不会错,就是这张照片,又是这张琼斯、亚伦森和路瑟福在纽约党集会的合照,他在十一年前碰巧看到这张照片,随即就毁掉了。照片只在他眼前出现了一下子,然后又马上看不见了,可是他看得清清楚楚,不用怀疑,他真的看见了!他拼尽全身力量,忍着痛苦想挣脱上半身的束缚,可是不管往哪个方向,他最多也只能移动一厘米。这个时候,他甚至忘记刻度盘的存在,他只想要再一次亲手拿着那张照片,或至少能再看一眼。

"真的有!"他大叫出声。

"没有。"欧布莱恩说。

欧布莱恩走到房间另一头,对面墙上有一个记忆洞,他掀起栅板,虽然温斯顿看不见,但他知道那张脆弱的剪报正随着热气的气流盘旋而去,火焰一闪,剪报就消失其中。欧布莱恩转头离开墙边。"化成灰了。"他说。"甚至化成灰也认不出来,尘归尘了,这件事情不存在,从来就没发生过。"

"可是真的有啊！真的有！这件事存在记忆里，我记得，你也记得。"

"我不记得。"欧布莱恩说。

温斯顿的心沉了下去，是双重思想。他感到一股要命的无助，如果他有办法确定欧布莱恩在说谎，那好像还没关系，可是欧布莱恩非常有可能真的忘记了那张照片，如果是这样，那他也会忘记自己否认记得这件事，忘记自己忘记这件事，你怎么能知道对方只是在骗你呢？也许脑海里这样疯狂的错乱真的会发生的，这样的思想让他认输。

欧布莱恩低头仔细打量着温斯顿，这个时候他尤其像个老师，费尽心思想把一个误入歧途的好学生拉回来。"有一句党的口号跟控制过去有关，"他说，"请你念出来。"

"掌握过去者，掌握未来；掌握现在者，掌握过去。"温斯顿乖乖念了。

"掌握现在者，掌握过去。"欧布莱恩缓缓点头表示赞许。"温斯顿，你是不是认为过去真的存在？"

温斯顿又再一次感到无助，他的眼睛很快看了刻度盘一眼，他不但不知道自己究竟应该答"对"还是"不对"才能免受皮肉之苦，甚至也不知道他认为哪个答案才是真的。

欧布莱恩淡淡微笑。"温斯顿，你不是形而上学家，"他说，"一直以来你都不曾想过存在到底是什么意思。我再问得更清楚一点，过去有实体存在吗？占空间吗？有没有哪个属于实体世界的地方，那里的过去还在发生的？"

"没有。"

"那如果真的有过去的话，在哪里？"

"在记录里，都写下来了。"

"在记录里，还有呢？"

"在脑子里，在人的记忆里——"

"在记忆里，很好，我们的党控制了所有记录，控制所有记忆，那么我们就控制了过去，对吧？"

"可是你们怎么可能不让人记得？"温斯顿又大叫起来，暂时忘了刻度盘。"这又不是故意的，人自己都没办法控制啊，你们怎么可能控制记忆？你们就没控制到我！"

欧布莱恩的态度又严厉起来，伸手放在刻度盘上。"正好相反，"他说，"是你不能控制，所以你才会来到这里，你会在这里是因为你做不到谦逊，做不到自我管理，你不肯顺从听话，宁可赔上自己的理智，宁愿做一个疯子，以为众人皆醉你独醒。温斯顿，只有受过训练的心智才能看清现实，你相信现实是客观的、物质的，不靠外力也会存在；你也相信现实的本质能够不言自明，你欺骗自己，以为你看到了什么，就认为其他人也都会看到一样的东西。但是我要告诉你，现实不是个具体的东西，现实只存在人的脑子里，没有别的了。现实不是只单单存在一个人的脑子里，因为人会犯错，而且不管怎么样都会很快就死去。现实只存在党的脑子里，那是属于所有人的，永远不死，党认为这是真相，那这就是真相，除非从党的眼睛来看待现实，否则不可能看清楚。温斯顿，你一定要重新学会这一点，你必须自我毁灭，控制你的意志，你必须要让自己变得卑微渺小，头脑才会清楚。"

他停下等了一会儿，好像在等着让刚刚那席话发挥作用。"你还记得你在日记里写了什么吗？"他继续说。"'自由就是有说出二加二等于四的自由。'记得吗？"

"记得。"温斯顿回答。

欧布莱恩举起左手，手背对着温斯顿，收起拇指，只伸出四根手指。

"温斯顿，这是几根手指？"

"四根。"

"如果党说这样是五根手指，那现在有几根手指？"

"四根。"

话一说完,温斯顿就痛得倒抽一口气,刻度盘的指针瞬间爬升到五十五。温斯顿全身都冒出汗来,空气冲入他的肺里,然后伴随着从喉咙深处发出的呻吟声呼出,即使他咬紧牙关,还是忍不住。欧布莱恩看着他,依然伸出四根手指,他把操纵杆拉回来,这一次,疼痛只是稍稍减缓。

"温斯顿,几根手指?"

"四根。"

指针升上了六十。

"温斯顿,几根手指?"

"四根!四根!还要我说什么?四根!"

指针一定又往上升了,可是他没有去看,只能看见那张严肃冷峻的脸还有那四根手指,手指在他眼前像梁柱一般矗立着,巨大的影像渐渐模糊,好像还在震动,但毫无疑问是四根手指。

"温斯顿,几根手指?"

"四根!住手,住手!你怎么可以这么狠?四根!四根!"

"温斯顿,几根手指?"

"五根!五根!五根!"

"不对,温斯顿,这样没有用,你在说谎,你还是觉得有四根手指。请告诉我,这是几根手指?"

"四根!五根!四根!你爱说什么都行,拜托住手,我受不了了!"

突然,他发现自己坐起身来,欧布莱恩的双手环抱着他的肩膀,他大概有几秒钟失去意识了,压制他身体的束缚已经松开了,他觉得很冷,身体不受控制发着抖,牙齿咔咔打战,泪水滚落脸颊。他靠在欧布莱恩身上好一会儿,像个小婴儿一样,真是不可思议,那双有力的手臂绕在他肩膀上居然会让他感到安慰,他感觉欧布莱恩在保护他,那股疼痛是从外界来的,是其他原因引起的,欧布莱恩会保护他。

"温斯顿,你学得可真慢。"欧布莱恩用温和的语气说。

"我也没办法啊,"他呜咽说,"我能怎么办,我眼前看到的就是如此,二加二是等于四嘛。"

"不一定,温斯顿,有时候会等于五,有时候会等于三,有时候可能全部都是,你一定要更努力,要恢复理智并不容易。"

他让温斯顿躺回床上,绑住四肢的束缚又绑紧了,但是疼痛已经过去,他也不再发抖了,只是觉得虚弱寒冷。欧布莱恩向穿白袍的男人点了点头。白袍男在整段过程中完全站着没有动作,此时他弯下腰来仔细看着温斯顿的眼睛,感觉一下他的脉搏,低头把一边耳朵贴在他胸膛上,拍拍这里又拍拍那里,然后对欧布莱恩点点头。

"再来一次。"欧布莱恩说。

疼痛在温斯顿身体里流窜,指针一定爬升到了七十、七十五,这一次他闭上眼睛,他知道欧布莱恩还伸着手指,还是四根。最重要的就是不管怎样都要活下去,撑到这一阵痉挛过去,他已经不想去注意自己有没有大叫出声。疼痛又减轻了,他张开眼睛,欧布莱恩拉回操纵杆。

"温斯顿,几根手指?"

"四根,我想应该是四根,我也很想看见五根手指,我很努力要看见五根手指。"

"你想要什么?是要说服我你看见了五根手指,还是真的想看见五根手指?"

"真的想看见。"

"再来一次。"欧布莱恩说。

或许指针飙到了八十——九十,温斯顿完全想不起来为什么会有这股疼痛,他闭紧眼睛,从皱起的眼皮底下看见好多好多手指,好像在跳舞一样,摇摇晃晃前进、后退,一下子消失在另一根手指后面,一下子又跑出来了。

他想要数数有几根,但也不记得为什么,他只知道不可能数得出来,好像是因为他要分清楚四跟五的差别,可是他也不知道为什么。疼痛又减轻了,他睁开眼睛的时候,发现自己还是看着一样的东西,数不清的手指像是移动的树木,还在不断朝着不同方向游移,一下子交错而过,然后又再次交错。他又闭上眼睛。

"温斯顿,我伸出了几根手指?"

"我不知道,我不知道,你要是再继续,我就会死了。四根、五根、六根——真的,我老实说,我不知道。"

"好多了。"欧布莱恩说。

一根针头插入温斯顿的手臂,他几乎是马上感觉到一股让人愉悦疗愈的暖流流遍全身,他已经有点忘记疼痛了。他睁开眼睛,感激地看着欧布莱恩,看着他心情沉重又历尽风霜的脸,觉得他的脸很丑,但充满智慧,他的心好像准备叛逃了。如果他可以动,就会伸出手搭在欧布莱恩手臂上,他从来没有像此时此刻这样深深敬爱他,不仅仅是因为他阻止了那股疼痛而已,而是深藏在心中那种过去的感觉又回来了,欧布莱恩是敌是友都无关紧要,他是值得倾诉的对象,或许一个人不需要别人的爱,只要有人了解就好了。欧布莱恩把他折磨得快发疯了,再一下子,一定也会把他折磨至死,不过也没有什么差别了。就某方面来说,他们的关系比朋友还深,应该说是密友,或许在某个地方,虽然他们可能永远都不会真正说出内心话,但他们可以在那个地方碰面聊天。欧布莱恩低头看着他,脸上的表情透露出他的脑子里可能也有同样想法,他开口说话时,语气轻松自然。

"温斯顿,你知道这里是哪里吗?"他问。

"不知道,我猜是在仁爱部。"

"你知道你在这里待了多久吗?"

"不知道,几天、几个礼拜、几个月——我想有几个月了吧。"

"那你想我们为什么要把人带来这个地方？"

"要让他们认罪。"

"不对，不是因为这样，再想想。"

"要处罚他们。"

"不对！"欧布莱恩大叫，声音转变之快简直超乎寻常，他的脸突然变得既严肃又滑稽。"不对！不只是要你们认罪，不是要处罚你们，要我告诉你为什么带你来这里吗？是要治好你！让你恢复理智！温斯顿，我们带来这个地方的人没有一个没治好的，你知不知道？我们对你承认的那些狗屁罪名没有兴趣，党对那些明显的罪行没兴趣，思想才是我们最关心的，我们不只是要摧毁敌人，而是要改变他们。你了解我的意思吗？"

他弯腰俯视着温斯顿，因为靠得很近，他的脸看起来好巨大，而且由下往上看，真是丑恶到不行，更可怕的是，他脸上还充满了一种得意扬扬的欣喜，像是发疯那样的强烈情绪。温斯顿的心又畏缩了起来，如果可能的话，他真想在床上陷得更深一点，他肯定欧布莱恩就快要转动刻度盘，单纯只是为了耍他。可是就在这个时候，欧布莱恩转身离开了，他来回走了几步，再继续说话的时候口气已经没那么冲动了。

"有一件事你要先了解，你来这个地方不是来殉教的，你读过以前宗教迫害的数据，中古世纪的时候有所谓的宗教法庭，他们失败了，他们的目的原本是想将异教邪端连根拔除，结果却让对手一直流传到现在。他们只要在木桩上烧死一个异教徒，就会有几千个异教徒站出来，为什么呢？因为宗教法庭公开处死敌人，而且在敌人仍然冥顽不灵的时候就杀死他们，其实正是因为敌人冥顽不灵才会遭到处死。这些人死去的原因是他们不肯放弃自己真正的信仰，当然所有的荣耀都归之于牺牲者的身上，而烧死他们的宗教法庭就成了众矢之的。后来，到了二十世纪就出现了所谓的极权主义，有德国的纳粹和俄国的共产党。俄国人消灭异己的手段比宗教法庭还要残酷,还以为自己已经从过去的错误里学到教训,他们知道无论如何都不能让这些人变成殉教者,他们把受害人拉去公开审判之前,会刻意用尽一切方法摧毁受害人的尊严,用酷刑和隔离消磨他们的心智,让他们变成卑鄙畏缩的可怜虫,不管叫他们招认什么都会照做,为了保护自己无所不用其极,互相指控,躲在彼此背后,哭着恳求原谅。但是这样只过了几年,同样的事情又发生了,死去的人又成了殉教的英雄,大家忘记了他们身上的耻辱,所以我们又要问,为什么?首先,因为他们的认罪很显然是严刑逼供的结果,完全不是真的。我们不会犯这种错误,在这里的一切认罪自白都是真实的,我们让自白变得真实,最重要的是,我们不会让死人爬起来反抗我们。温斯顿,你以为后世的人会为你平反?不准再这么想了,后世的人根本就不会知道你是谁,你会从历史的洪流中彻底消失,我们会把你蒸发成气体,散发到同温层里,你什么也不会留下来,记录里没有你的名字,也没有活人会记得你,我们会完全歼灭你在过去以及未来的一切,你从来就没有存在过。"

温斯顿心想,既然如此干吗还要折磨我?他顿时觉得有点苦涩。欧布莱恩停下脚步,好像温斯顿刚刚把心里所想的话说出来了,他那张大大的丑脸更靠近了,眼睛微微眯起。

"你在想,"他说,"既然我们打算彻底消灭你,那不管你说什么或做什么也都没什么差别,这样一来,我们为什么还要大费周章先讯问你一番?你就是这么想的,对吗?"

"对。"温斯顿说。

欧布莱恩微微笑着。"温斯顿,你是制度里的瑕疵,我们一定要抹除掉你这个污点。我刚刚不是告诉你,我们和过去的审判者不一样,我们不喜欢阳奉阴违,甚至不喜欢最卑微的服从,等到你终于投降的时候,一定要出自于你自己的意愿。我们不会因为异议者反抗我们就摧毁他,只要他还抗拒我们的思想,我们就不会毁了他。我们要扭转他的思想,要控制他内在的心智,重新塑造他,烧毁他心里所有的邪恶与幻象,引导他到我们这一方来,不只是表面上的服从,而是诚心诚意,心智和灵魂都属于我们,我们先让他成为我们的一分子再杀了他。我们没有办法忍受这个世界上任何一个角落存在一丝错误的思想,不管这缕思想有多秘密、多无力都一样,就连在死亡那一刻,我们都不能容许有一点偏差。在过去,异教徒走向木桩的时候还是个异教徒,宣扬他的异端邪说,为此欢欣鼓舞;就连俄国净化行动中的受害者,走在长廊上准备接受枪杀死刑的时候,脑子里都还藏着反叛的念头。但是我们要先把脑子纠正到完美的地步,然后再一枪轰头,过去的专制统治下令说'汝等不得',极权统治的命令是'汝等当如是',而我们的命令则是'汝等是'。我们带到这个地方的人从来没有挺身反对我们,每一个人都漂得清清白白的,就连琼斯、亚伦森和路瑟福这三个可悲的叛徒,你本来还相信他们是无辜的,可是我们也击溃他们了。我自己就曾参与讯问他们,我看着他们渐渐意志消沉、啜泣着、卑躬屈膝、一把鼻涕一把眼泪,到最后已经不是因为疼痛或害怕,而是因为忏悔,等到我们的工作完成,他们已经剩下一副空壳了,身体里什么也没有,只是懊悔着过去所做的一切,还有对老大哥的敬爱。看到他们这么爱老大哥,我真的很感动。他们哀求我们快点开枪打死他们,这样他们才能在心智还清醒的时候死去。"

他的声音变得几乎像在做梦一样,脸上还带着那种扬扬得意和疯狂的热忱。温斯顿想,他不是装出来的,不是在装模作样,而是真的相信自己所说的每一句话。最让温斯顿感到痛苦的就是他很清楚自己的头脑不及欧布莱恩好,他看着那副庞大的身躯迈着优雅的步伐走来走去,一下子走进他的视线范围,一下子又消失。欧布莱恩这个人在各方面都比自己强大,不管他曾经有过什么想法,或未来可能有什么想法,欧布莱恩一定老早就知道了，仔细思量过，也已经推翻了，他的心智比温斯顿想得还要广。不过要是这样的话，欧布莱恩怎么可能疯了呢？疯的人一定是他，温斯顿。欧布莱恩停下脚步低头看着他，声音又变得严峻。

"温斯顿，不要以为你可以救你自己，不管你怎么样完全对我们投降都没用，没有一个曾经走偏的人可以得到饶恕，就算我们决定让你安稳度过余生，你还是逃不出我们的手掌心，你在这里经历过的事情会一辈子跟着你，先做好心理准备吧。我们会不断压迫你，直到你无法回头为止，即将发生在你身上的事，就算你活一千年也无法平复。你再也不可能拥有正常人类的感觉，你体内的一切都会死去，你再也没办法感受爱情、友情、生活乐趣、欢笑、好奇、勇敢或是诚实；你会变成空洞的人，我们会榨干你，然后用我们的思想填满你。"他停下来对穿白袍的男人示意。温斯顿感觉到有人把某个沉重的仪器推到他的头后方，欧布莱恩在床边坐下，这样一来他的脸就和温斯顿的脸几乎同高了。

"三千。"他越过温斯顿的头，对穿白袍的男人说。

两块柔软的垫子，感觉有点湿湿的，贴到了温斯顿两边的太阳穴上，他瑟缩了一下，疼痛又要开始了，是一种新的疼痛。欧布莱恩伸出一只手搭在他的手上，好像在安慰他，几乎像是关爱。"这一次不会痛，"他说，"脸面向我这边。"

这个时候突然发生一阵可怕的爆炸，或者好像是一阵爆炸，不过温斯顿不知道爆炸有没有发出声响，只确定自己看到一阵刺眼的光线，他没有受伤，只是躺卧着。虽然事情发生的时候他本来就已经是躺着的，但他有一种奇妙的感觉，自己好像是受到冲击才变成这种姿势的，一股强烈的撞击，虽然不会痛，但让他四肢摊平。他脑子里也起了变化，眼睛渐渐恢复视线焦点之后，他想起自己的身份，想起自己在哪里，也认出现在盯着他看的这张脸，可是他的脑子不知道在哪里好像空白了很大一块，就像有人拿走一块他的脑子一样。

"这种感觉不会太久。"欧布莱恩说。"看着我的眼睛,现在大洋国在跟哪一国打仗?"温斯顿想了一下,他知道大洋国是什么,也知道自己是大洋国的公民,也记得欧亚国和东亚国,可是他不知道谁跟谁在打仗。老实说,他不知道现在在打仗。

"我不记得了。"

"大洋国在跟欧亚国打仗,现在记得了吗?"

"记得了。"

"大洋国一直都在跟欧亚国打仗,从你一出生就开始,从党建立就开始,从有历史记载就开始了。这场仗一直持续着,从来没有停过,一直都在打同一场仗。记得了吗?"

"记得了。"

"十一年前你创造了一段传奇故事,说有三个人遭到指控叛国,因而判了死刑,但你假装自己看过一张报纸,上头证明了他们是无辜的。这张报纸从来就不存在,是你捏造出来的,后来你慢慢深信不疑。你现在记得你是什么时候开始编造这段故事的,想起来了吗?"

"想起来了。"

"刚刚我举起几根手指问你有几根,你看到五根手指,记得吗?"

"记得。"

欧布莱恩举起左手的手指,缩起大拇指。

"这里有五根手指,你看到五根手指了吗?"

"看到了。"

他真的看到了,在稍纵即逝的瞬间,在他脑海中的影像改变之前,他看到了五根手指,而且没有畸形的感觉。接着一切又恢复正常了,熟悉的恐惧、憎恨,还有疑惑又渐渐占满了他的脑子。可是有那么一瞬间,他不知道有多久,可能有三十秒吧。他心里明明白白,欧布莱恩口中每一个新的提示一定会填满他脑中的空白,然后变成绝对的事实,届时二加二就可以是三,也可以是五,只要有必要,什么都有可能。这种感觉慢慢消失了,但那是在欧布莱恩放下手之前,虽然他没办法重新抓回那种感觉,不过却还记得,就好像一个人会记得自己人生中的某一段时间,其实是变成了另一个人,那样的经历无比鲜明。

"你现在知道了,"欧布莱恩说,"至少这是有可能的。"

"对。"温斯顿说。

欧布莱恩带着满意的心情站起来。温斯顿看到自己的左手边,那个穿白袍的男人打开一罐安瓿,拉开注射器的活塞,欧布莱恩带着微笑转身面对温斯顿,几乎就像过去一样,他推了推鼻梁上的眼镜。"你还记不记得曾经写过日记?"他说。"里面写说不管我是敌是友都没关系,我至少还是一个能了解你的人,是可以倾诉的对象?你说对了,我喜欢跟你说话,我对你的想法很有兴趣,你跟我的想法很接近,只是你碰巧是个疯子。我们这段对话结束之前,如果你想要的话,可以问我几个问题。"

"我想问什么都可以吗?"

"什么都行。"他看到温斯顿盯着刻度盘。"已经关掉了,你的第一个问题是什么?"

"你对茱莉亚做了什么?"温斯顿问。

欧布莱恩又微笑了。"温斯顿,她出卖了你,毫不犹豫,毫不保留,我很少看到有人这么快就投降的。如果你看到她的话,可能很难认出她来,她身上所有的叛逆、奸诈、愚昧、丑恶的心灵,所有的一切都燃烧殆尽了。这次转变非常成功,可以当作教科书示范了。"

"你有刑求她吗?"

欧布莱恩没有回答这题。"下一题。"他说。

"老大哥真的存在吗?"

"当然存在,党存在,老大哥就是党的化身。"

"他存在的方式跟我存在的方式一样吗?"

"你不存在。"欧布莱恩说。

那股无力感再次朝他袭来,他知道,或者可以想象,这些证明他本身不存在的论点,但那些都是无稽之谈,只是在玩文字游戏。"你不存在。"这样的论述本身不也包含了逻辑谬论吗?可是说出来又有何用呢?他知道欧布莱恩会提出一些让他哑口无言的疯狂论点来推翻他,想到这里他的心就充满无力感。

"我想我是存在的。"他说话的语气很疲累。"我知道我自己的身份,我出生了,也会死去,我有双手双脚,在这个空间里占去一个特定的位置,没有其他实体的物品可以同时占据我这个位置。照这样想的话,老大哥存在吗?"

"这问题不重要,他确实存在。"

"老大哥会死吗?"

"当然不会,他怎么会死呢?下一题。"

"兄弟会存在吗?"

"温斯顿,这个你永远都不会知道,如果我们在你身上的工作结束了,决定要放你自由,如果你活到九十岁,你还是不会知道这个问题的答案是'是'还是'不是'。只要你继续活着,这个问题永远都是你脑子里解不开的谜。"

温斯顿静静躺着,胸口的起伏微微加速,他还没有问出他脑袋里蹦出的第一个问题,他一定要问,可是他的舌头却好像发不出音来。欧布莱恩的脸上闪过一抹惊喜,就连他的眼镜都好像染上一层嘲讽的光。温斯顿突然想着,他知道了,他知道自己要问什么!想到这里,那句话就蹦出来了:"一〇一室里有什么?"

欧布莱恩脸上的表情没有变化,他淡淡回答:"温斯顿,你知道一〇一室里有什么,大家都知道一〇一室里有什么。"

他伸出一根手指示意那个穿白袍的男人,显然这段讯问已经结束了,一根针头插入温斯顿的手臂,他几乎马上就陷入深深的睡眠。

3

"你的重建过程分三个阶段,"欧布莱恩说,"第一个是学习,然后是了解,最后是接受。现在你该进入第二阶段了。"

温斯顿照旧是平躺着,不过最近他身上的束缚没那么紧了。他们还是把他绑在床上,但是他可以稍微移动膝盖,也可以左右转动头部,手肘以下的手臂也可以抬起来了,那个刻度盘也变得没那么恐怖了,只要他脑筋转得够快,就可以逃过那股剧烈的疼痛。大多都是因为他表现得太愚蠢,欧布莱恩才会拉动操纵杆,有时候他们一整段讯问下来完全不会用到刻度盘。他记不清楚总共经过几场讯问了,整个过程好像拉得很长,不知道何时才会结束,可能会到几个礼拜吧,而每次讯问的间隔有时候是几天,有时候又只有一两个钟头。

"你躺在那里,"欧布莱恩说,"你经常会想,甚至你也问过我了,为什么仁爱部要在你身上耗费这么多时间和精力?等到你恢复自由的时候,还是会一直想着同一个疑问,你生活在这个社会里,你可以理解社会运作的机制,却无法理解背后的动机。你还记得自己在日记里写了什么吗?'我知道怎么回事,因为我不知道为什么。'你一开始想'为什么'的时候,就已经开始怀疑自己的理智了,你读了那本葛斯登的书,至少读了一部分,书里有告诉你什么你不知道的事情吗?"

"你也读过了吗?"温斯顿问。

"是我写的,应该说,我和别人一起写的。你也知道,没有一本书是独立完成的。"

"书里写的是真的吗?"

"就客观事实的描述来说是真的,不过里面提出的计划完全是胡说八道,什么秘密累积知识啦、慢慢启发众人的思想啦、最后掀起无产阶级叛变啦,然后就能推翻党——全是废话。你以为自己会在书里读到这一些,全是胡说八道,无产阶级永远不会叛变,再过一千年、一百万年也不会,他们做不到。我也不用告诉你为什么,你早就知道了吧,如果你偷偷梦想过掀起暴乱革命,一定要放弃这个梦想,党绝对不可能遭到推翻的,党会永远统治下去,就把这个当作你一切思想的起点吧。"

他走近床边。"永远!"他又说了一次。"好了,我们现在回到'怎么回事'和'为什么'的问题,你很清楚党是怎么维持自己的权力,现在告诉我,为什么我们要大权在握?我们的动机是什么?为什么我们渴望权力?——说啊。"他见温斯顿不说话,催了他一下。

但是温斯顿还是沉默了好一阵子,他觉得整个人好疲倦,累到都爬不起来了。欧布莱恩脸上又出现一丝热切的光芒,看来像发疯似的。温斯顿已经料到欧布莱恩会说什么了,他会说党之所以追求权力并非为了一己之私,完全只是为了大众的利益,党要追求权力是因为大部分人类都是懦弱又容易动摇的生物,无法承受自由或者面对事实,一定要接受统治,让比他们强大的人一步一步哄骗他们。人类有两种选择,一是自由,二是幸福,对大多数人来说,幸福比较重要。党会永远守护弱势,一心为民奉献,作恶以成善,牺牲小我完成大我。温斯顿心想,最糟糕的就是如果欧布莱恩把这些话说出口,他真的会相信,这才是最糟糕的。从欧布莱恩脸上就看得出来,他什么都知道,他比温斯顿还要了解这个世界究竟是什么样子,比温斯顿了解一千倍。他知道大多数人的生活有多卑贱,也知道党用什么样的谎言和暴行让那些人维持那种生活。欧布莱恩完全了解,也彻底权衡过轻重,发现也没什么差别,只要是为了那个终极目标,这一切都情有可原。温斯顿又想,这时候能怎么办呢?面对一个比自己还要聪明的疯子,他会仔细聆听你的论点,可是依然坚持自己的疯狂,能怎么办呢?

"你们是为了我们好才会统治我们,"温斯顿虚弱地说,"你们相信人类不懂得自我约束,所以——"突如其来的一阵刺痛让他措手不及,差点大叫出来,全身上下都感受到那股疼痛。欧布莱恩把刻度盘的操纵杆推到三十五。

"真够笨的,温斯顿,你真够笨!"他说。"你应该很清楚,最好不要说那种话。"

他把操纵杆拉回来,然后继续说:"我现在告诉你答案是什么,应该是这样。党完全是为了自己才会追求权力,我们对别人的福祉没有兴趣,我们只对权力有兴趣,等一下你就会了解绝对的权力是什么意思。我们和过去所有的寡头政治不一样,因为我们知道自己在做什么。其他的人,就算是那些跟我们很像的人,不过是一群胆小鬼、伪君子,德国纳粹和俄国共产党与我们的方法非常接近,但是他们却没有勇气承认自己的动机,他们假装,甚至可能真的相信,他们是迫不得已才接掌大权,而且时间有限,只要转个弯就能发现天堂,人类可以在那里过着自由平等的生活。我们不一样,我们知道没有人掌权的时候还会想着要让贤,权力不是工具,而是目的,建立独裁政府不是为了帮革命护航,而是为了替独裁政府护航才需要革命,迫害的目的就是要迫害,折磨的目的就是要折磨,权力的目的就是权力。你现在听懂了吗?"

温斯顿看见欧布莱恩脸上显现疲态,他觉得好惊讶,就跟之前一样惊讶,那张脸看起来强壮结实而又残酷,充满了智慧以及一种必须努力克制的热情。在这张脸面前,温斯顿觉得好无助,但是又可以看出他的疲态,双眼底下挂着眼袋,脸颊的皮肤凹陷。欧布莱恩俯身看着他,故意让那张疲累的脸更靠近。"你在想,"他说,"我的脸看起来又老又累,你在想我嘴里讲着权力,可是却没办法阻止身体衰败。温斯顿,难道你不明白吗?一个人拥有的只是躯体,躯体的疲累就代表了有机体的活力,你剪掉指甲的话会死吗?"

他转身离开床边,又开始来来回回踱步,一只手插进口袋里。

"我们是权力的牧师,"他说,"上帝就是权力。但是目前对你来说,权力不过是一个名词,是时候让你了解权力的意思了。首先,你一定要认清楚,权力是集体的,一个人只有在放弃个体身份的时候才拥有权力。你知道党的口号吧,'自由即奴役'。你有没有想过这句话可以反过来说?奴役即自由。只有一个人的时候,虽然自由自在,但一定会遭到击败,没有例外,因为每一个人注定都会死,死是最严重的失败。但如果可以完全彻底服从党,如果可以抛开自己的身份,融入党的集体身份里,让自己就是党的一部分,那么他就无所不能,长生不死。第二,你也要知道,权力就是控制人类的权力,不仅是控制身体,最重要的是控制心智。控制事物的权力,你可能会说那些事物是外在世界的真实,但这并不重要,我们早就将一切事物都控制在手里了。"

温斯顿暂时忘记了刻度盘,他奋力挣扎着要让自己坐起身来,但只能够忍着疼痛勉强扭动身体。"可是你们怎么控制事物?"他忍不住说出心里所想的话。"你们不可能控制天气和重力法则,而且还有疾病、痛苦、死亡——"

欧布莱恩的手一个动作就让温斯顿噤声。"我们能够控制事物,因为我们控制了心智,事实都是大脑编造出来的。温斯顿,你慢慢就会懂了,没有什么是我们做不到的,隐形、飘浮……什么都行,如果我想要的话,就可以像颗肥皂泡泡一样飘起来,但是我不想,因为党也不想,你得丢掉十九世纪那些什么自然法则的想法,自然法则由我们说了算。"

"才没有！你们甚至不是地球的主宰，欧亚国和东亚国又怎么说？你们还没征服他们呢。"

"那又怎样？时机成熟了我们自然会征服他们，就算我们做不到，那又有什么差别？我们可以消除他们的存在，大洋国就是全世界。"

"可是这个世界本身也不过是一粒尘埃，我们人类更是渺小得可怜！人类存在才多久？地球有好几百万年都是无人居住的。"

"乱讲，这个地球就跟我们的历史一样悠久，但不比我们久，地球怎么可能比我们老？有人类的认知，物体才会存在啊。"

"可是石头里到处都可以找到绝种动物的骨头，长毛象、铲齿象，还有巨大的爬虫，这些动物生存的年代比人类所知的还要久远。"

"温斯顿，你有亲眼看过那些骨头吗？当然没有。那是十九世纪生物学家发明的说法，人类出现以前什么也没有，如果人类有一天灭绝了，也是什么都没有。除了人类以外，什么也没有。"

"可是还有在我们以外的整个宇宙，看看天上的星星！有一些距离我们有一百万光年，我们永远也触摸不到。"

"星星是什么？"欧布莱恩冷冷地说。"它们是几公里以外的一小点火花，如果我们想要的话当然摸得到，或者也可以抹掉。地球就是宇宙的中心，太阳和星星都绕着我们转。"

温斯顿又是一番剧烈挣扎，但这次什么话也没说。欧布莱恩继续刚才的话题，好像在回答某人发出的抗议："当然在某些情况下，我刚刚所说的就不是真的了。比方说，我们在海上巡航的时候，或是要预测日食的时候，经常就会觉得这时假设地球绕着太阳转，星星距离我们有几百万又几百万公里远，这样比较方便。可是那又怎么样？你以为我们没办法设计出两套天体运行系统吗？星星要远还是近，都照我们的需要决定，你以为我们的数学家没这个能耐吗？你忘记双重思想了吗？"

温斯顿缩回床上,不管他说什么,答案立刻重重打到他身上。但是他知道,他就是知道,自己才是对的,党灌输给人民的信念是除了自己脑中的智识之外,其他什么都不存在。一定有什么办法可以证明这种信念是错的吧?这么久以来,难道没有人发现这是个谬论吗?这个信念甚至还有名字呢,可是他忘了叫什么。欧布莱恩低头看着他,嘴角微微抽动,扬起一个淡淡的微笑。

"温斯顿,我告诉过你了,"他说,"形而上学不是你最有力的论点,你绞尽脑汁在想的那个词是唯我论。但是你错了,这不是唯我论,硬要说的话应该是共同唯我论,可是这又不一样,其实是完全相反,这样讨论就离题了。"讲到最后,他换了个语气,"真正的权力,我们日日夜夜努力争取的权力,并不是用来控制物体,而是控制人。"他停顿一下,过一会儿再开始的时候,又变得像是学校老师对着优秀学生问问题的样子:"温斯顿,一个人要怎么主张自己拥有控制他人的权力呢?"

温斯顿想了想。"让他的日子很难过。"他说。

"没错,让他的日子很难过。光是顺从还不够,除非他的日子难过,不然怎么能确定他是顺从你的意思,而不是他自己的呢?权力就是要通过强加痛苦和羞辱才能显现,权力就是要把人的心智捣成碎片,然后照自己的意思把这些碎片拼成新形状,那你现在可以想象我们要创造出什么样的世界了吗?旧时代的改革者想象自己要开创一个快乐幸福的乌托邦,真是愚蠢,我们要创造完全相反的世界,一个充满恐惧的世界,害怕背叛就会让自己受苦,一个你伤害我、我伤害你的世界。这个世界愈来愈成熟的时候,只会更加不留情面,我们这个世界里所谓的进步就代表更多痛苦。旧时代的文明说他们是建立在仁爱或正义之上,我们的文明则建立在憎恨上,我们的世界里只会有恐惧、愤怒、得意和自卑这些情绪,没有其他的了,我们会把其他的一切全部摧毁。我们已经逐步破坏从革命前就遗留下来的思考习惯,我们切断了小孩和父母之间的联系，切断人与人之间的联系，也切断男女之间的联系，再也没有人敢相信自己的太太、小孩或是朋友。但是到了以后也不会有太太和朋友了，小孩一出生就会跟母亲分开，就像从母鸡窝里拿走鸡蛋一样。性冲动要完全连根拔除，生产会变成一种一年一次的例行公事，就像更新配给卡额度一样，我们会废掉性高潮，我们的神经学家已经在研究方法了。除了对党的忠心之外，没有人知道忠心是什么；除了爱老大哥之外，没有人懂得什么是爱。再也听不见笑声，除非是为了庆祝打败敌国的胜利而笑；再也没有艺术、文学、科学，只要我们无所不能，那就不需要科学了。不会有美丑之分，没有好奇，没有人懂得享受人生的过程，只要是对党不利的欢乐享受都要摧毁殆尽。但是，温斯顿，不要忘记了，一定，我们一定会留下对权力的迷恋，不断增强，也愈来愈难以捉摸，不管在什么时刻，一定会有对胜利的狂喜，伤害无助的敌人也会带来感官的享受。如果你想知道未来是什么样子，想象一只靴子踩到人脸上的感觉———辈子。"

他停顿一会儿，好像等着温斯顿说话。温斯顿只是努力要在床上缩得更里面，陷得更深，什么话都说不出来，他的心好像冻结起来一样。于是欧布莱恩继续说："你要记得，这是一辈子的，那张脸永远都在那里等着靴子来踩，异议分子和社会的敌人永远都会存在，这样我们才可以一次又一次打倒他们、羞辱他们。你落到我们手里之后所经历的一切事情都会继续发生，情况还会更糟，间谍活动、背叛、逮捕、刑求、处决、蒸发，这些事情永远不会停止。未来将是恐惧的世界，同时也是胜利的世界，党的权力愈大就愈不留情，反对力量愈弱，统治就会愈专制。葛斯登和他的异端思想会永远存在，每一天的每一刻，我们都会不停打败他、质疑他、取笑他、讨厌他——但是他永远都会存在。我这七年来都在跟你演戏，这出戏还会不断重复上演，一代演过一代，每一次的安排都更巧妙。我们会不停地把异议分子抓来这里，让他们哀求我们饶命、痛苦尖叫、崩溃、显露卑劣的一面——最后终于彻底悔悟，从自我中解放出来，自愿匍匐在我们脚边。温斯顿，我们正是在准备迎接这样的世界，一场接一场的胜利，不断征服、征服、再征服，不断压迫权力的神经，压迫再压迫。我看得出来，你已经开始了解这个世界会变成什么样子，但是到最后你不只是了解，而是接受，你会欢迎这个世界到来，变成这个世界的一部分。"

温斯顿已经逐渐恢复，可以讲话了。"办不到！"他虚弱地说。

"温斯顿，你说这话是什么意思？"

"你们不可能创造出你刚刚描述的那种世界，简直是做梦，不可能。"

"为什么？"

"文明不可能建立在恐惧、憎恨还有暴行上，没人受得了的。"

"为什么？"

"这样的世界没有生命力，迟早会瓦解，会自我毁灭。"

"胡说，你以为憎恨比爱还要耗费精力，为什么一定是这样？就算是，有什么差别？就算我们选择快速消耗精力，就算我们想要加速人类生命的节奏，让人到了三十岁就迈入老年，那又有什么差别？难道你还不懂吗？个人的死亡不是死亡，党是永远不死的。"

这个声音又再一次让温斯顿陷入无助。更让他害怕的是，万一他继续反驳欧布莱恩，他可能会再转动刻度盘。可是他没办法保持缄默。他整个人有气无力，没有论点也没有证据，只是因为他对欧布莱恩所说的一切有说不出来的惧怕，他继续出击："我不知道，我也不在乎，总之你们会失败，一定有什么东西能打倒你们，生命会打倒你们。"

"温斯顿，我们控制了生命，不管哪个阶段都是。你认为有一种叫作人性的东西会受不了我们的所作所为，于是会爆发出来反抗我们，但是人性都是我们创造的，人有无限的可塑性。还是说，你又回到那个旧想法，以为无产阶级或奴隶会起身推翻我们，别妄想了，他们没救了，一群畜生。

人性就是党说了算,其他的人都不属于党——无关紧要。"

"我不管,他们最后一定会打倒你们,他们迟早会看清你们的真面目,然后把你们碎尸万段。"

"你有什么证据证明会发生这种事吗?还是有什么理由可以说明为什么会发生这种事呢?"

"没有,但是我相信,我知道你们会失败。宇宙间有某种力量,我不知道,可能是某种精神或某种法则,你们永远也征服不了。"

"温斯顿,你相信神吗?"

"不相信。"

"那这个法则到底是什么,凭什么打倒我们?"

"我不知道,可能是身为人的精神。"

"你觉得自己是人吗?"

"对。"

"如果你是人,也会是最后一个,你的族类已经绝种了,一切由我们继承。你知道自己是孤独一人吗?历史已经把你挡在外面,你不存在了。"他换了一个态度,口气更加严厉。"而你以为你的道德比我们高尚,就因为我们是骗子又残暴不仁吗?"

"对,我觉得我比你们高尚。"

欧布莱恩没有说话,却出现了另外两个说话声。过了一下子,温斯顿认出其中一个是他自己的声音,那是他跟欧布莱恩对话的录音,就在他加入兄弟会的那晚录的。他听见自己答应说谎、偷窃、伪造、谋杀、散播毒品和卖淫、传染性病,还有对着小孩的脸泼硫酸。欧布莱恩做了个不耐烦的小手势,好像是在说实在不值得做这种示范,然后他扭了个开关,声音就停了。

"起来。"他说。

温斯顿身上的束缚自动松开了，他爬下床站着，动作不太稳。

"你是最后一个人，"欧布莱恩说，"你是人类精神的守护者，你应该看看自己真正的模样。脱衣服。"

温斯顿解开绑住工作服的绳子，原本的拉链早就被扯掉了，他不记得自己遭到逮捕之后是否曾经脱光衣服，在工作服底下，他身上绕着一圈一圈肮脏泛黄的破布，勉强还能认出来是残留下来的内衣。他把衣服都褪到地板上，这时候他看见房间遥远的另一头有一面三面镜，他靠近镜子，然后突然停下脚步，忍不住就爆出哭泣声。

"过去啊，"欧布莱恩说，"站在三面镜中央，你也该看看自己的侧面。"

他停下脚步是因为害怕，一个弯腰驼背的东西，肤色灰暗，瘦得皮包骨，正朝着他走来，那个东西的外表很吓人，他知道那就是他自己，但这还不是最吓人的地方。他朝着镜子更靠近了一点，那东西因为弯着腰，整张脸好像凸了出来，那张脸像是一个绝望的囚犯，额头是还蛮好看的，但往后却变成光秃秃的头皮，鹰钩鼻，颧骨看起来像是历经风霜，而上面的双眼则是眼神犀利又警戒，脸颊上有皱纹，嘴巴像是缩了进去。这确实是他自己的脸没错，但是这张脸的改变似乎比他的内心还要多，表现出来的情绪和他真正的感受不一样。他头上秃了几块，第一眼看到的时候他以为自己的头发也灰白了，但其实那只是头皮的颜色，除了他的双手还有脸上那一圈，全身其他部位都是灰白的，覆盖着一层古老的灰尘，除也除不掉。在灰尘底下，还能在身上各处看见伤口的红色疤痕，脚踝附近的静脉曲张性溃疡则发炎得一塌糊涂，上头一片片的皮肤剥落下来。但是真正可怕的是他的身体好憔悴，那一排肋骨瘦得好像只剩骨头一样，一双脚也消瘦了一圈，结果膝盖还比大腿粗。他现在知道为什么欧布莱恩叫他看看侧面，他的脊椎弯曲到不可思议，瘦弱的肩膀往前缩，让胸膛整个凹陷下去，细瘦的脖子承受着头骨的重量，好像整个垂了下去。若是叫他猜的话，他会说这个身体属于一个六十岁的男人，而且还得了什么不治之症。

"你有时候会觉得……"欧布莱恩说，"我的脸，就是一个内党成员的脸，看起来既衰老又疲累，你觉得你自己的脸又如何？"他抓着温斯顿的肩膀把他转过来面对自己。"看看你自己的状况！"他说，"看你全身上下有多肮脏，看看你指缝间的污垢，还有脚上那块发炎溃烂的东西有多恶心，你知道你臭得像头山羊吗？你可能不想去注意吧，看看你有多憔悴。你懂了吗？我的拇指和食指圈起来就能圈住你的二头肌，我可以像折断红萝卜那样折断你的脖子，你知道你落到我们手里之后瘦了二十五公斤吗？就连你的头发也是大把大把地掉，你看！"他往温斯顿头上一拔，拔下一撮头发。"张开嘴，九、十，只剩十一颗牙齿了，你刚来我们这里的时候有几颗牙齿？而且你剩下的这几颗也快要掉下来了，看！"他伸出有力的拇指和食指捏住温斯顿剩下的其中一颗门牙。温斯顿下巴感到一阵刺痛，欧布莱恩把那颗松动的牙连根拔起，然后丢在牢房地板上。"你快烂光光了，"他说，"你都快不成人形了。你是什么东西？一袋肮脏的东西。转过去再照照镜子，你看到你面前那个东西了吗？那就是最后一个人类，如果你是人，那就是人性。穿上衣服吧。"

温斯顿开始慢慢穿上衣服，动作还很僵硬，一直到现在他好像才发现自己有多瘦、多虚弱，他脑子里只有一个念头在翻搅着：他待在这个地方的时间一定比想象中的长。就在他穿上那堆破破烂烂的破布时，他突然觉得好可惜，可惜自己的身体就这样毁了。他还没来得及想清楚自己在做什么，就已经一屁股坐在床边一个小凳子上，然后大哭起来。他觉得自己好丑陋、好粗俗，他只是一把枯骨，穿着肮脏的内衣，坐在强烈的白光底下啜泣，但是他停不下来。欧布莱恩伸出一只手搭在他肩膀上，几乎表现出仁慈。

"不会永远都这样，"他说，"只要你想要，随时都可以逃离这个状况，一切都看你自己。"

"都是你!"温斯顿抽抽噎噎说,"是你把我害成这样。"

"不是我,是你把自己害成这样,你准备反抗党的时候就接受了这样的自己,第一次行动就注定了一切,你早就知道会发生什么事情了。"他停下来,然后又继续说:"温斯顿,我们打过你,让你精神崩溃,你也看到自己的身体变成什么样,你的心智也是同样的状态。我想你已经没什么自尊可言了,别人这样踢你、揍你、羞辱你,你也痛得尖叫了,痛得在地上打滚,身上沾满自己的鲜血和呕吐物,你哭着哀求我们放过你,你背叛了所有人和所有的一切,你可以想到还有什么丢脸的事情没发生在你身上吗?"

温斯顿不再哭了,但是眼泪还是不断掉下来,他抬头看着欧布莱恩。

"我没有背叛茱莉亚。"他说。

欧布莱恩若有所思地低头看着他。"没错,"他说,"这话倒是一点不假,你没有背叛茱莉亚。"

温斯顿的心里又充满了那种对欧布莱恩特殊的爱慕之情,好像没有什么东西可以摧毁这种感情,真是太聪明了!他心里想着,真是太聪明了!欧布莱恩从来不会听不懂别人跟他说的话,地球上的其他人可能会直接回答他,说他背叛了茱莉亚,他们这样严刑拷打他,还有什么秘密是挖不出来的?他把自己知道的所有关于她的事情都说出来了,她的习惯、性格、过去,他招出了他们会面时所发生的一切,就连最细微的细节都说了,他对她说的话,还有她对他说的话,他们一起享用黑市买来的食物,他们的奸情,还有他们打算对抗党的不成形计划……所有一切。但是,他说的'背叛'还有其他意思,照他看来,他并没有背叛她,他还是爱着她,他对她的感觉依然没变,欧布莱恩不用他解释就听懂了他的意思。

"说吧,"温斯顿说,"他们什么时候要处决我?"

"可能还要等很久。"欧布莱恩说。"你这个个案很难处理,但是不要放弃希望,每个人迟早都会痊愈的,到最后我们就会杀了你。"

4

他觉得好多了，每一天他都愈来愈有肉，也愈来愈强壮，只是他不知道究竟过了多长的日子。牢房里还是一样有白光和嗡嗡声响，但是跟他之前待过的地方比起来稍微舒服一点，木板床上有枕头和床垫，有把凳子可以坐。他们让他洗了个澡，准许他可以经常在一个锡制水盆里盥洗，甚至还给他温水用，他们给他新的内衣裤和一套新的连身工作服，帮他的静脉曲张性溃疡伤处抹上消炎药膏，把他剩下的牙齿都拔光了，给他一副新的假牙。

他在这里待了一定有几星期、几个月了，现在如果他想要的话，已经有办法计算时间，因为他们有给他东西吃，而且看起来间隔还满固定的。他算了算，每二十四小时他吃了三顿，有时候他会迷迷糊糊想着，不知道自己是晚上吃的还是白天吃的。食物无比美味，每三餐就有一餐可以吃到肉。有一次甚至还给他一包香烟，他没有火柴，送餐的警卫虽然从来不讲话，但却帮他点了烟。他第一次要抽的时候感觉有点恶心，但他继续试，一包烟抽了好久，每次饭后都只抽半根。

他们给他一块白板，角落系着一小截铅笔。一开始他完全没有使用，就算他清醒时也完全提不起劲来。有时候他吃完一餐就躺着等下一餐，期间连翻身都没有；有时候会睡着；有时候虽然清醒着，但已经陷入空泛的幻想，要睁开眼睛也嫌麻烦。他早就已经习惯睡觉的时候有强光打在脸上，好像也没有差别，只是做的梦比较有连贯性。这段时间他做了很多梦，都是快乐的美梦。他梦到自己在黄金国度里，或者坐在巨大华丽的废墟里，阳光闪耀着，身旁坐着他母亲、茱莉亚和欧布莱恩，他们什么也没做，只是坐在阳光里，平静安详地谈笑。他醒来的时候也大多是想着自己的梦境。他现在已经不会再受疼痛的刺激了，他的脑袋好像也没办法做知识性的思考了，他不会觉得无聊，不想跟人说话，也不想有人打扰，只要自己一个人，不会有人打他或讯问他，吃得饱，可以全身干干净净的，他就完全觉得满足了。

他的睡眠时间慢慢缩短，但是他还是不想离开床铺，他只想静静躺着，感觉体内的力气慢慢恢复。他在自己的身体上这里戳戳那里摸摸，想要确定这不是幻觉，他的肌肉确实愈来愈壮，皮肤也愈来愈紧实，最后他终于不再怀疑，自己真的是变胖了，他的大腿现在肯定比膝盖粗了。后来，他慢慢养成运动的习惯，刚开始本来还不太情愿，过了不久他就可以走三公里的距离，他在牢房里走来走去，累积出这个距离，原本内屈的肩膀也渐渐挺直了。他原本是想做一些难度更高的运动，但是却发现有些动作自己做不到，让他很吃惊也很羞愧，例如他最多只能走的，跑就不行了，也没办法伸直手臂举起凳子，单脚站立也一定会跌倒。他蹲下把全身重量压在脚跟上，发现自己站起来的时候，大腿和脚踝都感受到剧烈疼痛。他面朝下趴着，想靠双手把身体撑起来，但却一点用也没有，连一厘米高也撑不起来。但是又过了几天，应该说又过了几餐，就连俯卧撑也做得到了，甚至到了后来他可以连续做六下。他开始真的觉得自己的身体很不错，有时候也怀抱着希望，相信自己的脸也慢慢长回正常的样貌。只有在他不小心伸手碰到自己的秃头时，才会想起自己那张满布皱纹、几近毁容的脸从镜子里回看着自己的样子。

他的心智比较有活力了，他坐在木板床上，背靠着墙，膝盖上躺着那块板子，然后开始动作，特别努力要再教育自己。他已经投降了，这点毋庸置疑，事实上他现在已经知道了，自己早在决定投降之前就已经准备投降了。从他进入仁爱部的那一刻起，还有，没错，甚至在他和茱莉亚无助地站在那间房里，听从电屏里那个冰冷声音下达命令的那一刻起，他就已经知道自己有多轻举妄动、多无知，居然打算挺身反抗党的权力。他现在知道思想警察已经监视他七年了，就像拿放大镜看一只小甲虫那样仔细，每一个动作、每一句说出口的话，他们都会注意到，也能够推论出他心里的每一个念头；就连他在日记本封面上撒的那一小撮白色灰尘，他们也小心翼翼重新撒回去；他们播放录音给他听，让他看照片，有一些照片里有茱莉亚和他，没错，甚至连……他再也没办法反抗党了，再说，党是对的，一定是对的，党就代表了所有人的大脑，永生不死，党怎么会错呢？有什么外在的标准可以用来检验党的判断？理智是统计出来的结果，只需要学习怎么像他们一样思考而已，就这样！

握在手里的铅笔感觉很粗糙，也很奇怪，他开始写下脑海里浮现的念头，先是用歪七扭八的大写字写了大大的一句：

  自由即奴役

然后他几乎停都不停就在底下继续写：

  二加二等于五

不过接下来好像有什么东西阻止了他，他的心智好像因为什么而退却了，好像没办法专心。他知道自己知道接下来会发生什么事，但是一时之间还想不起来，然后他想起来了，但那是他很努力用逻辑推理才想到接下来一定是什么，这个念头不是自己冒出来的。他写下：

  神就是权力

他接受了一切，过去是可以改变的，但是过去从来没有改变过；大洋国的敌国是东亚国，大洋国一直在跟东亚国打仗；琼斯、亚伦森和路瑟福是罪有应得，他们确实犯了那些遭到指控的罪名，他从来没看过那张能够证明他们清白的照片，那张照片从来不存在，是他幻想出来的；他记得自己的记忆和这些不一样，但是那些记忆都是假的，都是他自己骗自己。这一切是多么容易！只要投降之后，一切的发展都顺其自然了，就像逆流泅泳，无论你怎么努力往前游，水流还是会把你往后推，然后你突然决定换个方向，不要抵抗了，就顺着水流游。一切都没有改变，改变的是你的心态，该发生的事情还是会发生。他实在不知道自己当初为什么要反抗，只要低头了，一切都是这么容易！

什么都可以是真的，所谓的自然法则都是胡说八道，重力定律也是乱讲。欧布莱恩说过："只要我想，我就可以像颗肥皂泡泡飘起来。"温斯顿想通了："如果他觉得自己飘起来了，我也同时觉得我看到他飘起来了，那这件事就真的发生了。"突然，就好像一块淹没在水中的残骸猛然冲出水面一样，他脑中浮现了一个想法："不是真的发生，是想象出来的，是幻觉。"他马上又把这个想法压到水底，这是明显的谬误，这样的想法是先预设在了某个自己不知道的地方，有一个"真实"的世界，发生"真实"的事情，但是怎么会有这样的世界？我们除了自己脑中储存的知识，怎么还会有别的知识？所有的一切都发生在脑中，不管大家的脑子里发生了什么事，一定都是真的。

他很轻易就放弃那个荒谬的假设，他也不用担心自己会屈服于这样的想法。但是他知道这种想法根本就不应该出现在自己脑中，大脑应该在这种危险想法出现的时候自动视而不见，想都不用想就略过。他们在新语中称之为阻罪。

他开始练习阻罪，自己提出一些论点："党说地球是平的。""党说冰比水重。"然后训练自己不要知道、不要了解其他矛盾的论点。这并不容易，需要极为强大的思考能力和应变能力。例如遇到像是"二加二等于五"这种论点会牵涉到算术问题，光靠他的智力就无法理解，他的心智还得像参加体育活动那样活跃，能够一下子运用极巧妙的逻辑概念，下一秒就忽略最明显的逻辑错误。他不但要够聪明，还得够愚蠢，这两者都很难做到。

在此同时，他脑中有一部分还在想，他们什么时候才要枪决他。欧布莱恩说过："一切都要看你自己。"但是他知道他不能靠某个刻意的行动就让处决时间提早，可能是十分钟之后，也可能是十年。他们或许会把你一个人幽禁好几年，可能会把你送去劳动营，有时候他们也会先把你放出去一阵子。很有可能在他们枪决你之前，这一整段逮捕审问你的闹剧还会从头再来一遍。唯一能够确定的是，死亡绝对会在意想不到的时候到来，传统是——当然这个传统没人提起。虽然没人告诉过你，但总之你知道他们会从背后开枪，一定都是对准后脑勺，没有一声警告，你从这个牢房换到下一个牢房，走在走廊上的时候突然就发生了。

有一天，这样说可能不太精确，也有可能是某天半夜，总之，有一次他陷入了一种奇怪而欢乐的幻梦：他走在走廊上，等着子弹打过来，他知道子弹随时会来，一切都安排好了，排练顺畅得宜，不再有怀疑、不再有争辩、不再有痛苦、不再有恐惧。他的身体健康又强壮，走起路来轻松自在，享受身体的运动，感觉自己像是走在阳光底下。他不再是走在仁爱部里那些白色的狭窄走廊上，而是走在一条宽敞而阳光明亮的走道，宽有一公里。走在这里，他感觉自己好像是吃了药一样精神亢奋，他在黄金国度里，跟着一条草地上的足迹，那片草地看得见兔子吃草的痕迹，脚下感觉得到生长茂盛的矮草地，脸上感觉到和煦的阳光。在草地的边缘是一片榆树林，微微骚动着，树林再过去的某个地方就是一条小溪，鲦鱼在绿色水池里游泳，岸边有低垂的柳树。

突然一股恐惧朝他袭来，他迅速坐起身，背脊冒出汗来，他听见自己大喊："茱莉亚！茱莉亚！我最爱的茱莉亚！茱莉亚！"

有一下子，他强烈感觉到她就在这里，她好像不只是在他身边，而是在他体内，就好像她已经渗入他肌肤的纹理里。在这个时候，他比以前还要更加爱她，比他们自由自在在一起的时候还要更爱她。他也知道她就在某个地方，她还活着，需要他的帮忙。他躺回床上，努力恢复心情，他做了什么？刚刚的一时软弱，要害他在这里多待几年啊？

门外随时都会传来穿着靴子的脚步声，他们不会轻易放过这样的情感爆发，如果他们之前不知道，现在也会知道他违背了答应他们的事，他顺从党，但是仍然憎恨党。过去他是表面上顺服，可是抱持着异端思想，现在他又更退了一步，他的心智已经服从了，但希望保持内心深处不受破坏，他知道自己做错了，不过却希望自己错下去。他们现在知道了，欧布莱恩知道了，就是那一声愚蠢的叫喊，他什么都招了。

他又得从头开始了，可能要花好几年。他伸手去摸自己的脸，努力要熟悉自己的新面貌，脸颊上有深深的皱纹，颧骨突出，鼻子都扁了，而且自从上次在镜子里看到自己的样子之后，他们给了他一副全新的假牙。既然不知道自己的脸长什么样子，就很难维持不可思议的表情，再说，光只是控制脸部表情也不够。这是第一次他了解到，如果想要保守秘密的话就必须连自己都防，你一定要随时知道自己有一个秘密，但是不到必要的时候绝对不能意识到这个秘密是什么，不管什么形式都不可以。因为别人很可能会发现，从现在起他不能只是思想正确，就连感觉也要正确，做梦也要正确。而在此同时他一定要把自己的憎恨锁在心里，像是一颗球，既是自己的一部分，但是和其他部分又没有关联，像是囊肿一样。

他们总有一天会枪决他，你不知道什么时候会发生，但还是有可能提早几秒钟猜到。一定都是走在走廊上的时候，从你后面开枪，十秒钟就够了。在这段时间里，他的内心世界会天翻地覆，然后突然间，一个字也来不及说，脚步没有停顿，脸上的表情也没有改变，伪装瞬间就卸了下来，然后"砰！"一声，他内心的憎恨就爆发出来了，憎恨就像一团巨大的熊熊火焰包围着他；而几乎在此同时，"砰！"子弹就射出来了，或许太迟，也或许太早。他们在还没让他的大脑臣服于他们的时候，就已经把他的大脑轰成碎片了，里面的异端思想不会受到惩罚，也不用低头认错，永远脱离他们的魔掌。他们等于是在他们的完美形象上轰了一个洞，抱着憎恨他们的心情死去，这就是自由。

他闭上眼睛，要接受智识上的训练比较困难，这牵涉到贬低自己、毁坏自己，他得栽进最肮脏的脏污里。最可怕、最让人作呕的事情是什么？他想到老大哥，那张巨大的脸（因为经常在海报上看到这张脸，他老是以为他的脸有一米宽），还有浓密的黑色络腮胡，紧盯着你来回走动的双眼，好像自动浮现在他的脑海，他对老大哥的真实感觉到底是什么？

走廊上传来靴子重重的踩踏声，铁门咔嚓咔嚓打开了，欧布莱恩走进牢房里，后面跟着蜡脸官员和黑衣警卫。

"起来，"欧布莱恩说，"过来这里。"

温斯顿站起来面对他。欧布莱恩伸出两只强壮的手握住他的肩膀，紧紧盯着他看。

"你想要骗我，"他说，"真是蠢毙了。站直一点，看着我。"

他停顿一下，接着用比较温和的语气说："你有进步了，就你的智识来说，已经没什么问题，只是你的情感却一点进步也没有。温斯顿，告诉我，记住了，不要说谎，你知道我每次都能知道你是不是在说谎。告诉我，你对老大哥真实的感觉到底是什么？"

"我恨他。"

"你恨他，很好，那么现在你该进入最后一个阶段了。你一定要爱老大哥才行，不只是服从他，要爱他。"他放开温斯顿的肩膀，顺势轻轻一推，把他推给警卫。

"一〇一室。"他说。

5

在他遭到囚禁的每一个阶段，他都知道，或者好像知道，自己在这座没有窗户的建筑物里哪个地方，也许是因为气压有一点不一样吧。警卫打他的那间牢房在地下室，欧布莱恩讯问他的那间牢房在很高接近屋顶的地方，而这个地方则在地底下数米，要多深就有多深。

这个牢房比他待过的地方都要大，但是他几乎没有注意到周遭的环境，他只能看到有两张小桌子在他正前方，桌子上都覆盖着绿色的厚毛呢，有一张距离他只有一两米，另一张则比较远，比较靠近门口。他被绑在一张椅子上，坐得挺直，绑得很紧，紧到他动弹不得，想转头都不行。他脑后有一块垫子牢牢抓着他的头，逼他只能看他正前方的东西。

他独自一人等了好一会儿，然后门打开，欧布莱恩走进来。

"你曾经问过我，"欧布莱恩说，"一〇一室里面有什么，我说你早就知道答案了。大家都知道，一〇一室里的东西是全世界最糟的东西。"

门又打开了，一名警卫走了进来，手里拿着金属网做成的东西，好像是一个箱子或篮子什么的，他把东西放在比较远的那张桌上。因为欧布莱恩站的位置正好挡住了，温斯顿看不见那东西是什么。

"什么是全世界最糟的东西，"欧布莱恩说，"每个人的看法都不一样，可能是活埋、火刑、水刑、刺刑或是其他五十种死法，在某些案例里，也可能是很细微的东西，甚至不一定会致命的。"

他稍微往旁边挪动一点，这样温斯顿就能把桌上的东西看得更清楚一点。那是一个长方形的金属笼子，顶端有一个把手可以把笼子提起来，前面挂着一个好像击剑面具的东西，内凹的那一面向外。虽然笼子距离温斯顿大概有三四米远，但是他可以看到笼子里沿着纵向分成两个隔间，每个隔间里都关着某种生物，是老鼠。

"以你说过的话，"欧布莱恩说，"全世界最糟的东西正好就是老鼠。"

温斯顿第一眼看到那个笼子，全身就开始颤抖，好像预期有什么事会发生，感觉到一股莫名的恐惧。这个时候，他忽然明白了笼子前面那个像是面具一样的东西是做什么用的。他的肠子好像变成水一样翻搅着。

"不可以！"他用高亢尖锐的声音大喊，"不可以，不可以！你不会这样对我！"

"你还记得吗？"欧布莱恩说，"你做梦的时候常常会感觉到一股恐慌，你面前有一道黑暗的墙，耳朵里听见轰隆隆的声音，墙的另一边有什么可怕的东西。你心里知道那是什么，但是你不敢拉开来仔细看，墙的另一边就是老鼠。"

"欧布莱恩！"温斯顿努力要控制自己的声音平稳，"你知道没必要这么做的，你要我做什么？"

欧布莱恩没有马上回答，他开口的时候又是学校教师的语气，他有时候喜欢假装这种语气说话。他若有所思地望着远处，好像是在跟温斯顿身后的某位观众讲话。

"光只有疼痛，"他说，"一定不够，有时候有人可以挨过疼痛，甚至挨到死掉为止。但是对每个人来说都有无法忍受的东西，没有办法好好正视的东西，这跟勇气或懦弱没有关系。如果你从高往下掉，抓住绳子并不代表你胆小；如果你从很深的水底游上水面，大口吸气也不代表你胆小，这只是本能，本能是毁不掉的。老鼠也是一样，你没办法忍受它们，它们就是你无法承受的压力，就算你想也没办法。我要你做什么，你就会做什么。"

"要我做什么，到底是什么？我又不知道，要我怎么做？"

欧布莱恩提起笼子，把笼子拿到比较靠近温斯顿的桌上，小心放在厚毛呢布上。温斯顿可以听见血液冲进他耳朵里唱歌。他感觉自己完全孤独一人坐在这里，他身在一片辽阔无人的平原上，一片平坦的沙漠沐浴在阳光下,所有的声音横越这片沙漠,穿过无限的距离朝他而来。但是那只装着老鼠的笼子距离他却不到两米,那些老鼠的体型巨大,这个年纪的老鼠嘴部长成钝角,相当凶猛,毛色呈现棕色,而不是灰色。

"老鼠,"欧布莱恩依然对着看不见的观众说,"虽然是啮齿类动物,但是是吃肉的。这个你知道吧。你一定听过镇上那些比较穷的地方会发生什么事,在某几条街上,妇女不敢把孩子独自留在家里,就连五分钟都不行。因为老鼠一定会来攻击小孩,短短的时间内它们就会把小孩吃得只剩骨头。老鼠也会攻击生病或快死掉的人,它们聪明得让人惊讶,能够判断哪个人已经没救了。"

笼子里爆出一阵吱吱声,好像是从很远的地方传到温斯顿耳里。老鼠在打架,它们努力想要冲破隔间抓到彼此。温斯顿也听到一声从喉咙深处发出的绝望呻吟,这个声音好像也是从他体外传过来的。欧布莱恩提起笼子,同时按下了什么开关,发出一声尖锐的咔嗒声。温斯顿像是发疯一样努力想挣脱椅子的束缚,但是没有用,他身体的每个部分,甚至他的头都固定得牢牢的。欧布莱恩把笼子移近一点,现在离温斯顿的脸不到一米了。

"我刚刚压下第一道控制杆,"欧布莱恩说,"你知道这笼子的构造是怎么样吧?面具会套到你脸上,不露出一点缝隙,等我压下这边另一道控制杆,笼子的门就会掀起来,这些饥肠辘辘的鼠辈就会像子弹一样射出去。你有看过老鼠跳跃到空中的样子吗?它们会跳到你脸上,直接往里面钻,有时它们会先攻击眼睛,有时会挖进脸颊里,然后大口咬掉舌头。"

笼子愈来愈近了,愈来愈靠近,温斯顿听到一连串刺耳的尖叫声,似乎是从他头顶上传来的。但是他奋力压抑住惊慌,想啊,想啊,就算时间剩不到一秒——只有思考才是唯一的希望。突然,那些鼠辈身上肮脏腐败的臭味传到他鼻孔里,一股恶心感在他体内剧烈翻搅,他几乎快要失去意识了,一切都变得黑暗,有一下子他失去了理智,变成只是不断尖叫的动物。

但是他抓住一个主意,从黑暗中爬了出来,只有一个唯一的方法可以自救,他必须拉一个人进来,拉一个人的身体来挡在他跟老鼠之间。

面具的边缘已经大到可以挡住他的视线,让他看不见其他东西。金属网做成的门距离他的脸只有几个手掌了,老鼠知道接下来会发生什么事。其中一只在笼子里跳上跳下,还有一只看起来老得皮毛都开始剥落了,应该是下水道里的祖父辈,它站起来,粉红色的爪子搭着笼子,狂热地嗅闻空气。温斯顿可以看到它的触须和黄牙,那股黑暗的恐慌又朝他袭来,他什么也看不见,没人可以救他,他也想不出办法。

"在过去帝制的中国,这是常见的惩罚。"欧布莱恩依然那副教师的口吻。

面具就要盖到他脸上了,金属网刷过他的脸颊,然后——不对,这不是解除危机,只是希望,小小一线希望。太迟了,可能已经太迟了,但是他突然明白在这个世界上只有一个人可以承担他的惩罚,他可以把这个人拉到他和老鼠之间,然后他疯狂叫喊着,一次又一次。

"茱莉亚!去抓茱莉亚!不要抓我!茱莉亚!我不管你们要怎么对付她,撕烂她的脸,剥掉她的肉,不要抓我!抓茱莉亚!不要抓我!"

他往后倒,跌落万丈深渊,离老鼠远远的。他仍然被绑在椅子上,但是他一直往下跌,穿过地板,穿过建筑物的墙,穿过泥土,穿过海洋,穿过大气层,跌进外层空间里,跌进星与星之间的深渊里——总之,愈来愈远,愈来愈远,离老鼠愈来愈远,他跌到好几光年之外。但欧布莱恩还是站在他身边,脸颊上还能感觉到冰冷的金属网,他身边包围着一片黑暗,然后他又听到一声金属的咔嘟声,他知道笼子的门关上了,没有打开。

6

栗树咖啡馆几乎是空荡荡的,一道阳光穿过窗户斜照在积满灰尘的桌面上,现在是十五点,正是寂寞的时刻,电屏里传出尖细的音乐声。

温斯顿坐在他常坐的角落,盯着空玻璃杯看,然后又抬头望着一张大大的脸,从对面墙上看着他。老大哥在看着你,标题是这么写的。一个服务生自动过来帮他的杯子倒满胜利牌杜松子酒,又从另一个瓶子的瓶塞滴管里甩了几滴到杯子里,是丁香花香味的糖精,是这家咖啡馆的招牌。

温斯顿听着电屏,目前只有播放音乐,但是随时都有可能传来和平部的特别报道。从非洲前线传来的消息极度让人不安,他一整天都在担心,心里七上八下的。欧亚国的军队(现在大洋国在跟欧亚国打仗,大洋国一直都在跟欧亚国打仗)正以惊人的速度往南移动,中午的报道没有提到特定的地区,但是刚果河的河口可能已经变成战场了,布拉柴维尔和利奥波德维尔①这两个地方都有危险了,不用看地图也知道这是什么意思。这不只是失去中非地区这么简单,在整场战争中,这是大洋国的领土第一次受到威胁。

他心里突然涌起一股猛烈的情绪,不太像是恐惧,反而像是莫名的兴奋,然后情绪很快又退去了。他不再想着战争的事,这些日子以来,他没办法让自己专心在任何事情上,总是过一下子就忘记。他拿起杯子一口就喝干了,杜松子酒一如往常让他一阵战栗,甚至有点想吐。这东西糟透了,丁香花和糖精这两种恶心的东西本身就已经够难喝的了,完全藏不住那种走味的油腻味道,最糟糕的就是杜松子酒的味道,日日夜夜都伴随着他,在他心里永远都跟那些东西的味道混在一起。

他从来不说那些东西是什么,就连想也不想,而且到目前为止,他可能也从来没有想起具体的印象,他不太意识到那些东西,不过那些东西却在他的脸部附近徘徊,散发出的味道一直留在他鼻子里。杜松子酒从他的胃里涌上来,紫色的嘴唇里吐出一声嗝。他们放了他之后,他变得愈来愈

---

① 刚果首都,今称金沙萨(Kinshasa)。

胖，也恢复了以往的气色——其实还比以前更好了，他的相貌变得比较粗犷，鼻子和颧骨上的皮肤呈现粗糙的红色，就连光秃头皮透出的粉红色也变得太深了。又一个服务生自动过来，拿来了棋盘和当天的《时报》，将棋局问题的那一页折了起来，然后他看到温斯顿的杯子空了，便拿来杜松子酒瓶倒满。不用对他们下命令，他们知道他的习惯，那副棋盘一直都等着他来，也一直为他保留角落的桌子，就连咖啡馆客满的时候他也可以自己坐在这一桌，因为也没有人想太靠近他。他甚至也从来没想过要算算自己喝了几杯，他们时不时会塞给他一张脏脏的纸条，说那是账单，但是他觉得他们一定少算他钱，不过就算是多算了也没什么差别，他现在口袋里总是装了很多钱。他甚至还有工作，几乎是坐领干薪，比他以前的工作薪水还要高。

电屏里的音乐停了，换成一个说话的声音。温斯顿抬起头听，但不是来自前线的报道，只是丰隆部的简短声明，报告第十次三年计划中的鞋带生产量，看来到了下一季就会超出预订量的百分之九十八。

他仔细看了棋局问题然后摆好棋子，这个结尾很难处理，要用到好几个骑士。"走白棋，两步内将死黑棋。"温斯顿抬头看着老大哥的肖像，他想着。白棋一定会赢，心里有一种模模糊糊的空想，每次都是这样，毫无例外，都是这样安排的。打从这个世界一开始，棋局问题里的黑棋就没有赢过，这不就象征了良善永远一定会战胜邪恶吗？那张大脸也盯着他看，充满了安定的力量，白棋一定会赢。

电屏里的声音停顿了一下，然后又开始用另外一种比较严肃的口气说话："郑重提醒各位，请注意十五点三十分时将会发布重要声明，十五点三十分！这件消息极度重要，请注意不要错过，十五点三十！"然后又换成那段柔和的音乐。

温斯顿的心翻搅起来，是前线的报道，直觉告诉他是坏消息。一整天他心里不断会突然迸出一点小小的兴奋感，脑海里不时想着军队在非洲输得溃不成军，他好像真的看见欧亚国的大批军队越过从来没有打破的边境，像一群蚂蚁一样涌进非洲边境。难道没有什么办法，有可能从两侧包夹他们？西非的海岸线在他脑海里具体浮现，他拿起白骑士移动到棋盘另一头，那个位置很合适。甚至他还正看着黑色大军往南移动的时候，又看到另一支神秘军队集结起来，突然驻军在他们后方，截断他们的海陆通道。他觉得自己是靠意志把另外那支军队招过来的，但是动作必须要快，如果他们可以控制整个非洲，可以在开普敦建造航空站和潜艇基地，就可以把大洋国一分为二。什么事情都有可能：战败、解体、世界版图重新分配、党的毁灭！他深深吸了一口气，有一种极端复杂的心情——但是又不能说是复杂，应该说是好几层接连不断的情绪，不知道哪一个是最深层的情绪，在他心底挣扎着。

情绪平稳之后，他把白骑士移回原本的位置，现在他实在没办法静下心认真研究棋局问题。他的思绪又开始漫游，几乎是下意识就伸出手指在布满灰尘的桌上写着：

　　二加二等于

"他们不能影响你的内心。"她曾经这么说过，但是他们真的可以影响人的内心。"你在这里经历的一切会跟着你一辈子。"欧布莱恩也这样说过。此话不假，有一些事情，包括自己做过的事，已经再也无法挽回，心里有些东西已经死去，燃烧殆尽、腐朽为尘。

他看过她，甚至还跟她说过话。这么做并没有危险，他好像直觉知道他们现在对他在做什么已经没什么兴趣了，如果他和她还想再见面的话，他可以安排。其实他们两人是意外碰面的，在公园里，三月的天气糟糕透顶，冷风刺骨,土地好像冰冷坚硬的铁块,花草似乎都死去了,看不见一点新芽,只有几株藏红花冒出了头,等着强风摧残。他快步向前走,双手冻僵了,眼睛也忍不住泛泪。这时候他看到她就在前面不到十米的地方,他马上惊觉她好像已经有什么不一样了,两人几乎就要擦身而过,完全没有一点表示,然后他转身跟着她,但不是很急切。他知道这样并不危险,没有人对他有兴趣。她没有说话,斜向穿过草坪,好像是想摆脱他,然后似乎又放任自己的心意,让他走到她身边。不久,两人走进一丛参差不齐的灌木丛,叶子已经掉光了,没办法遮住他们也挡不了风。他们停下脚步,天气冷得不得了,风在树木枝条间呼啸着,应景的藏红花看起来脏脏的,也让风吹得东倒西歪。他伸手揽住她的腰。

这里没有电屏,但一定有隐藏式麦克风,再说,别人也可能看到他们。不过没有关系,一切都没有关系了,如果他们想要的话,现在就可以躺到地上开始办事。想到这里,恐惧冻结了他的血肉。对于他揽住自己的手,她没有多做反应,甚至没有试图离开他的怀抱。他现在知道她是哪里不一样了,她的气色变得比较暗沉,脸上还有一道长长的疤,一部分藏在头发里,从额头延伸到太阳穴。但这不是最主要的变化,而是她的腰变粗了,而且也变僵硬了,让人忍不住惊讶。他记得有一次火箭炮轰炸过后,他帮忙从某个废墟里拉出一具尸体,当时他也很惊讶,不只是因为尸体不可思议的重量,还有尸体的僵硬让人很难处理,感觉上比较像石头,而不是血肉。她的身体就是这种感觉,他知道她的肌肤纹理会和过去有很大不同。

他不想亲吻她,两人也没有交谈。两人往回走过草坪的时候,她第一次直视着他,只是短短看了一眼,眼神里充满轻蔑和厌恶。他想着不知道她讨厌自己是因为过去的经验,还是也受到他现在的外表影响,他的脸肿了,眼睛也因为强风不断冒出泪水。他们在两张铁椅上并肩坐下,但不是靠得很近,他看到她准备开口了。她穿着粗劣的鞋子,移动了几厘米,故意踩碎一小段树枝，他注意到她的脚好像也变粗了。

"我背叛了你。"她直接说。

"我背叛了你。"他说。

她又用厌恶的眼神看了他一眼。

"有时候，"她说，"他们会拿什么东西来威胁你，是你最无法忍受、甚至想都不愿想的东西，然后你就会说：'不要这样对我，去找别人，去抓谁谁谁。'或许之后你可以假装说那只是在玩手段，你会那样说只是要让他们住手，并不是真心的；但不是这样，事情发生的那个时候你是真心的，你觉得没有其他方法可以救自己了，你很清楚这样才能自救，希望这种事情发生在别人身上，也根本不管别人会有多痛苦，你最在乎的只有自己！"

"你最在乎的只有自己。"他重复她的话。

"再之后，你对那个人的感觉就不一样了。"

"对，"他说，"你感觉不一样了。"

好像已经没别的好说的了，风直接穿透他们身上单薄的工作服，安静坐在那里好像瞬间变得尴尬，再说，天气也已经冷到很难静止不动。她说了几句话，大概是说还得赶着去搭车，然后起身要走。

"我们一定要再见面。"他说。

"对，"她说，"我们一定要再见面。"

他有点迟疑地跟上去，跟在她后头大约半步的距离走了一小段路，两人没有再交谈。她不是真的想要甩掉他，只是走路的速度很快，好让他不会靠自己太近。他已经决定要陪她走到车站，但是这段在冷风中陪伴的路途突然变得毫无意义，也难以忍受。他心里满溢着一股渴望，与其说是想离开茱莉亚，不如说他是想赶快回到栗树咖啡馆。那个地方从来没有像此刻这般吸引人，他怀念起自己的角落桌子，桌上放着报纸和棋盘，还有永远喝不完的杜松子酒，最重要的，里面会很温暖。下一秒，有一小群人插进他和茱莉亚之间,也不尽然是突发意外,他就顺势而行,虽然试图要追上她,但是他并不是真的那么想,然后脚步就慢了下来,接着转身往反方向走。等他走了五十米之后才回头看,街上的人不多,可是已经认不出她了。十几个路人行色匆匆,每一个都有可能是她,也许她现在变得粗壮僵硬的身影,从背后已经认不出来了。

"事情发生的那个时候,"她说了,"你是真心的。"他确实是真心的,他不但说了,还希望这件事发生,他希望那个人是她而不是自己,她才应该去——

电屏里的音乐有点不同了,加进了一个刺耳又带着嘲弄的声音,是黄色音符;然后来了——或许根本没有音乐,可能是某段回忆让他想起这样的旋律——有个声音开始唱歌:

枝叶茂密的栗树下,
我出卖了你,你出卖了我——

他的眼眶里充满泪水,一个服务生路过时发现他的杯子空了,拿着杜松子酒瓶回来。

温斯顿拿起杯子闻了闻,越喝越感觉难以下咽,但是这东西是他生活的必要元素,是他的生命、死亡和复活。杜松子酒让他每晚陷入昏迷,然后每天早上又唤醒他,他很少在十一点整之前醒来。醒来时眼皮浮肿,口干舌燥,背脊好像快断了一样,如果不是因为床边还摆着前夜的酒瓶和酒杯,他连坐起身来都办不到。白天的时候,他一脸呆滞坐着听电屏,手边也放着酒瓶,从十五点起就到栗树咖啡馆坐着,坐到打烊。再也没有人管他做什么,没人吹哨子叫醒他,电屏不会发出警告。有时候,大概一个礼拜两次,他会到真相部里一个积满灰尘的办公室,这里已经被人遗忘了,他在这里做一点事,其实没什么,只是表面上叫工作。他们派他到一个小组委员会之下的小组委员会。为了处理编纂第十一版《新语辞典》的一些小问题,党成立了无数的委员会,然后委员会之下又延伸出许多小组委员会,他们要负责提出所谓的临时报告,但是他从来没有确切了解他们的报告里要写什么,只知道是跟逗号要放在引号里面还是外面有关。小组委员会里还有其他四个人,都是跟他处境类似的人。有些日子里他们会聚在一起,然后马上就散开,直接跟别人说其实也没什么事情要做的。但是还有些日子里他们会埋首工作,态度可以说非常积极,登记的工作时数相当惊人。他们拟出一长串的备忘录,只是从来没有做完。这种时候他们就会开始讨论应该争论的论点,气氛会变得异常热络,争辩深奥微妙的字义问题,大大偏离主题,互相争吵威胁,甚至还会想去征询高层的意见。但是突然他们体内的活力就这样消失了,坐在桌边用空洞的眼神你看着我、我看着你,就像公鸡一啼,鬼魂就消失了。

电屏沉寂了好一会儿,温斯顿又抬起头,报道来了! 噢,不是,他们只是要换音乐。他闭上眼睛就能看见非洲地图,军队的移动就像是曲线图,一个黑色箭头垂直往南推进,一个白色箭头则水平往东推进,跨过黑色箭头的尾巴。他抬头看着海报上沉着冷静的脸,好像是要证明自己的想法,有没有可能第二个箭头根本就不存在呢?

他又开始兴致高昂了,再喝一口杜松子酒,拿起白骑士尝试下了一步棋,将军。但是这一步棋显然是下错了,因为……

一段记忆突然就自己浮上脑海,他看到一个房间,房里点了蜡烛,一张大大的床上面铺着白色床单,还有他自己,还只是个九岁或十岁的小男孩,坐在地板上摇骰子盒,兴奋笑着,他的母亲就坐在他面前,也在笑。

这一定是她消失前大概一个月的事了。此时的气氛和谐融洽,他忘了肚子里饥肠辘辘的抱怨,暂时又找回了过去对母亲的感情。他清楚记得那一天，大雨哗啦哗啦下着，雨水沿着窗玻璃顺流而下，屋里的光线黯淡，没办法读书，两个小孩在黑暗狭窄的房间里，无聊得发慌，愈来愈耐不住性子。温斯顿频频哀声埋怨，问母亲有没有东西吃，但是得不到回应。他又在房里四处捣乱，把东西都拉离原位，不断踢着墙板，踢到邻居都敲墙抗议了；而小的则时不时就号哭起来。到最后他母亲说："好了，你乖乖的我就买玩具给你，买漂亮的玩具，你一定会喜欢。"然后她就冒雨出门，走到附近偶尔还会开的杂货店去，买了一盒蛇棋游戏回来。他还记得纸盒淋湿后的味道，那套游戏状况很糟糕，棋盘破了，小小的木头骰子也没切好，躺都躺不稳。温斯顿闷闷不乐地看着那套游戏，一点兴趣也没有。可是后来他母亲点了一根蜡烛，他们就坐在地板上玩，他看着小棋子满怀希望爬上楼梯，结果又从蛇身上滑下来，几乎都要滑回起点了。他很快就兴致高昂起来，开心大笑。他们玩了八局，一人都赢了四局。他的小妹妹年纪还太小，不懂得游戏怎么玩，靠着枕垫坐着，因为其他两个人在笑，所以她也跟着笑。那一整个下午，他们都开开心心在一起，就像他以前的童年一样。

他把这个影像从脑海里推开，这段记忆是假的，他常常会受到假记忆干扰，只要知道这些是假的，就不会受到影响，有些事发生了，有些则没有。他回到棋盘上，又拿起白骑士，棋子当啷一声掉落在棋盘上。几乎就在这个时候，温斯顿突然吃了一惊，感觉好像一根针钻进他身体里。

一声尖锐的小号声划破空气，报道要来了！胜利！只要新闻开始前先吹起小号，一定都是代表胜利的消息。咖啡馆里好像有一股电流流窜着，就连服务生都吃惊地竖起耳朵倾听。

小号声又发出极大的噪音，电屏里已经传出一个兴奋的声音，一急起来就说得不清不楚。但是那声音刚开始说话，外头传出的欢呼声就几乎已经把电屏声掩盖过去，消息已经像是变魔法一样传遍大街小巷。他从电屏里的报道听到的大概已经能让他了解发生了什么事，一切就像他预见的：

一支庞大的海上舰队秘密集结起来，迅雷不及掩耳出击攻打敌人后方，白色箭头冲破了黑色箭头的尾巴，一片嘈杂声中不时冒出几句表达胜利的字句："庞大的策略调动——完美协调——彻底击溃——五十万俘虏——完全打垮敌方士气——控制整个非洲——让这场战争朝着最终胜利跨进相当的距离——人类史上最伟大的胜利——胜利，胜利，胜利！"

温斯顿桌子底下的脚像是抽筋一样颤动着，他坐在位子上动也不动，但是在他心里，他正在奔跑，快速奔跑，跟着外头的群众一起发出震耳欲聋的欢呼。他又抬头看着老大哥的肖像，驾驭世界的巨人！亚洲的游牧民族再怎么努力往前冲，也冲不破这块巨石障碍！他想到十分钟之前，没错，只是十分钟之前，他心里还在犹疑，不知道前线传回来的消息是胜利还是战败。啊，这次覆灭的不只是欧亚国的军队，自从他进到仁爱部的第一天起，他就改变了很多，但是他还没有接受最终能够疗愈他的必要改变，直到这一刻，他完全改变了。

电屏里的声音还在继续说着战犯、掠夺和屠杀的丰功伟业。但是外头的呐喊已经稍稍平息了，服务生又继续他们的工作，一个服务生拿着酒瓶走过来。温斯顿坐在位子上，做着欢愉的美梦，没有注意到自己的杯子又满了。他不再奔跑或欢呼了，他又回到仁爱部，忘记所有一切，他的灵魂清白得像雪一样。他站在被告席上面对大众，坦承一切，把所有人都牵扯进来。他走在铺着白色瓷砖的走廊上，感觉像是走在阳光下，后面跟着一个武装警卫，等了好久的子弹终于射进他脑子里。

他仰望着那张巨大的脸，他花了四十年去研究那副黑色胡须底下藏着什么样的微笑。噢，多么残酷又无用的误解！噢，他的顽固居然让他自愿离开那副关爱的胸膛！两滴眼泪混合着杜松子酒的味道，顺着鼻翼两侧流下来。不过没关系，一切都没有关系，挣扎已经结束了，他打赢了对抗自己的这场战争，他爱老大哥。

附录　新语原则[①]

新语是大洋国官方语言，依照英社党（或称英国社会主义党）的意识形态需求设计。到了一九八四年，还没有人使用新语作为自己的唯一沟通工具，无论说或写皆然，《时报》中的主要文章是用新语书写，但必须由专家特意编写才能写成。新语的目标是希望到了二〇五〇年可以完全取代旧语（或应称标准英语），同时新语也逐步站稳地位，所有党员在日常用语中都愈来愈倾向使用新语词汇及文法结构。一九八四年所使用的新语记载在第九及第十版《新语辞典》，只是暂定的新语形式，其中仍包含许多赘词及过时构词法，之后一定会遭到废除，我们现在要讨论的是最终已臻完美的第十一版《新语辞典》。

新语的目的不只是要为英社党的追随者提供一套表达的媒介，以符合他们的世界观及心智习性，同时也是要让所有其他的思想模式无法存在，一旦新语全面普及，大家都忘记旧语之后，那么异端思想——也就是不符合英社党党规的思想——基本上就会变成无法形成的思想，至少在思想必须依靠语言的前提下是如此。根据党员应该希望要表达的意思来建构词汇，每个词汇词义都非常精准，经常是很微妙的表达方式，能够排除所有其他

[①] 要用中文去解释英文语法本来已经不容易，尤其新语又和英文不太一样，若要完全照着原文的内容翻译，恐怕要加上许多英文。译者希望能完全用中文让各位理解新语的规范，所以此篇附录中有部分段落为了符合中文语法，不会完全按照原文翻译。

词义，就连通过间接方式联想到其他词义的可能性也全都排除。要做到这一点，一部分是靠创造新词，不过主要是靠消灭不要的词，剥除类似词汇中不符合党意识形态的意义，以及所有可能衍生的次要意义。举一个词做例子，新语中依然有"自由"这个词，但是只能用在说明"这只狗没有虱子很自由"或者"这片田地没有杂草很自由"，不能像过去一样指称"政治上的自由"或者"知识上的自由"，因为政治自由或者知识自由已经不存在了，就连这样的概念也不存在，所以就必须拿掉指涉的名词。除了禁止绝对异端思想的字词之外，减少词汇本身也是一种手段，一个字如果可以省掉就不能存在，新语的设计原理不是要扩张思想范畴，而是要缩减思想范畴，所以就借由将字词选择降到最低来间接达到这个目的。

我们如今知道新语是根据英语创造的，只是有很多新语句子里面就算没有新创词汇，我们这个时代的英语使用者还是很难读懂。新语词汇可以分成三种不同类别，分别是 A 类词汇、B 类词汇（又称复合词汇），还有 C 类词汇。分开讨论这三种类别会比较简单，不过这个语言的文法特性可以跟着 A 类词汇一起讨论，因为三种词汇都适用相同规则。

A 类词汇

A 类词汇包括每天日常事务需要用到的词汇，像是吃、喝、工作、穿衣、上下楼梯、搭车、园艺、烹饪之类的，这类词汇几乎完全是用我们既有的词汇组成，像是打、跑、狗、树、糖、屋、田等等。但是跟今日的英语词汇比起来，这类词汇的数量非常少，词义也有非常严格限定，屏除所有模棱两可和重叠的词义。就这个类别目前的成果看来，这类新语词汇就像音乐上的断音，只能用来表达一个清楚明确的概念。可以说 A 类词汇不可能用在文学写作、政治文章或者哲学讨论上，此类词汇的用意只是要表达有目的的简单想法，通常会牵涉到具体物品或者实际动作。

新语文法有两个非常突出的特点，第一是不同词类之间几乎可以完全互换，这个语言中的每一个词（原则上来说，这点甚至也适用于很抽象的词汇，像是"仿佛"或"此时"）都可以当作动词、名词、形容词或副词。如果以相同字根来说，动词和名词之间完全没有变化，这条规则本身就包含了废除许多旧时的形式。例如拿"思绪"这个词来说，新语中就没有这个词，而由"思想"取代，可以当作名词，也可以做动词。这里并非根据任何词源学的原则，有时候保留的是原始的名词，有时候则是动词，如果有一组意思接近的名词和动词，两者词源并不相同，常常还是会废除掉其中之一。例如说，新语里已经没有"切割"这个词，其词义已经完全由名词兼动词的"刀"取代。在名词兼动词后面加上"的"这个词尾就可以构成形容词，副词则是加上"地"，所以比方说"速度的"就表示"快速"，而"速度地"就表示"很快"。当然我们现在使用的一些形容词，像是好、强、大、黑、软，这些词依然保留下来，但是总数非常少，也很少需要用到，因为只要在名词兼动词后面加上"的"，就几乎可以达到任何使用形容词的目的。现行使用的所有副词都已经废除了，只有很少数本来结尾就有"地"的副词还留下来，副词结尾一定要用"地"，例如"很好"这个副词就由"好地"取代。

另外，每一个词（这个原则同样可以适用于这个语言中的每一个词）只要在前面加上"不"就有否定意思，也可以加上"更"来强化词义，或者如果要更强的强调语气，可以加上"极"。比方说，"不冷"就表示"温暖"，而"更冷"和"极冷"就分别表示"很冷"和"超级冷"。而就像现代英语一样，几乎每个词只要在前面加上一些前缀就能调整词义，这些前缀包括"前"、"后"、"上"、"下"等等，用这样的方法就有可能大幅减少词汇数量。例如"好"这个词，有了这个词就不需要"坏"，因为可以用"不好"来表达相同的意思,其实这样做还更好。这一切都是必要的规则。总之如果有两个词的词义是自然相反,就必须决定要废除哪一个。例如说"暗"可以用"不亮"取代,或者"亮"也可以用"不暗"取代,就看如何取舍。

新语文法中第二个突出的特点就是一致性。除了下面一段会提到的几个例外,所有词类变化都遵守相同的规则,所以所有动词的过去式和过去分词都有相同的结尾"了","偷"的过去式是"偷了","思想"的过去式是"思想了"。这个语言中的所有动词都一样,所有其他词首词尾像是"过"、"已经"、"曾经"等等都完全废除。所有复数名词都加上"们"来表示,所以"男人"、"公牛"、"生命"的复数形态分别是"男人们"、"公牛们"、"生命们"。形容词的比较级一律加上"比较"和"最",所以"好"这个形容词的比较级是"比较好"、"最好",所有其他表达形式都不再使用。

唯一能够保有不规则变化的词类是代名词、关系词、指示形容词以及助动词,这些词汇依然沿用旧时的使用方式。除了少数几个例外,像是"其"的用法已经没有必要存在,而"欲"、"当"等时态也已经舍弃,全部都用"将"和"应"取代。另外还有一些不规则的造字原则,在快速和轻松谈话的时候会出现,比较难发音的字,或者是有可能会让人听错的字,以这两个原因看来就属于不好的字。所以有时候为了让谈话听起来比较悦耳,就会在字词中加入其他的字,或者重新使用旧时的构词,不过这样的需求主要发生在跟 B 类词汇连用的时候,为什么容易发音这么重要呢?这篇文章之后就会解释清楚。

B 类词汇

B 类词汇是刻意为了政治目的而创造的词汇。也就是说这些词汇不只在任何情况下都带有政治意涵,也希望借此让使用者的心智态度迎合党的期待，如果不是完全了解英社党党规，就很难正确使用。在某些情况下，这些词汇可以翻译成旧语，甚至可以用 A 类词汇来翻译，不过通常需要长篇解释，而且一定会丧失掉某些言外之意。B 类词汇像是某种速记式语言，经常用几个词就包含了一大堆理念，而且还比普通语言更精确、更有说服力。

B 类词汇都是复合式词汇。一个 B 类词汇里包含两个或两个以上的字词，或是取字词的一部分，结合成一个容易发音的形式，最后出来的混合物一定是一个名词兼动词，可以按照一般规则变化。拿一个词来做例子："好思想"这个词，粗略说明就是服从党规的意思；或者如果要当作动词的话就是"以服从党规的方式思考"，这个词有以下变化：名词兼动词"好思想"；过去式及过去分词"好思想了"；现在分词"正在好思想"；形容词"好思想的"；副词"好思想地"；动词式名词"好思想者"。

B 类词汇并非根据任何词源学计划而创造出来的。依照 B 类词汇规范所创造出来的字词可以当作任何一种词类，顺序可以任意调换，构词也可以任意破坏，这样要解释 B 类词汇起源的时候才容易发音。例如在"犯罪思想"（思想罪）这个词当中，思想摆在后面；但是在"思想警"（思想警察）这个词里，思想却放在前面，而且后半部原本应该是"警察"，也拿掉了第二个字。因为实在很难确保字词的发音悦耳，所以 B 类词汇中的不规则构词比 A 类词汇常见。例如"真部"、"平部"和"爱部"的形容词形式分别为"真相部的"、"和平部的"、"仁爱部的"，这只是因为"真部的"、"平部的"、"爱部的"这样发音很奇怪而已。不过原则上所有 B 类词汇都可以变化，而且变化规则也完全一样。

有些 B 类词汇的词义非常微妙精细，如果不是通晓整个语言的人很难了解。例如就拿《时报》上一篇头版文章里典型的句子来说："旧思想者不腹感英社党。"如果要用旧语把这句话翻译出来，至少要写成："意识想法在革命前就成型的人无法完全用心了解英国社会党的党规。"不过这句翻译只是差强人意。首先，要完全了解以上这句新语的意思，你一定要清楚认知到什么叫作英社党。此外，一个人必须要有完整的英社党知识底子，才能了解"腹感"这个词火力全开的感觉。这个词有盲目热切接受的意思，我们现在很难想象这种感觉。还有"旧思想"这个词一定会包括邪恶及堕落的意思。不过这些新语词汇的特殊构词，好比旧思想就是一例，与其说是要表达意思，其实是要摧毁其中的意思。这些词的数量一定很少，词义可以无限扩大，一直大到一个词本身就包含一长串字词的意思，而这些意思也完全可以用这样一个单一好懂的词表示，这样就可以一并扫除遗忘。《新语辞典》的编纂者所面临最大的困难不是要创造新词，而是要确定这些新词创造出来之后要代表什么意思，也就是说要确定这些字词存在之后，可以删掉的字词范围有多广。

我们已经看过"自由"这个词的例子，像这类的词以前是带有异端思想的，但是为了使用方便，有时还是会予以保留，但是一定要清除不好的意义。还有其他数不清的字词，像是荣誉、正义、道德、国际性、民主、科学和宗教，这些字就直接销毁了，改用几个概括性的字词来取代，而且在取代之后也就将这些字词废除了。例如说，所有围绕着自由平等的概念而衍生的字词意义都囊括在一个字词里："犯罪思想"；而围绕着客观性和理性的概念，这些衍生字词意义就囊括在"旧思想"这个单一字词里，词义太过精确的话会太危险。党员必备的观点就像古代希伯来人所知道的一样，除了自己的国家之外，其他国家信奉的都是"伪神"，其他的不用知道太多，不必知道还有其他的神叫作巴力、欧西里斯、摩洛、亚斯他录之类的。也许知道得愈少，党员才愈容易服从党规。希伯来人知道耶和华和耶和华的指示，所以他知道其他名字或具有其他特质的神都是伪神；党员大概也是如此，他知道何谓正确的行为，但是对于什么样的行为可能违反党规,他只知道非常非常模糊粗略的字词。例如说党员的性生活完全受到两个新语词汇控制:"性罪"(不道德的性)、"好性"(守贞),性罪就包含了所有和性行为有关的不当行为,包括通奸、偷情、同性恋以及其他变态行为,另外还有一般性行为,如果只是为性而性也算犯罪。没有必要一一列举这些罪名,反正都是一样有罪,而且原则上都可以处以死刑。C类词汇包括科学及科技类词汇,所以可能需要为某些不正常的性行为订定特别名词。但是一般公民用不到,公民只要知道好性是什么意思——也就是说,夫妻之间的一般性交只有一个目的,就是要怀孕生子,对女人来说不需要肉体的欢愉,除此之外,其他都是性罪。对使用新语的人来说,一旦意识到这个思想属于异端,就不太可能继续发展下去,因为发展思路所必须要用的词汇都不存在了。

B类词汇中没有中立的意识形态,有很大一部分都是委婉词。例如像是"欢乐营"(强迫劳动营)或是平部(和平部,也就是战争部),这些词的意思几乎和表面字义完全相反。不过另一方面,有些字词则是显示出造字者有多了解大洋国社会的真正本质,而且相当藐视。"无产供"就是一例,这个词是指党提供给大众的无用娱乐及虚假消息。另外还有一些字词则是自相矛盾,拿来指党的时候就带有"好"的意思,但拿来指敌人的时候则有"坏"的意思。不过除了以上这些,还有相当多字词第一眼看到时会以为只是普通的缩写字,但其实这些字的意识色彩并不是由语义决定,而是看字词的架构。

到目前为止所创造出来的字词,只要是具有或者可能具有任何政治意涵的字词就属于B类词汇,每个组织的名称、团体名称、教条、国家、机构、公共建筑等等,一定都会缩减成大家熟悉的形式,也就是单一一个容易发音的字词,把字数减到最少,但仍然能够辨识本的字词出处。例如真相部里的记录局,温斯顿·史密斯原本就在这里工作,这里的称呼是纪局，而虚构局则称为构局，电屏节目局就变成屏局，诸如此类。之所以这么做并不只是为了节省时间，即使是在二十世纪初期，缩写字词就已经是政治语言的特性之一了。人们也注意到，尤其是集权国家和集权组织里特别倾向使用这类的缩写字词，例如像是纳粹（国家社会主义）、盖世太保（秘密国家警察）、共际（共产国际）、国媒讯（国际媒体通讯）、宣动（宣传鼓动），一开始造字者是凭直觉创造出这些缩写字词，但在新语中则是有意识的目的。新语造字者认为缩写一个名称之后，就能限制及微调词义，切除掉有可能附着在完整字词上的联想。例如"共产国际"这个词，会让人想起许多重叠的影像，让人想起四海之内皆兄弟、红旗、路障、卡尔·马克思以及巴黎公社；而相对来说，"共际"这个词只是表示一个联结紧密的组织，还有定义明确的教条主义，所指的东西就像桌子或椅子一样，容易辨识、用途有限，"共际"这个词可以想都不想就轻松说出来，不过要说出"共产国际"这个名词就至少要先想一想。同样的道理，说出"真部"这个词会让人联想到的东西比"真相部"要少得多，也比较好控制。这么做的结果不但让人养成一有机会就要缩写的习惯，也让造字者努力想让每一个字词都容易发音，几乎是关心过头了。

　　在新语中，除了意义正确之外，念起来好听胜过其他考虑，如果情形似乎有必要的时候，还会牺牲文法的一致性。而正是因为如此，尤其是为了政治目的。因为新语需要简短的字词，意义不容误解，可以加快说话速度，在讲者心里也不会引起太多回响。甚至 B 类词汇可以让人大批大批熟记起来，因为这些字词几乎都长得很像，这些词大概一定是两个字或三个字组成，重音分配也平均落在第一个和最后一个字，例如好思想、平部、无产供、性罪、欢乐营、英社党、腹感、思想警，还有无数其他的词汇。使用这些词汇容易让说话变得急促又含糊不清，马上就变得断断续续又单调平板，而这正是他们的目的。他们就是打算让言谈变得几乎可以不用意识，特别是谈话主题的意识形态不中立时。如果是因应日常生活的谈话，当然在说话之前必须先想一想，或者有时候是需要如此；但如果是党员应要求做出政治或伦理判断，应该要能够自动说出正确的意见，就像机关枪扫射射出子弹一样。党员所接受的训练让他有办法做到，而语言提供他一个极简单的工具，字词的结构、刺耳的声音，还有某种刻意塑造的丑陋，这些都符合英社党的精神，对党员谈话的整个过程更有帮助。

可用的词汇愈来愈少也是同样的效果。和我们的语言比起来，新语词汇相当少，还会经常发明新方法来摧毁词汇。就这一点来说，新语确实和大多数其他语言不一样，每一年的词汇都愈来愈少而不见增加。每一次减少都有一个好处，因为选择愈少就愈不会想要思考，终极目标是希望让喉头发出的每一段言谈，可以完全不必经过上面的大脑核心。新语中有一个词明白表达出这个目标，"鸭语"这个词的意思是："像鸭子一样呱呱叫。"就如同其他许多B类词汇一样，这个字词的意思也是模棱两可，如果像鸭子一样呱呱吐出的是服从党规的意见，那这个词就是完全的恭维。《时报》上指称某位党的发言人是好上加好的鸭语者，这可是奉上热切又重要的称赞。

C 类词汇

C 类词汇为其他两类词汇提供补充，类别内包括的全部都是科学及科技类用语。这些字词就和我们现在使用的科学用语类似，也是根据同样的字源创造，但是在新语中通常会严格定义这些字词，然后删掉党不想要的意义。这些词汇的语法规则和其他两类一样，C 类词汇很少会用在日常生活或是政治场合，不管是科学作业员或技师，都可以在自己的专业领域词汇表中找到自己需要的所有词汇。但是对于其他领域的词汇表，绝大多数人都是一知半解。只有极少数几个字会出现在所有词汇表上，也没有词汇可以用来解释科学的作用，说不出科学是心智运作的习性或是思考的方法，不管是哪一个特定领域都解释不清楚。其实"科学"这个词已经不存在了，这个词有可能代表的意义都已经完全包含在"英社党"这个词里。

从以上说明可以了解，若是要用新语表达不符合党规的意见，即使只是逾越了一点点界线也是几乎不可能的，当然还是有可能说出非常粗浅的异端思想，或是某种不敬的言语。例如可以说"老大哥不好"，但这样的句子听在顺从党规的人耳里，只是传达出明显的自身矛盾，一旦经过逻辑推理的辨证就站不住脚了，因为没有反驳时必须用到的词汇。对英社党怀有敌意的想法只能以一种模糊的形式存在，无法用言语表达，也只能用一些非常概略性的字词指称。而这些字词将一整组异端思想都包在一起，并未加以定义，这么做就能一并谴责所有异端思想。事实上，若要用新语来表达不符合党规的意见，只能够违背文法规则，用旧语来翻译部分字词。例如说，新语中有可能出现"人皆平等"这句话，但是这句话的含义大概就跟旧语中有可能出现"人皆红发"一样，文法上没有错，但是却明显不是事实。也就是说，"人皆平等"这句话的意思是所有人的体型都相等，体重、身高皆相同。政治平等这个概念已经不存在了，所以"平等"这个词的第二层意义也就遭到移除。一九八四年的时候，旧语依然是一般沟通的工具，理论上一个人使用新语的时候，还是有可能想起字词原始意义的危险。不过实际上只要一个人有接受过双重思想的良好训练，就不难避免，但是不出几个世代的时间，就连这种思想偏离的危险都会消失。一个人的成长过程中如果只使用新语，就不会再知道"平等"曾经还有"政治平等"这第二层意义，不知道"自由"曾经代表"知识上的自由"。比方说，就好像从来没听过西洋棋的人不会知道"皇后"和"车"还有第二层意义。如此一来，有很多罪行和错误就是人力无法达成的，因为这些行为没有名称，也就让人无法想象。而且可以想见的是，随着时间的流逝，新语的特殊性质会愈来愈显著——词汇愈来愈少，意义愈来愈限定，而把字词放在一起用在不适当的地方，这个机会也会不断减少。

等到旧语完全让新语取代，和过去历史的最后一道联系也就断了。历史不断遭到重写，但是过去的片段记录总是存留在各个角落，成为审查员的漏网之鱼，只要人还能保留旧语的知识，就有可能读到这些记录。但是到了未来，就算这样的片段得以留存，也会变得难以认知、难以翻译，新语不可能用来翻译所有旧语文字，除非是用来说明某个技术流程或是非常简单的日常行为，再不然就是这个字原本就符合党规（新语中会说是好思想）。就实务而言，这表示写作年代大概在一九六○年之前的书，再也无法完整翻译，革命前的文学作品只能接受意识形态翻译——也就是说，不只是改变语言，还要改变内涵，就拿《独立宣言》这篇知名作品中的一段来做例子：

> 我们认为这些都是不言自明的真理，人人生而平等，造物主赋予他们不可剥夺的权利，包括生存、自由以及追求幸福的权利。为了确保人民的这些权利，必须筹组政府，经过受统治者的同意赋予他们权力。如果任何形式的政府伤害了人民，人民就有权利改变或废除政府，另外筹组新的政府……

这段文字如果要翻译成新语，就很难保留原文的意涵，如果想要保留，最接近的做法就是将整段文字用单一一个字来表达：犯罪思想。要全文翻译的话就必须经过意识形态翻译，而杰弗逊的话就会变成赞颂集权政府的文字。

有许多过去的文学作品确实已经经过这样的改变，考虑到作品的声望，所以还是必须保留有关某些历史人物的记忆，但同时要让他们的成就迎合英社党的哲学。许多作家，像是莎士比亚、弥尔顿、斯威夫特、拜伦、狄更斯等等，他们的作品也就因此翻译成新语，而翻译完成之后，他们的原稿以及所有留存下来的旧时代文学都会遭到销毁。翻译的过程很缓慢又很困难，或许到了二十一世纪的前十年、前二十年都还不会完成。同时还有大量完全实务需求的文件，例如像无法丢弃的技术说明手册之类的，也都要经过翻译。主要也就是因为要让译者有时间得以进行初步工作，全面使用新语的最终运行时间才会定在二〇五〇年这么晚。